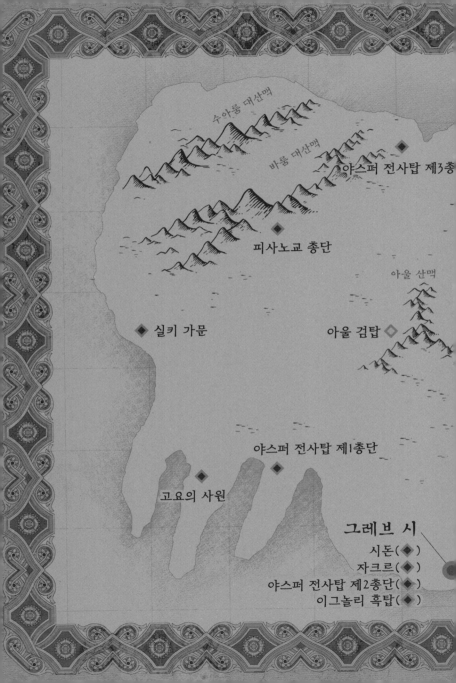

수아롱 대산맥

바롱 대산맥

야스퍼 전사탑 제3총

피사노교 총단

아울 산맥

◆ 실키 가문

아울 검탑 ◇

야스퍼 전사탑 제1총단 ◆

고요의 사원 ◆

그레브 시

시돈(◆)
자크르(◆)
야스퍼 전사탑 제2총단(◆)
이그놀리 흑탑(◆)

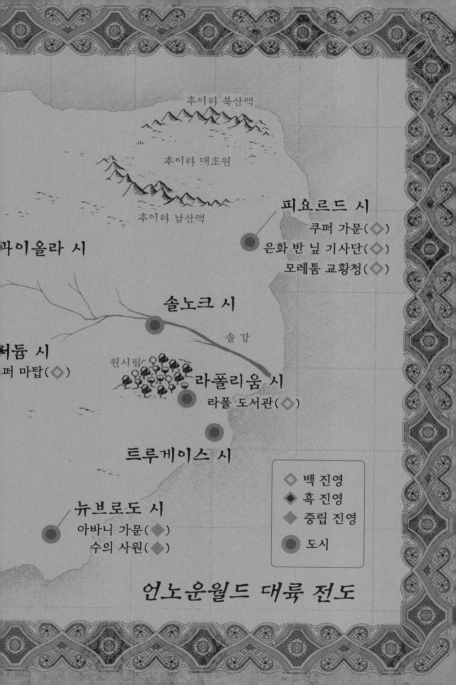

추이타 북산맥

추이타 대초원

추이타 남산맥

마이올라 시

피요르드 시
쿠퍼 가문(◇)
은화 반 닢 기사단(◇)
모레툼 교황청(◇)

솔노크 시

솔 강

더듐 시
퍼 마탑(◇)

원시림

라폴리움 시
라폴 도서관(◇)

트루게이스 시

뉴브로도 시
아바니 가문(◆)
수의 사원(◆)

◇ 백 진영
◆ 흑 진영
◆ 중립 진영
● 도시

언노운월드 대륙 전도

에탄

E T A N

ORIGINAL FANTASY STORY & ADVENTURE

쥬논 판타지 장편소설

dream
books
드림북스

이탄 11 그릇된 차원

초판 1쇄 인쇄 2021년 8월 9일
초판 1쇄 발행 2021년 8월 23일

지은이 쥬논
발행인 오영배
편집 편집부
일러스트 필연
표지 · 본문 디자인 오정인
제작 조하늬

펴낸 곳 (주)삼양출판사 · 드림북스
주소 서울시 강북구 도봉로 173
대표 전화 02-980-2112 **팩스** 02-983-0660
편집부 전화 02-987-9393 **팩스** 02-980-2115
블로그 blog.naver.com/dreambookss
출판등록 1999년 3월 11일 제9-00046호

ⓒ 쥬논, 2021

ISBN 979-11-283-7109-7 (04810) / 979-11-283-9990-9 (세트)

드림북스는 (주)삼양출판사의 판타지 · 무협 문학 브랜드입니다.

ETAN
의탄

ORIGINAL FANTASY STORY & ADVENTURE

쥬논 판타지 장편소설

11

그릇된 차원

dream books
드림북스

목차

사대신수

『성혈의 바하문트』
—신수: 날개 달린 사자
—상징: 공포
—속성: 흙(土), 피(血)

『불과 어둠의 지배자 샤피로』
—신수: 광기의 매
—상징: 탐욕
—속성: 불(火), 어둠(暗), 나무(木)

『포식자 하라간』
—신수: 투명 마수
—상징: 타락, 나태
—속성: 얼음(氷), 균(菌), 물(水)

『둠 블러드 이탄』
—신수: 냉혹의 뱀
—상징: 파멸
—속성: 금속(金), 빛(光)

발췌문

외할아버지는 원래 진법에 통달하신 분이었다. 내가 아는 어머니는 북명에서 가장 현명하신 분이었다.

그분들이 머리를 맞대고 아버지의 술법을 연구했다.

천랑회진.

내 비정한 아버지는 이 하나만 던져놓고 어머니와 나를 버렸다.

아니, 버린 정도가 아니었다. 어머니는 나를 임신하셨을 때 아버지가 나를 죽일까봐 두려워서 임신 사실도 숨겼다.

세상에 이렇게 무서운 아비가 또 있을까.

나는 아버지를 통해 증오를 배웠다. 언젠가 아버지를 찾아가 아버지가 남긴 술법으로 아버지를 영원히 가둬버릴 것이라 맹세했다.

외할아버지와 어머니가 내게 기회를 주었다. 그분들의 연구 결과가 도출되기 시작하면서 나는 아버지를 꺾을 희망을 보았다.

만랑회진.

나는 이것을 만랑회진이라 부르기로 하였다.

비정한 아비가 만든 것이 천랑회진이라면, 나는 아비의 지식을 바탕으로 삼고 여기에 외할아버지와 어머니가 흘린 피와 땀을 얹어서 만랑회진으로 발전시키리라. 그리하여 마침내 하늘과 땅을 만랑회진으로 가두고, 비정한 아비마저 그 속에 가둬버리리라.

그때 비로소 나는 증오로부터 자유로워질 것이다.

─신왕 프사이의 딸 벨린다가 남긴 기억 속에서 발췌

제1화
다시 만난 비앙카

Chapter 1

"끄으으으응."

가느다란 신음과 함께 모로스가 정신을 잃었다.

이탄이 혀를 찼다.

"거 참. 고작 이 정도였어? 이런 정도의 고통도 버티지 못하면서 무슨 살아 있는 재앙이야? 어엉?"

이탄은 모로스의 굽은 척추 안쪽에 검지를 쑥 밀어 넣었다. 그리곤 (진)마력순환로 속의 마나들을 일순간에 다 거둬들였다.

이탄의 마나가 모두 뱃속으로 회수되자 (진)마력순환로가 갑자기 텅텅 비었다. 대나무 속처럼 비어버린 (진)마력순환로 속에서 가공할 만한 흡입력이 발생했다.

쮸와아아악—.

빨대로 물을 빨아들이는 듯한 소리가 들렸다.

모로스의 굽은 척추 안쪽에 뭉쳐 있던 샛노란 덩어리가 눈 깜짝할 사이에 이탄에게 빨려 들어왔다.

이것은 북극의 별 마법!

피사노교의 교도들이 보았다면 자지러질 만한 금지마법이 이탄의 손끝에서 펼쳐졌다. 상대가 평생 동안 연마한 마나를 눈 깜짝할 사이에 갈취해 버리는, 이 끔찍한 마법이 이탄의 손에 의해 재현된 것이다.

북극의 별 마법은 단지 모로스의 노란 덩어리만 갈취하는 것으로 끝나지 않았다. 노란 덩어리를 모두 흡수한 뒤에는 상대의 생명력과 정혈까지 단숨에 빨아들였다.

"끄억."

숨이 멎기 직전, 모로스의 입에서는 바람 빠지는 소리가 튀어나왔다.

야스퍼 전사탑의 서열 2위.

살아 있는 재앙이라 불리던 거물 모로스는 비참하게도 미이라처럼 바짝 말라서 죽었다.

휘이잉—.

땅 위에 한 줄기 삭풍이 불었다.

물기 하나 없이 바삭하게 말라비틀어진 모로스의 몸뚱어리는 그 삭풍에 휩쓸려 한 줌의 먼지로 흩어졌다.

"에이. 입맛만 버렸네."

이탄이 손을 툭툭 털고 일어났다.

"참 말세다, 말세야. 개나 소나 다 명칭만 그럴싸하잖아? 실속은 하나도 없으면서 이름만 과대포장 해서 붙이다니. 쯧쯧쯧."

이탄은 씁쓸하게 입맛을 다시고는, 폐허로 변한 골목에서 걸어 나왔다.

그때까지도 피요르드 후작은 2명의 강적들과 드잡이질을 하느라 정신없었다. 프레야를 비롯한 아울 검탑의 도제생들도 야스퍼 전사들과 맞서 싸우느라 눈코 뜰 새 없이 바빴다. 그들의 검날이 불똥을 튀며 적들의 무기와 맞부딪쳤다.

다들 정신이 없어서 이탄이 지금 무엇을 하는지는 볼 새가 없었다. 오직 은화 반 닢 기사단의 요원들만이 이탄이 걸어 나온 골목어귀에 신경을 집중했다.

"아아아."

요원들은 턱이 빠질 정도로 입을 벌린 상태였다.

골목은 건물에 가려져 있었기에 조금 전 골목 안쪽에서 어떤 일이 벌어졌는지는 밖에서 보이지 않았다. 은화 반 닢 기사단의 요원들도 이탄이 조금 전에 저지른 과격한 행동을 직접적 눈으로 보지는 못했다.

하지만 조금 전 이탄이 모로스를 낚아채서 골목 안으로 들어간 것은 분명했다. 이어서 샛노란 폭풍이 터지면서 골목 뒤쪽 시가지가 온통 폐허로 휩쓸려 가는 광경도 요원들의 눈으로 똑똑히 목격했다.

노란 폭풍이 지나간 뒤, 이탄은 아무렇지도 않게 골목 밖으로부터 걸어 나왔다. 반면 모로스는 어디로 갔는지 보이지도 않았다.

이탄의 바지에서는 검붉은 핏물이 흥건하게 떨어지고 있었다. 이탄의 양손 손가락도 피범벅이었다.

이것이 의미하는 바는 뻔했다.

'헉.'

'서, 설마!'

요원들이 느끼기에, 저 피는 이탄의 것이 아니었다. 요원들이 있는 방향으로 걸어오는 이탄이 왠지 모르게 섬뜩해 보였다.

"으으으읏."

333호를 비롯한 요원들은 사시나무 떨듯이 몸서리를 쳤다.

이탄이 요원들 사이로 들어와 333호에게 손을 내밀었다.

"줘."

"네? 아아, 넵."

333호가 잽싸게 겉옷을 벗어서 이탄에게 돌려주었다. 쿠퍼가의 가주를 상징하는 사파이어 반지 3개도 잊지 않고 내놓았다.

또 다른 집사는 이탄에게 손수건을 내밀었다.

"너, 제법 센스가 있구나."

이탄은 미소와 함께 손수건을 받아들었다.

"고맙습니다."

집사—사실은 집사로 위장한 은화 반 닢 기사단의 요원—가 이탄을 향해 허리를 꾸벅 숙였다.

이탄은 손가락에 묻은 피를 손수건으로 닦았다.

그 사이 호위무사 한 명이 박살 난 마차로 달려가 이탄의 짐 보따리를 꺼내왔다. 반쯤 불에 탄 짐 보따리지만 그래도 쓸 만한 옷가지 몇 개는 발견되었다.

"여기 있습니다."

호위무사가 이탄에게 새 바지를 올렸다.

이탄은 호위무사들을 촘촘하게 빙 둘러 세워 놓고 그 자리에서 바지를 갈아입었다. 핏물에 흠뻑 젖은 기존의 바지는 333호가 알아서 불태웠다.

이탄이 느긋하게 손을 닦고 옷을 갈아입을 동안, 그에게 신경을 쓰는 사람은 아무도 없었다. 다들 피 튀기게 싸우느라 정신이 없었던 탓이었다. 심지어 아삽도 목이 떨어질세라 숨어서 덜덜 떠느라 이탄을 살피지 못했다.

약간의 시간이 흐른 뒤, 게라스가 의문을 품었다.

'이상하다? 모로스 님께서 왜 가만히 계시지?'

모이라이도 게라스와 비슷한 의문을 느꼈다.

'99검을 빨리 제거해야 하는데. 다른 백 진영의 세력이 도와주러 달려오기 전에 마무리를 짓는 게 좋은데. 모로스 님께서는 대체 뭘 기다리시는 게지? 설마 나와 게라스 님의 실력을 확인하고 싶으신 겐가?'

이런 생각을 품은 사람은 비단 게라스와 모이라이만이 아니었다. 피요르드도 계속해서 모로스를 신경 썼다.

'아직까지도 흔적을 찾지 못하겠어. 젠장맞을. 모로스, 그 늙은 마귀는 대체 어디에 숨어 있는 게야?'

그렇지 않아도 지금 피요르드는 열세였다. 이런 와중에 모로스에게까지 신경이 분산되다 보니 피요르드는 점점 더 궁지에 몰렸다. 피요르드의 호흡이 가빠졌다. 손발도 어지럽게 흔들렸다.

그러다 결국 파탄이 발생했다. 게라스의 열여덟 자루 창 가운데 하나가 피요르드의 옆구리를 깊게 찌른 것이다.

Chapter 2

끄아아아!

게라스가 던진 샛노란 창대 위에서 조그만 악령이 기쁨의 탄성을 질렀다.

피요르드의 옆구리는 상처가 난 것과 동시에 급격하게 부패하기 시작했다. 살갗이 누렇게 변했다. 상처 부위에서 썩은 내가 진동했다.

"크윽."

피요르드는 황급히 몸에 오러를 둘러 상처가 악화되는 것을 막았다. 그러느라 모이라이의 행적을 잠시 놓쳤다.

순간 모이라이가 피요르드 후작의 그림자 속에서 벼락처럼 떨쳐 일어났다. 모이라이가 휘두른 단창이 피요르드의 턱을 노리고 솟구쳤다.

피육!

단창을 감싼 노란 빛이 송곳처럼 날카롭게 공기를 갈랐다.

"으협?"

피요르드는 죽을힘을 다해 턱을 뒤로 젖혔다.

나름 최선을 다해 반응했건만 피요르드의 턱에는 한 줄기 핏물이 솟구쳤다. 턱이 불에 덴 듯 화끈했다. 독이 퍼진

탓인지 피요르드의 입술과 혀까지 얼얼했다.

피요르드는 반사적으로 검을 휘둘러 모이라이의 목을 쳤다.

영악하게도 모이라이는 이미 피요르드의 공격 범위를 벗어난 뒤였다. 대신 게라스의 창 열여덟 자루가 날아와 피요르드의 등을 노렸다.

"크와악."

피요르드가 검날에 있는 힘껏 오러를 불어넣었다. 검에서 뿜어진 오러가 막을 이루면서 피요르드의 전신을 감쌌다.

퍼엉! 펑! 펑!

그 검막에 게라스의 창이 날아와 두드렸다. 샛노란 창이 검막을 후려칠 때마다 막 전체가 터질 듯이 흔들렸다.

"크웩."

검막 속에서 피요르드가 검붉은 핏물을 토했다.

"여기도 있다."

한 발 뒤로 물러섰던 모이라이가 다시 피요르드에게 달려들었다. 모이라이는 삼각방패로 검막을 세차게 후려쳤다.

콰앙! 폭음과 함께 검막 전체가 옆으로 밀려났다. 검막 속의 피요르드도 쓰러질 듯 휘청거렸다.

게라스의 창들이 반대편에서 날아들어 검막을 찔렀다. 창대에 올라탄 열여덟 마리의 조그만 악령들은 괴상한 웃음을 마구 터뜨렸다.

꾸하하하, 꾸아하, 꾸아하하.

피요르드는 악령들의 웃음소리를 듣는 것만으로도 머리가 어지러웠다. 속에서 구역질이 치밀었다.

게라스와 모이라이의 연속 공격이 어찌나 집요했던지, 피요르드는 검막을 풀 타이밍도 잡지 못했다.

'크윽. 어떻게든 검막을 해제하고 다시 적들에게 반격을 해야 하는데. 이렇게 수동적으로 검막 안에만 갇혀 있으면 오러의 소모가 너무 심하잖아.'

피요르드의 얼굴이 시꺼멓게 죽었다. 피요르드는 기를 쓰고 이 상황을 타개하려고 했으나, 적들은 너무도 노련하여 피요르드에게 기회를 주지 않았다.

펑! 펑! 퍼엉! 펑!

피요르드의 검막 표면에서 연신 불똥이 튀었다. 그 소리가 어찌나 컸던지 프레야의 시선이 이쪽으로 홱 꽂혔다.

"아버지!"

프레야가 악을 썼다.

프레야는 당장에라도 아버지에게 달려가고 싶었다. 가서 아버지를 돕기를 원했다.

불가능했다. 당장 눈앞에서 야스퍼 전사들이 밀려들었다. 프레야는 적들에게 붙잡혀 단 한 걸음도 벗어나지 못했다.

"크흐흑. 나 때문이야. 나 때문에 아버지가. 크윽."

프레야의 눈꼬리를 타고 피눈물이 흘렀다.

이탄이 피요르드의 상태를 눈여겨보았다. 그러다 시선을 슬쩍 돌려 구름 위를 힐끗 곁눈질했다.

"뭘 더 기다리는 거지?"

이탄이 낮은 중얼거림과 미간을 찌푸렸다.

'이대로 장인이 죽게 내버려 둘 수는 없는데. 결국 내가 나서야 하나?'

이탄의 손바닥 사이에서 빛의 씨앗, 즉 광정이 은밀하게 형성되었다. 실제 광정보다는 훨씬 위력이 약한, 낮은 버전의 광정이었다.

'이건 또 무슨 가호지?'

'모레툼 님의 가호 가운데 저렇게 빛을 응집하는 가호가 있었던가?'

333호를 비롯한 은화 반 닢 기사단의 요원들이 눈을 반짝였다. 그들은 호기심 어린 눈빛으로 이탄의 손바닥 사이에서 차오르는 빛무리를 바라보았다.

그때 이탄이 동작을 딱 멈췄다. 양 손바닥 사이에서 형성 중이던 빛의 씨앗도 다시 거둬들였다.

'이제야 나서네.'

이탄이 입가에 한 줄기 의미심장한 미소를 걸었다.

몇 초 뒤.

게라스가 피요르드 후작을 한창 공략하다가 말고 벼락처럼 고함을 질렀다.

"웬 놈이냣?"

조금 전 게라스는 피요르드의 검막을 향해 열여덟 자루의 창을 전부 때려 박던 중이었다. 바로 그 타이밍에 등 뒤에서 날카로운 공세가 훅 몰아쳤다. 게라스는 고함과 함께 벼락처럼 몸을 돌렸다.

그보다 한발 앞서 악령들이 먼저 반응했다. 노란 창에 올라탄 조그만 악령들은 어느새 공격방향을 바꿔 후방의 공세를 막아갔다.

콰앙!

게라스의 뒤에서 날아온 기습공격과 게르스의 창이 정면으로 맞부딪쳤다. 검과 창이 맞부딪쳤는데 폭탄 터지는 듯한 굉음이 울렸다.

조그만 악령들은 잠시 뒤로 튕겨나가는가 싶더니, 밀려났던 속도보다 더 빠르게 다시 달려들었다.

그런 악령들을 향해서 휘황찬란한 오러가 무지개 모양으로 둥글게 피어올랐다. 동시에 노란 부적이 휘날렸다.

부적들은 허공에서 펑! 펑! 펑! 터지더니 그 속에서 창과 방패로 무장한 부적병사들이 뛰쳐나왔다.

"이건 또 뭐야?"

의외의 사태에 게라스가 흠칫했다.

부적병사들은 사각방패를 질서정연하게 휘둘러 게라스의 창들을 꽉 붙잡아 두었다. 그 사이 부적병사를 소환한 꺽다리 사내가 게라스에게 훅 달려들었다.

Chapter 3

갑자기 등장한 꺽다리는 질풍처럼 몸이 빨랐다. 그는 눈 깜짝할 사이에 열여덟 자루의 노란 창 사이로 파고들더니, 게라스를 향해 검을 크게 휘둘렀다.

슈가각!

눈부신 오러가 위에서 아래로 뚝 떨어졌다. 게라스의 정수리를 노리고 뚝!

"안 돼!"

게라스는 반사적으로 양팔을 쫙 펼쳤다.

후옹—.

게라스의 상반신으로부터 노란 빛이 노을처럼 뿜어졌다.

게라스의 이마 문신에서도 샛노란 빛 덩어리가 방출되었다. 빛 덩어리는 노란 노을에 섞여 들어가면서 노을 전체를 더욱 샛노랗게 물들였다.

이윽고 샛노란 노을이 악령의 모습으로 변했다. 악령은 10개의 손톱을 교차하며 꺽다리의 검을 막았다.

콰창!

충돌 지점에서 빛이 폭발했다.

악령의 손톱이 꺽다리 사내의 오러와 맞부딪치면서 우수수 부서졌다. 대신 꺽다리의 오러도 게라스를 베지 못하고 허공에서 멈칫했다.

게라스가 소환한 악령은 허리 아래는 없고 오로지 상체만 존재했다. 대신 악령의 허리 부분은 게라스의 가슴에 뿌리를 박아 한 몸체로 연결된 모습이었다.

샛노란 악령이 시간을 벌어주는 동안, 게라스는 황급히 옆으로 몸을 피했다.

"도망치지 못한다."

꺽다리 사내가 게라스를 추격했다.

악령이 어느새 날아와 꺽다리의 추격을 방해했다.

꺽다리 사내가 검으로 십자를 그렸다. 악령도 손톱을 다시 길게 재생하더니 꺽다리 사내와 맞부딪쳤다.

눈 깜짝할 사이에 스무 번도 넘는 공방이 이루어졌다.

갑자기 등장한 꺽다리 사내 덕분에 피요르드는 겨우 한 숨 돌릴 틈을 벌었다.

"후우웁."

피요르드는 들숨과 함께 검막을 거뒀다. 이어서 코로 날숨을 내뱉으며 모이라이의 단창을 검날로 쳐냈다.

"치잇."

모이라이가 낭패한 표정으로 한 발 후퇴했다.

"그냥 가려고? 그럼 섭섭하지."

피요르드가 모이라이에게 바짝 달라붙어 검을 휘저었다. 피요르드의 검이 성난 파도처럼 움직여 모이라이를 궁지로 몰아붙였다.

꺽다리 사내도 검을 빠르게 휘두르면서 부적병사를 끝없이 소환했다.

검과 부적.

이 독특한 조합에 게라스는 심히 괴로웠다.

"제기랄. 어디서 이런 괴상한 놈이 나타났지? 그리고 모로스 님은 또 어딜 가신 게야? 모로스 님, 모로스 님."

게라스가 목청을 높여 모로스를 불렀다.

모로스는 답이 없었다. 그는 이미 이탄에게 죽은 상태였다.

궁지에 몰린 게라스는 결국 최후의 수단을 동원했다.

"야아압."

게라스가 허공을 향해 양손을 쫙 뻗었다.

그 즉시 18개의 창이 날아와 샛노란 악령의 몸에 틀어박혔다. 그것도 일반 부위가 아니라 명치, 두 눈, 입 속과 같은 급소에만 박혔다. 악령이 아가리를 쩍 벌리고 소리 없는 아우성을 질렀다.

껑다리 사내의 눈이 휘둥그레졌다.

"뭐야? 이놈이 갑자기 왜 자해를 해?"

껑다리의 눈에 비친 악령은 분명 자해를 했다. 스스로의 창으로 급소를 찌르다니, 세상에 이런 멍청이가 다 있을까 싶었다.

알고 보니 그게 아니었다. 샛노란 색깔의 악령은 스스로에게 창을 찔러 고통을 자초하는 대신, 순간적으로 공격력을 증폭시켰다.

이것이야말로 악령이 지닌 특수한 스킬 가운데 하나였다.

크우와악!

샛노란 악령이 두 눈을 비롯한 자신의 온몸에 18개의 창을 박아 넣은 채 무시무시한 괴성을 토했다. 그리고 그 괴성이 채 끝나기도 전에 창에 찔린 주변 피부에 울룩불룩 혹이 발생했다.

악령이 혹을 매단 채 껑다리 사내에게 달려들었다.

껑다리 사내가 검을 십자로 베어 악령을 저지했다.

검과 악령이 부딪친 순간, 악령의 몸에 돋아난 혹 한 개가 폭발했다. 징그러운 혹 속에서 샛노랗고 끈적끈적한 액체가 탁 튀었다.

이 수상한 액체에 살짝 스친 것만으로도 껑다리 사내의 옷이 화르륵 타들어 갔다. 껑다리의 가슴에 구멍이 뚫리고 갈비뼈가 훤히 드러났다.

"크윽. 지독하구나."

껑다리 사내가 휘청거렸다.

악령이 이 기세를 놓치지 않고 껑다리에게 계속 달려들었다.

뻐엉! 뻥! 뻥! 뻥!

혹이 하나씩 터질 때마다 악령의 살점도 함께 흩어졌다. 악령이 고통에 겨워 머리를 좌우로 흔들었다.

대신 껑다리는 더 큰 고통을 받았다. 상대의 폭발에 살짝 스치기만 해도 껑다리의 피부가 와해되었다. 뼈가 흐물흐물 녹았다.

그렇게 껑다리가 뒤로 밀릴 즈음, 그에게 새로운 원군이 등장했다. 덩치가 불곰처럼 큰 사내가 갑자기 훅 나타난 것이다.

"이놈들, 여기도 있다."

불곰을 닮은 사내는 등장과 동시에 커다란 솥을 수평으로 휘둘렀다.

꽈앙!

둔중한 금속음과 함께 악령이 멀리 나가떨어졌다.

"크악."

악령과 몸이 연결된 게라스도 함께 나뒹굴었다.

"옛다."

불곰 같은 사내가 쓰러진 게라스를 향해 자신의 솥을 날렸다.

커다란 솥은 허공에서 빙글빙글 회전하면서 점점 더 커지더니, 이내 게라스의 주변 20미터 영역을 뒤덮었다. 솥에서 뿜어지는 가느다란 실 같은 기운이 게라스와 악령을 함께 꽁꽁 묶었다.

"이이익."

게라스가 발버둥 쳤다.

악령도 자신의 몸에 돋아난 혹을 마구 터뜨리며 발악했다.

그래도 실은 끊어지지 않았다.

게라스는 방법을 바꿨다. 몸에 실을 매단 채 어떻게든 도망이라도 쳐보려고 애썼다.

하지만 솥이 뒤덮은 영역을 피하지는 못했다.

쿠웅.

둔중한 소리와 함께 거대한 솥단지가 게라스를 덮어씌웠다.

Chapter 4

솥단지 안에서 샛노란 악령이 주먹으로 솥을 마구 두드렸다.

쾅쾅쾅!

소리가 심하게 울렸으나, 무쇠 솥은 꿈적도 하지 않았다.

솔직히 이것은 솥이라고 부르기도 힘들었다. 우람하게 커진 솥의 크기는 무려 직경 30미터를 넘었다.

그러니 이건 차라리 솥이 아니라 하나의 건축물이라 불려야 마땅하리라.

불곰을 닮은 사내가 무쇠 솥단지로 게라스를 가두는 동안, 꺽다리는 피요르드 후작을 도와서 모이라이를 공격했다.

오러가 잔뜩 실린 2개의 검이 모이라이의 좌우에서 시간차 공격을 퍼부었다.

"크윽, 빌어먹을."

모이라이는 정신없이 삼각방패를 휘둘렀다. 단창으로 허공도 마구 찔렀다. 모이라이는 나름 최선을 다했으나, 적들이 너무 강했다.

콰앙! 쾅! 쾅!

피요르드의 검에서 뿜어져 나온 오러가 삼각방패를 때릴 때마다 뼈를 으스러뜨릴 듯한 충격이 모이라이의 팔뚝에 전달되었다.

"큭."

모이라이는 입술을 꽉 깨물었다.

강적은 피요르드만이 아니었다. 껑다리 사내가 검으로 모이라이의 창대를 후려칠 때마다 모이라이의 손바닥 껍질이 까졌다. 피가 뚝뚝 흘렀다. 모이라이가 어떻게든 껑다리의 공격을 막아내면 이번엔 피요르드가 달려들었다.

"크윽. 큭. 크윽."

모이라이의 잇새에서 연신 신음이 튀어나왔다.

이게 끝이 아니었다. 사각방패와 창으로 중무장한 부적 병사들이 어느새 모이라이의 후방에 진을 치고 퇴로를 차단했다. 이 부적병사들은 껑다리 사내가 부적을 뿌려 소환한 소환물들이었다.

모이라이는 부적이라는 것도 난생 처음 겪어 보았다. 종이가 펑펑 터지면서 그 속에서 병사가 튀어나올 줄은 꿈에도 몰랐다. 모이라이의 머릿속이 잔뜩 헝클어졌다.

'제기랄. 이것들은 대체 정체가 뭐야? 어디서 이런 괴물들이 나타난 게지? 아울 검탑인가? 아닌데. 아울 검탑의 구도자들이라면 당연히 검만 사용했겠지.'

그렇지 않아도 모이라이는 열세였다. 한데 머릿속마저 복잡해지자 결국 모이라이에게 빈틈이 생길 수밖에 없었다.

그러던 한순간이었다.

츄――왁!

모이라이의 가슴에서 선혈이 길게 뿜어졌다. 피요르드의 검이 먹이를 노리는 독사처럼 교묘하게 뻗어와 모이라이의 급소를 훑고 지나간 것이다.

"커억."

모이라이가 피를 토하며 뒤로 넘어갔다.

"이제 끝났다. 모이라이."

피요르드는 어느새 상대의 가슴팍을 발로 밟고 목젖에 검끝을 겨눴다.

"크으윽. 분하다."

모이라이는 원독에 가득 찬 눈빛으로 숨만 헐떡거렸다.

이제 상황은 거의 정리되었다.

야스퍼 전사탑의 서열 3위 게라스는 거대한 무쇠 솥 안에 갇혀버렸다. 서열 4위인 모이라이는 피요르드 후작과 껑다리 사내에게 제압을 당했다.

두 거물급들이 무너지자 야스퍼 전사들의 사기가 꺾였다.

전사들은 처음에 수적 우위를 바탕으로 아울 검탑의 도제생들을 몰아붙였다. 그런데 프레야가 발군의 실력을 선보여 야스퍼 전사들을 잘 막아내었다. 검탑의 도제생들도 단단하게 연합 방어진을 구축했다.

덕분에 야스퍼 전사들은 상대를 쉽게 제압하지 못했다. 그들이 그렇게 시간을 질질 끄는 사이에 부적병사들이 우르르 소환되어 야스퍼 전사들을 후방에서 공격했다.

야스퍼 전사들의 입장에서는 샌드위치 신세가 된 셈이었다.

결국 야스퍼 전사들은 상처를 입고 하나 둘 쓰러졌다. 치명상을 입고 전투 불능에 빠진 야스퍼 전사가 전체의 70퍼센트, 그리고 목숨을 잃은 전사가 나머지 30퍼센트였다.

"헉헉헉. 허억, 헉."

프레야가 양손으로 두 무릎을 짚고 거칠게 숨을 헐떡였다.

적들의 파상공세를 겨우 버텨내기는 했으나 프레야도 꽤

많이 지쳤다. 그녀의 몸에는 자잘한 상처가 수십 개가 넘었다. 오러도 바닥이 난 터라 지원군이 조금만 늦게 도착했으면 크게 위험할 뻔했다.

아울 검탑의 도제생들도 대부분 피투성이였다. 이미 숨진 도제생도 10명이나 되었다. 팔이 잘리거나 다리가 잘린 도제생도 상당수였다.

피요르드가 거친 숨을 몰아쉬며 프레야에게 다가왔다.

"헉헉. 프레야. 괜찮으냐?"

"네. 아버지. 허허헉. 저는 괜찮아요."

프레야가 비틀거리면서도 상체를 똑바로 세웠다.

피요르드는 그제야 안심을 하고는 옆으로 시선을 돌렸다.

불곰을 닮은 사내가 피요르드를 향해 어슬렁어슬렁 다가왔다. 꺽다리 사내도 어깨에 검을 척 얹고서 성큼성큼 접근했다.

피요르드가 먼저 고마움을 표시했다.

"뉘신지 모르겠으나 정말 고맙소이다. 나는 피요르드 시의 영주요."

"마르쿠제 술탑의 테케라고 합니다."

꺽다리의 대답이었다.

이어서 불곰을 닮은 사내도 정체를 밝혔다.

"마르쿠제 술탑의 술법사 오고우입니다."

"헛? 마르쿠제 술탑?"

피요르드가 깜짝 놀랐다.

"마르쿠제 술탑이라니!"

프레야를 비롯한 도제생들도 휘둥그레진 눈으로 테케와 오고우를 올려다보았다.

마르쿠제 술탑은 구름 속에 숨은 드래곤과 같아서 아무리 찾으려 해도 만나볼 수 없는 신비로운 곳이었다.

그런데 그 신비로운 술탑의 술법사들이 2명이나 나타나서 피요르드 일행에게 구원의 손길을 내밀었다. 프레야 등의 입장에서는 참으로 놀라운 일이 아닐 수 없었다.

프레야가 대화에 불쑥 끼어들었다.

"아! 역시 그 소문이 사실이었군요. 이곳 그레브 시 어딘가에 술법사들이 모이는 장소가 있고, 그 장소가 마르쿠제 술탑과 관련이 있다는 소문을 들었습니다. 사실 저희들이 그레브 시에 온 것도 신비로운 술법사들을 한번 만나보고 싶었기 때문입니다."

Chapter 5

프레야의 말은 사실이었다. 그녀를 비롯한 도제생들이

먼 남부까지 내려온 이유는 마르쿠제 술탑의 술법사들과 한번 만나서 교류를 해보고 싶어서였다.

한데 프레야는 의외의 순간 의외의 장소에서 본래의 여행목적을 달성하게 되었다. 테케와 오고우를 향한 프레야의 눈은 호기심으로 영롱하게 빛났다.

솔직히 프레야는 마르쿠제 술탑의 신비로운 술법사들과 좀 더 이야기를 나누고 싶었다.

하지만 지금은 프레야가 나설 때가 아니었다. 피요르드가 손을 들어 딸을 자제시킨 다음, 다시 대화의 주도권을 가져왔다.

"허허험. 역시 마르쿠제 술탑은 남다르구려. 마법도 아니고 검술도 아닌 술법의 힘이 참으로 대단하외다. 두 분 덕분에 오늘 이 피요르드가 큰 은혜를 입었소이다."

피요르드는 한 번 더 정중하게 고개를 숙여 감사의 마음을 전했다.

테케가 피식 웃었다.

"글쎄요? 저희가 아니었어도 별 위험은 없었을 텐데요."

테케의 눈은 피요르드의 어깨너머 이탄에게 향했다.

오고우도 이탄에게 시선을 고정했다.

두 술법사가 이탄을 바라보는 가운데 이번에는 여성 2명이 허공에서 신비하게 하강하여 모습을 드러내었다.

두 여성들 가운데 붉은 머리카락을 휘날리며 매혹의 기운을 물씬 풍기는 여인이 있었다. 다름 아닌 마르쿠제 술탑의 공주인 비앙카였다.

비앙카의 뒤에는 은발의 레베카가 호위하듯 시립했다. 화끈한 불을 연상시키는 비앙카와 달리 레베카는 차가운 얼음을 떠올리게 만들었다.

비앙카는 등장과 동시에 다른 사람들은 신경도 쓰지 않고 오로지 이탄에게만 말을 걸었다.

"쿠퍼 가주님, 오랜만이에요."

이탄을 바라보는 비앙카의 눈이 별빛처럼 반짝반짝 빛났다.

동차원은 크게 3개의 세력으로 나눌 수 있었다.

동차원 수도계의 본류인 남명.

신통한 영물들의 집합체인 북명.

서차원과 긴밀하게 연결된 혼명.

이 세 그룹 가운데 마르쿠제 술탑이 속한 곳은 혼명이었다. 그리고 혼명의 특징은 서차원에서 발탁된 자들이 주 구성원이라는 점이었다.

이렇듯 구성원들 대부분이 서차원 출신이다 보니 혼명의 술법사들은 2개의 신분을 갖게 마련이었다.

동차원에서는 수도자.

서차원에 머물 때는 다른 직업에 종사.

이것이 혼명 술법사들의 생활 방식이었다. 이로 인해서 혼명의 수도자들은 다음과 같은 불문율을 꼭 지켰다.

동차원에서 동료를 만나면 수도자로 대접하되, 서차원에서는 동료 수도자와 함부로 아는 체를 하지 않으며, 동료의 정체도 밝히지 않고 모르는 척 덮어 주어야 한다.

이상과 같은 불문율이 생긴 이유는 간단했다. 동료 수도자들을 피사노교로부터 보호하기 위해서였다.

만약 어떤 사람이 마르쿠제 술탑의 수도자라는 사실이 밝혀지면, 그 즉시 언노운 월드에서 피사노교의 공격을 받을 것이다.

혹은 수도자의 가족이 위험에 처할 수도 있었다.

혼명의 수도자들은 이 점을 가장 심각하게 생각하고는 위와 같은 불문율을 만들었다.

물론 이탄은 혼명이 아니라 남명 소속이었다. 하지만 이탄도 엄연히 동차원의 수도자이고, 불문율이 적용되어야 할 대상임은 분명하였다.

비앙카는 이 점을 잊지 않았다. 그녀가 이탄의 정체를 까발리지 않고 오로지 쿠퍼 가문의 가주로만 대하는 것은 바로 이 불문율 때문이었다.

"비앙카 님."

이탄이 한 걸음 앞으로 나섰다.

처처척.

이탄의 호위무사들이 절도 있게 좌우로 갈라져 길을 열어주었다.

호위무사들은 이탄이 최근 천둥새 퀘스트를 진행하면서 마르쿠제 술탑과 크게 친분을 쌓았다는 사실을 알고 있었다. 특히 333호가 눈을 반짝이면서 돌아가는 상황을 유심히 지켜보았다.

이탄은 속으로 쓴웃음을 지었다.

'쳇. 오늘 이 자리에서 오고 간 대화들이 조만간 은화 반 닢 기사단 어르신들의 귀에 그대로 전달되겠구먼.'

그래도 이탄은 요원들의 정보 수집을 막지 않았다. 억지로 막는다고 해서 될 일도 아니었다.

한편 피요르드는 화들짝 놀랐다.

"허어, 우리 사위가 마르쿠제 술탑과도 안면이 있었나?"

피요르드는 자신도 모르게 이런 말을 내뱉었다. 그리곤 속으로 반성했다.

'이런. 그동안 내가 사위에게 너무 무심하였구나. 사위에 대해서 몰라도 너무 몰랐어.'

딸을 결혼시킬 당시, 피요르드는 사위에 비해 딸 프레야가 많이 아깝다고 여겼다. 이탄이 무술이라고는 전혀 모르는 나약한 상인이었기 때문이었다.

　한데 이번에 피요르드는 단단히 느꼈다.

　'내 딸 프레야는 검술을 제외하면 세상 물정도 전혀 모르는 반푼이야. 반면 사위는 속이 깊고, 부인을 진심으로 아낄 줄 알며, 능력이나 인맥도 아주 출중한 사내지. 허어어. 집사람이 매일 발을 동동 구르며 걱정하는 것이 이제야 비로소 이해가 가는구나.'

　후작 부인이 피요르드에게 했던 말에 따르면, 세상에는 보석의 진정한 가치를 알아보는 여자들이 많단다.

　'그런데 오늘에서야 비로소 부인의 말이 사실임을 깨닫게 되는구나. 알고 보니 내 사위가 바로 그 영롱하게 빛나는 보석이었어. 그러니 이런 보석 같은 사내를 어떤 여자가 마다하겠는가. 허어어. 자칫하다가는 우리 딸이 다른 여자에게 보석을 빼앗길지도 모르겠구나. 사위가 제아무리 심지가 굳다고 해도, 프레야는 허구한 날 아울 검탑에만 매달려 있을 것이고, 그렇게 몸이 떨어져서 지내다 보면 자연스럽게 사위의 마음도 프레야에게서 떠날 테지? 크허어어, 이걸 어쩐다?'

　피요르드는 한 줄기 경계심이 깃든 눈빛으로 비앙카를

관찰했다.

이탄을 향한 비앙카의 눈동자에는 숨길 수 없는 관심이 담겨 있었다. 눈치가 둔한 피요르드도 비앙카의 감정을 훤히 읽을 정도였다.

'크어엇. 위험해. 이건 위험하다고.'

피요르드는 정신이 번쩍 들었다.

Chapter 6

한편 프레야는 피요르드보다 더 큰 충격을 받았다.

'뭐야? 이 사람이 마르쿠제 술탑의 술법사들과 서로 아는 사이라고?'

프레야의 뇌리에 담긴 이탄의 인상은, 강한 것과는 거리가 먼 배불뚝이(?) 상인이었다. 그리고 프레야는 검의 길을 걷고자 하는 구도자였다.

프레야의 가치관으로 보면 검의 구도자는 지고하며, 돈만 밝히는 상인은 저급했다. 프레야와 그의 부친은 지고하며, 이탄은 저급했다.

비록 프레야가 이탄을 멸시한 적은 없지만, 그녀의 마음 깊은 곳에는 이러한 판단의 잣대가 늘 존재해왔다.

하면 시시퍼 마탑의 마법사들은?

프레야의 마음속 깊숙한 곳의 잣대에 따르면, 시시퍼의 마법사들 또한 험난한 마법의 길을 오롯하게 걸어가는 구도자들이었다. 따라서 그들은 지고했다.

하면 마르쿠제 술탑의 술법사들은?

술법사들도 검의 구도자나 시시퍼 마탑의 마법사와 다를 바 없었다. 아니, 오히려 술법사들이 신비로움은 더했다.

한데 그 지고한 술법사들이 이탄을 대하는 태도가 무척 우호적이었다. 이것이 프레야에게는 신선한 충격으로 다가왔다.

'고고한 술법사들이 이 사람을 왜 이렇게 환대하지?'

문득 프레야의 뇌리에 아울 검탑 예산처장이 떠올랐다.

'하긴. 술법사들뿐만이 아니지. 우리 아울 검탑의 살라루 예산처장님도 이 사람을 무척 높게 평가하셨어. 그렇다면 내가 보는 눈이 없는 것일까?'

아무래도 그런 것 같았다.

'그렇구나. 내 눈이 잘못되었구나. 하아아.'

프레야는 스스로를 반성했다. 그리고 그 반성보다 더 깊은 곳에는 한 가닥의 불안감이 도사리고 있었다.

솔직히 말해서 프레야는 비앙카가 활짝 웃으며 이탄에게 말을 건 바로 그 순간부터 알 수 없는 불안감에 휩싸였다.

비록 프레야 본인은 애써 부정하겠지만, 사실 그녀의 마음속 깊은 곳에는 '이러다 저 매혹적인 여술법사가 내 남자의 관심을 빼앗아 가면 어떻게 하나?' 라는 불안함과 질투심이 은근히 피어올랐다.

한편 프레야가 비앙카를 의식하는 만큼, 혹은 그 이상으로 비앙카도 프레야를 의식했다. 비앙카는 은근히 프레야를 관찰했다.

'저 여자가 이탄 선인님과 정략 결혼했다는 바로 그 여자인가? 흥! 뭐 별거 없네.'

비앙카는 프레야를 단숨에 깎아내렸다.

얼마 전 피사노교와의 전쟁이 끝난 직후, 마르쿠제 술탑의 정보조직은 이탄에 대해서 샅샅이 조사했다.

마르쿠제의 지엄한 명령 때문이었다.

그 조사 결과를 세 줄로 요약하면 다음과 같았다.

첫째, 이탄은 3년 전 스무 살의 나이에 대쿠퍼 가문의 가주가 되었음.

둘째, 이탄은 등장과 동시에 거대 가문을 휘어잡았으며, 그 증거로 쿠퍼가에서는 젊은 가주에 대한 불평불만의 소리가 전혀 들리지 않음.

셋째, 이탄은 아울 검탑 99검의 딸과 정략 결혼하여 검탑과 인연을 만들었음.

　익히 알려진 바와 같이, 마르쿠제 술탑은 언노운 월드 백 세력들 가운데 세 손가락 안에 꼽히는 곳이었다.

　그럼에도 불구하고 마르쿠제 술탑은 언노운 월드가 아니라 동차원 랑무 대산맥에 그 근거지를 두고 있었다. 술탑의 수도자들도 대부분 언노운 월드가 아닌 랑무 대산맥에서 살았다.

　따라서 언노운 월드 내에 구축된 마르쿠제 술탑의 정보 조직은 생각보다 그리 탄탄하지 못했다.

　마르쿠제 술탑이 이탄의 진짜 소속, 즉 모레툼 교단 은화 반 닢 기사단에 대해서 캐내지 못한 것은 바로 이런 배경 때문이었다.

　어쨌거나 마르쿠제 술탑 휘하 정보조직은 이탄에 대한 1차 뒷조사를 마쳤다. 그 결과가 곧 마르쿠제의 손에 전달되었다.

　"흐으음."

　술탑주인 마르쿠제는 한 꾸러미의 보고를 손에 들고 뒷짐을 쥔 채 다른 손으로 자신의 수염을 쓰다듬었다. 그러다 문득 손녀인 비앙카에게 눈길을 돌렸다.

　"쿠퍼 가문은 서차원 최대의 부호 가문이라지?"

"그리 들었습니다."

비앙카가 마르쿠제의 질문에 공손히 대답했다.

"한데 그 쿠퍼 가문의 젊은 가주가 술법에 천부적인 재능을 지녔고, 그 재능을 인정받아 혼명도 아닌 남명 사대종파의 제자가 되었다? 그것도 금강수라종 멸정 대선인님의 막내제자로 선발되었다? 이거 범상한 일은 아니로구나. 허허허."

비앙카가 바로 맞장구를 쳤다.

"맞습니다. 결코 범상한 일이 아닙니다. 그러니 우리 술탑에서도 당연히 이탄 선인을 눈여겨보아야 한다고 생각합니다."

"흐음."

"이번에 특수부대에서 이탄 선인이 보여준 능력은 단연 압권이었습니다. 솔직히 말씀드려서 제 판단에는 검룡 선인이나 붕룡 선인, 그리고 죽룡 선인보다 오히려 이탄 선인이 더 대단했습니다."

"그 정도였단 말이지? 흐으음."

마르쿠제가 눈을 번쩍 빛냈다.

그 날 마르쿠제와 비앙카는 장시간 머리를 맞대고 이탄에 대해서 논의했다. 그 결과 비앙카가 직접 행동에 나서기로 결정했다. 비앙카는 서차원으로 직접 찾아가서 다시 한

번 이탄을 만나볼 요량이었다.

비앙카보다 한발 앞서서 마르쿠제 술탑의 정보조직이 움직였다. 정보조직 소속 술법사들은 쿠퍼 본가 주변에 법술로 만든 새를 여러 마리 띄웠다.

알록달록한 색깔의 새들이 짹짹짹 울면서 이탄의 점프 소식을 마르쿠제 술탑에 알렸다. 정보조직의 술법사들은 추적 술법을 사용하여 이탄의 목적지를 추적했다.

이 사실이 곧장 비앙카에게 보고되었다.

"서차원의 그레브 시라고? 알았다."

비앙카는 그녀의 붉은 머리카락 색깔만큼이나 화끈한 성격이었다. 그래서 보고를 듣자마자 곧바로 출동했다.

사천왕 가운데 2명인 테케와 오고우가 비앙카를 호위하여 함께 움직였다. 비앙카를 가까이서 보필하는 레베카도 당연히 따라붙었다.

비앙카 일행은 일단 이송법진을 타고 대륙 남부로 이동한 다음, 령을 통해 언노운 월드의 그레브 시로 넘어왔다.

마침 그레브 시의 북쪽 지구에는 마르쿠제 술탑의 지부가 설치되어 있었다. 비앙카는 지부에 소속된 완급(만급—완급—선급의 3단계 가운데 두 번째 단계) 술법사의 도움을 받아 이탄의 행방을 수소문했다.

비앙카 일행이 이탄의 뒤를 따라잡을 무렵, 피요르드 후작과 아울 검탑의 도제생들은 야스퍼 전사탑과 맞붙어서 피 튀기게 싸우는 중이었다.

비앙카는 구름형 비행 법보 위에서 고고하게 팔짱을 낀 채 두 세력 사이의 전투를 지켜보았다.

Chapter 7

비앙카의 관점에서 보았을 때 야스퍼 전사탑의 사악한 종자들 가운데 신경을 쓸 만한 자는 딱 한 명뿐이었다.

"저기 숨어 있는 꼽추노인이 좀 신경에 거슬리는군. 그 밖에 나머지는 그저 그런 수준이야."

"공주님, 잘 보셨습니다."

"저희들의 판단도 동일합니다."

테케와 오고우가 비앙카의 말에 맞장구를 쳤다.

비앙카가 한 마디를 덧붙였다.

"그래 봤자 저 꼽추노인도 이탄 선인님의 상대는 못 되겠지."

"아마도 그럴 겝니다."

"이탄 선인이 나서는 순간 전투는 쉽게 끝나겠지요."

테케와 오고우는 거듭 비앙카의 의견에 동의했다. 특수

부대에서의 경험이 그들로 하여금 이탄을 높게 평가하게 만들었다.

마르쿠제 술탑의 수도자들이 지켜보는 가운데 전투가 계속되었다.

피요르드 후작은 마르쿠제 술탑 사람들의 예상보다 더 오래 버텼다. 프레야도 나름 고군분투하는 것 같았다.

그래 봤자 전세를 역전시킬 정도는 아니었다. 전반적인 전황은 야스퍼 전사탑 쪽이 훨씬 더 유리했다.

한데 희한하게도 이탄은 아군을 돕지 않았다. 이탄은 그저 호위무사들 사이에 숨어서 사태를 방관할 뿐이었다.

"이탄 선인님이 왜 저러시지?"

비앙카가 고개를 갸웃했다.

바로 그 순간 이탄이 움직였다.

휙—.

비앙카가 미처 인지하지도 못한 사이, 이탄이 수십 미터를 뛰어넘더니 그대로 꼽추노인의 목덜미를 붙잡아 골목으로 끌고 들어갔다.

이후 끔찍한 사태가 자행되었다. 꼽추노인은 이탄에 의해 땅바닥에 패대기쳐진 채 잔인하게 이마가 잡아 뜯겼다. 머리 가죽도 좌우로 뜯어졌다. 그러다 결국 꼽추노인은 한 줌의 재가 되어 소멸했다.

마지막 순간에 이탄이 꼽추노인을 어떤 수법으로 처리했는지 비앙카 등은 제대로 보지도 못했다. 그저 이탄의 무지막지한 폭력에 기가 질렸을 뿐이었다.

"으우우웁, 우웨엑."

레베카가 구름 위에서 헛구역질을 했다.

비앙카도 속이 매슥거렸다.

테케는 딱딱하게 굳은 얼굴로 침을 꿀꺽 삼켰다. 오고우의 안색도 조금이나마 파리하게 질렸다.

꼽추노인을 처참하게 분해해버린 뒤, 이탄은 다시 제자리로 돌아왔다.

비록 이탄이 적들 가운데 최강자를 해치웠다고 하나, 그것만으로 전세가 역전되지는 않았다. 아울 검탑의 도제생들은 시간이 갈수록 점점 더 곤궁에 처했다.

그래도 이탄은 꿈적도 안 했다.

"이탄 선인님이 왜 저렇게 가만히 계시지? 아울 검탑이 전멸하기를 바라시나?"

비앙카가 이상함을 느낄 때였다.

이탄이 힐끗 하늘을 쳐다보았다. 그의 서늘한 시선이 비앙카의 두 눈을 정면으로 마주 보았다.

"허억!"

어찌나 놀랐던지 비앙카는 심장이 목구멍 밖으로 튀어나

오는 줄 알았다. 늘 표정이 없던 레베카도 이때만큼은 소름 끼치게 놀랐다.

잠시 후, 비앙카가 멋쩍게 머리를 긁었다.

"이런. 이탄 선인님은 이미 우리의 존재를 눈치채고 있었구나. 우리가 나설 때를 기다리는 모양이야."

레베카가 바로 맞장구를 쳤다.

"공주님의 말씀이 맞습니다. 아마도 아울 검탑에서는 이탄 선인님의 진정한 무력에 대해서 모르나 봅니다. 그러니까 이탄 선인님이 저렇게 나약한 상인인 척 후방에 빠져서 손을 놓고 계시겠지요."

테케가 비앙카에게 물었다.

"공주님, 어떻게 할까요?"

오고우도 비앙카의 얼굴만 쳐다보았다.

결국 비앙카가 고개를 끄덕였다.

"어쩔 수 없죠. 이왕 일이 이렇게 된 거, 두 분께서 나서 주세요."

비앙카의 말이 떨어진 즉시 테케와 오고우가 명을 받들었다.

슈웅! 슝!

두 선인은 비행 법보를 발동하여 단숨에 지상으로 쏘아져 내려갔다. 비앙카와 레베카도 서로의 얼굴을 마주 본 다음, 느긋하게 하강했다.

이후는 피요르드가 목격한 바와 같았다. 껑다리 사내 테케가 불쑥 나타나 부적병사를 소환하고 검을 무섭게 휘둘렀다. 오고우는 커다란 솥단지로 신비로운 재주를 부렸다. 그들의 실력은 정말 뛰어났다.

야스퍼 전사탑의 서열 3, 4위인 게라스와 모이라이가 마르쿠제 술탑 사천왕 2명의 공격을 받아 허무하게 무릎을 꿇었다.

물론 피요르드도 공격에 힘을 보탰지만, 그가 없었더라도 테케와 오고우는 어렵지 않게 게라스와 모이라이를 제압할 수 있었다.

게라스와 모이라이는 대륙 남부 일대에서 악명이 자자한 실력자들이었으되, 마르쿠제 술탑의 최상위급 선인들을 상대하기에는 역부족이었다.

전장이 어느 정도 정리된 뒤, 비앙카가 하늘에서 내려와 이탄에게 아는 체를 했다.

"쿠퍼 가주님, 오랜만이에요."

이탄은 비로소 호위무사들 사이에서 벗어나 비앙카를 맞았다.

"비앙카 님, 그동안 잘 지내셨습니까?"

비앙카가 이탄에게 눈웃음을 쳤다.

"가주님, 그때 그렇게 빨리 떠나셔서 좀 서운했어요. 시간을 내서 한번 술탑에 들려주실래요? 윗선에서 쿠퍼 가주님을 만나기를 원하시거든요."

비앙카가 언급한 '윗선'이란 다름 아닌 마르쿠제 대선인을 의미했다.

이탄은 선뜻 고개를 끄덕였다.

"조만간 한번 찾아뵙겠습니다."

"조만간이라는 말이 참 애매하네요. 정확하게 언제쯤 시간을 내주실 수 있으신가요?"

비앙카의 성격은 화끈했다. 그녀는 맺고 끊는 것이 확실했으며, 애매모호하게 에둘러 말하는 것을 싫어했다.

Chapter 8

"흐음."

이탄은 고개를 살짝 숙이고 손가락으로 턱을 조몰락거렸다.

그러다 이탄이 다시 고개를 들었을 때, 그의 눈동자 속에는 한줄기 서늘한 기운이 감돌았다.

"죄송하지만 정확한 날짜를 못 박기는 힘들군요. 제가

꼭 마르쿠제 술탑의 말을 따라야 한다는 법도 없고요."

"감힛."

테케가 발끈했다. 테케의 손이 무의식중에 검자루를 잡았다. 테케의 어깨 위에는 노란색 부적 두 장이 스르륵 떠올랐다.

그보다 한발 앞서 이탄의 무심한 눈이 테케를 쳐다보았다. 비록 테케의 수준에서 파악할 수는 없었지만, 그 순간 이탄의 눈빛 속에는 정상세계를 지탱하는 언령의 힘이 녹아 있었다.

'으헙!'

무저갱처럼 깊고 어두운 이탄의 동공을 마주한 순간, 테케의 등판에 왕소름이 쫙 돋았다. 검자루를 쥔 테케의 손이 바르르 떨렸다. 테케는 무의식중에 침을 꿀꺽 삼켰다.

한편 비앙카도 입술을 꼭 깨물었다.

'이런 바보. 내가 큰 실수를 해버렸어. 상대는 남명의 거물인 멸정 대선인님의 제자가 아닌가. 게다가 실력의 깊이를 가늠할 수 없는 강자라고. 한데 내가 너무 예의 없이 이탄 선인님을 압박했구나.'

비앙카는 비록 불같은 성격을 지녔지만, 그렇다고 막무가내는 아니었다.

한데 이상하게도 조금 전 비앙카가 이탄을 대할 때는 노련함이라고는 찾아볼 수 없었다. 비앙카는 거대 세력의 후계자가 아니라 풋내기처럼 성급하게 굴었다.

'내가 왜 그런 실수를 했지? 왜 차분함을 잃고 조급하게 굴었을까?'

비앙카가 스스로에게 따져 물었다.

아무리 찾아봐도 이유는 하나였다.

'이탄 선인의 배우자인 프레야 때문일까? 뭐야? 내가 그녀를 의식한다고? 그래서 나도 모르게 평정심이 깨졌다고?'

비앙카는 강렬하게 타오르는 불꽃 속에 한 줄기 현명함을 갖춘 여인이었다. 그 현명함이 비앙카의 내면 깊숙한 곳에 웅크리고 있는 자신의 감정을 비춰주었다.

자신의 감정을 깨달은 순간 비앙카는 소스라치게 놀랐다.

'그렇구나. 나는 저 프레야라는 여자를 의식하고 있었구나.'

비앙카가 프레야를 의식했다는 것은, 바꿔 말하면 비앙카가 이탄을 의식한다는 것과 같은 의미였다. 이탄이 의식이 되었기에 그의 부인인 프레야도 신경이 쓰인 것이었다.

'하면 이탄 선인님에 대한 내 감정은 무엇이지?'

비앙카는 마르쿠제 대선인의 명이 떨어지기 무섭게 이곳

서차원으로 차원 이동을 해서 날아왔다.

'내 행동이 단순히 할아버님의 명령을 받들기 위해서였을까? 아니면 한시라도 빨리 이탄 선인님을 만나보고 싶어서였을까?'

비앙카는 한 번 더 솔직하게 자신의 내면을 관조해 보았다.

결론은 곧 나왔다.

아직까지 비앙카는 이탄에게 연정을 품고 있는 상태는 아니었다. 그렇다고 그녀가 이탄에게 무감정한 것도 또 아니었다. 비앙카의 속마음은 본인도 파악이 되지 않을 만큼 알쏭달쏭했다.

'하아아, 모르겠다.'

비앙카는 자신의 속을 정확하게 파악할 수 없어 혼란스러웠다.

다만 이것 한 가지만큼은 확실했다. 지금 비앙카가 이탄에게 어떤 감정을 품고 있는지는 명확하지 않으나, 이탄 때문에 비앙카의 평정심이 깨진 것만은 분명했다.

'이런.'

비앙카의 표정이 심각하게 굳었다.

비앙카가 스스로를 돌아보는 사이, 이탄의 무심한 눈은 테케의 정신을 지속적으로 무너뜨렸다.

'으으으웃. 살려 줘.'

이제 테케의 손은 눈에 띌 정도로 덜덜덜 떨렸다. 이대로 조금만 더 시간이 흐르면 테케는 마음에 큰 충격을 받고 실력이 퇴보할지도 몰랐다.

보다 못해 오고우가 나섰다.

쿠웅!

오고우는 커다란 무쇠 솥을 던져서 테케의 앞을 막아주었다.

"허억, 헉헉."

테케는 겨우 한숨을 돌렸다. 무쇠 솥에 의해 이탄의 시선이 차단된 덕분이었다.

대신 이탄의 무심한 눈이 이번엔 오고우에게 향했다.

'으헉?'

오고우는 비로소 깨달았다. 이탄의 눈길이 닿는 순간, 오고우의 법력이 바짝 쪼그라들어 딱딱한 고체처럼 굳어버렸다. 몸속의 피도 싸늘하게 굳어버린 듯했다. 심지어 오고우는 근육 한 올 움직일 수 없었다. 손가락 한 마디 뜻대로 움직여지지 않았다.

오고우는 조금 전 테케가 느꼈던 공포가 얼마나 끔찍한 것이었는지 비로소 생생하게 깨달았다.

비앙카가 솔직하게 이탄에게 용서를 구했다.

"용서하세요. 제가 가주님을 압박하려는 마음은 없었어요."

이탄은 그제야 오고우에게 향했던 서늘한 눈길을 거둬들였다.

"압니다."

"헉헉헉, 허억, 헉."

시선에서 풀려나자 오고우는 두 손으로 자신의 목을 잡고 거칠게 숨을 몰아쉬었다. 옆에서는 테케가 창백한 얼굴로 휘청거렸다.

이탄이 천천히 말을 이었다.

"저도 딱히 압박이라 느끼지 않았습니다. 그러니 비앙카 님께서 제게 용서를 구하실 필요는 없습니다. 하지만 저도 나름 한 가문의 가주가 아닙니까. 미리 약속된 일정들이 있는지라 마르쿠제 술탑을 언제 방문할지 지금 당장 날짜를 특정 짓기는 어렵습니다. 부디 저의 사정을 너그럽게 양해해주십시오."

말을 하는 동안 이탄의 표정은 봄바람처럼 부드러웠다. 이 단편적인 모습만 보면 누가 평가해도 이탄은 사람 좋은 상인이었다.

경색되었던 분위기가 다시 풀렸다. 비앙카는 놀랐던 심정을 겨우 가라앉혔다. 그리곤 노련하게도 이탄이 아니라 피요르드를 먼저 공략했다.

"피요르드 영주님이라고 하셨지요?"

"그렇습니다."

"여기서 계속 대화를 나누기는 좀 그렇군요. 마침 그레브 시 북쪽에 저희 술탑의 지부가 있습니다. 괜찮으시면 여러분들을 그곳으로 모셔도 될지요?"

비앙카의 말이 옳았다. 폐허가 된 거리 한복판에서 계속 대화를 나눌 수는 없었다. 야스퍼 전사탑의 후속 병력이 언제 이곳으로 들이닥칠지도 모르기 때문이었다.

제2화
지하 도시

Chapter 1

피요르드는 일행을 대표해서 비앙카에게 감사를 표시했다.

"너그러운 제안에 감사드립니다. 염치없지만 신세를 좀 지겠습니다."

피요르드는 먼저 비앙카에게 인사를 한 뒤, 이어서 이탄의 의견을 물었다.

"어떤가? 사위. 자리를 옮겨서 이분들과 좀 더 이야기를 나눠도 괜찮겠는가?"

비앙카가 이탄 대신 피요르드를 공략하는 수법도 물론 노련했지만, 그런 비앙카 앞에서 이탄을 "사위"라 부르며 친근하게 대하는 피요르드의 태도도 보통은 넘었다.

사실 피요르드는 이렇게 노련한 처세에 능한 사람은 아니었다. 하지만 피요르드의 본능이 강하게 외쳐댔다.

'이탄은 엄연히 우리 아울 검탑의 사위이자 프레야의 남편이야. 붉은 머리카락의 이 여술법사에게 이 사실을 똑똑히 인식시켜야 해.'

이탄에게 질문을 하면서 피요르드는 살짝 긴장했다.

다행히 이탄은 피요르드의 체면을 세워주었다.

"장인어른 뜻대로 하십시오. 저는 아무래도 상관없습니다."

"그런가? 허허험."

피요르드가 반색을 했다.

이탄이 한 마디를 덧붙였다.

"아무래도 여기는 위험할 것 아니겠습니까? 장인어른의 말씀처럼 이곳보다는 어디든 안전한 곳으로 자리를 옮기는 편이 낫겠지요."

"허허허. 그렇지. 사위의 의견은 잘 알겠네."

피요르드는 흡족한 웃음으로 이탄을 대한 다음, 다시 비앙카에게 고개를 돌렸다.

"그럼 안내를 부탁드리겠습니다."

"네, 영주님."

비앙카가 고개를 돌려 하급 술법사에게 눈짓을 보냈다.

이 하급 술법사는 마르쿠제 술탑 그레브 시 지부에 소속된 인물이었다.

"저를 따라오십시오. 지부로 모시겠습니다."

하급 술법사가 냉큼 앞장섰다.

이탄 일행은 부상자들을 등에 업은 다음, 하급 술법사의 뒤를 따랐다. 마차가 박살 나고 말들이 모두 죽은 터라 다들 걸어서 이동할 수밖에 없었다.

비앙카를 뒤따르기 전, 이탄은 아삽을 돌려보냈다. 운 좋게 살아남은 노예들도 아삽의 편에 함께 보냈다. 마르쿠제 술탑 지부의 위치를 아삽과 같은 일반인들에게 노출시킬 수는 없었기 때문이다.

아삽도 상황을 이해했다.

'나와 상인들은 본래 호기심이 많은 족속들이지. 그러나 이런 일에 호기심을 발휘했다가는 목숨이 10개라도 부족할 게야.'

아삽은 프레야가 구매한 노예들을 데리고 냉큼 자신의 가문으로 돌아갔다.

점퍼 요원들과 집사 한 명도 이탄과 헤어져서 아삽과 함께 움직였다. 대신 호위무사 6명과 333호는 이탄과 동행했다.

이탄도 그들의 동행을 막지 않았다.

마르쿠제 술탑의 지부는 특이하게도 평범한 학교 안에 근거지를 두었다.

원래 이 학교는 그레브 시 영주의 명에 의해 설립된 곳으로, 동네 아이들을 모아서 언어와 수학, 역사 등을 가르치는 것이 주된 설립 목적이었다. 더불어서 이 학교에서는 아픈 사람들을 간단하게 치료하기도 하였다.

사실 학교의 교장이 술탑의 지부장이었다.

언어와 수학, 역사 등을 가르치는 교사들은 모두 하급 레벨의 술법사들이었다.

심지어 학교의 관리인도 술법사 가운데 한 명이었다.

지부의 술법사들은 낮에는 동네 아이들에게 잡다한 학문을 가르쳤다. 밤이 되면 그들은 마르쿠제 술탑의 명에 따라 그레브 시의 세력 동향을 파악하거나 술법에 자질이 있는 사람들을 선발해서 동차원으로 보냈다. 혹은 그레브 시의 흑 세력들과 세력 다툼을 벌이기도 하였다.

오늘 이 그레브 시 지부에 아주 귀한 분들이 방문했다.

"공주님, 어서 오십시오. 저는 그레브 시의 지부장 노엘이라고 합니다."

밤색 곱슬머리를 지닌 중년사내 노엘이 비앙카를 향해

감격스러운 표정으로 허리를 접었다. 노엘은 완6급의 술법 사였다.

당연한 이야기지만, 이곳 그레브 시 지부에서는 지부장 인 노엘의 법력이 가장 높았다. 노엘을 제외한 나머지 하급 술법사들은 대부분 만10급부터 완5급 사이였다.

비록 노엘이 이곳에서는 왕 노릇을 하지만, 마르쿠제 술탑 전체로 보았을 때 노엘의 수준은 그리 높은 편이 아니었다.

고작 완6급인 노엘의 신분에서 비앙카나 레베카, 테케, 오고우와 같은 선인들을 만나볼 기회는 평생 딱 한 번 있을 까 말까였다. 그러니 지금 노엘이 얼마나 가슴이 뛸 것인지 는 굳이 확인해보지 않아도 자명했다.

비앙카가 빨간 입술을 열었다.

"지부장. 안내를 부탁해요."

"넵. 저를 따라오십시오."

노엘이 즉각 대답했다.

노엘은 비앙카와 손님들을 모시고 학교 지하로 내려갔 다.

은밀하게 숨겨진 돌계단을 따라 지하로 내려가자 축축한 냄새가 사람들의 코끝을 스쳤다. 돌계단의 끝에는 오랫동 안 방치된 것으로 보이는 녹슨 철문이 존재했다. 노엘은 한 꾸러미의 열쇠를 꺼내더니 그중 하나를 철문의 자물쇠 구멍에 끼웠다.

철컹.

문 따는 소리가 둔탁하게 들렸다.

'겉보기에는 녹슨 철문처럼 보이지만 이 안에는 깜짝 놀랄 만한 시설이 숨겨져 있겠지?'

'마르쿠제 술탑의 지부 핵심 시설이 있을 게야.'

피요르드 후작과 프레야 등은 이렇게 추측했다.

틀린 추측이었다.

철문 안은 사람들의 기대와 전혀 달리 진짜로 버려진 창고였다. 반쯤 부러진 청소도구와 망가진 교재들이 창고 안에서 아무렇게나 나뒹굴었다. 소복하게 쌓인 먼지가 퀴퀴한 냄새를 풍겼다.

"허어, 이거 참."

피요르드가 어이없다는 듯이 뒤통수를 긁었다.

'에게.'

프레야도 황당한 표정을 지었다.

Chapter 2

노엘은 사람들이 어떤 반응을 보이건 상관하지 않았다.

그는 진중한 표정으로 창고 안쪽으로 들어가더니, 뿌옇게 쌓인 먼지를 후후 불었다.

흩어진 먼지 아래서 둥그런 진이 드러났다.

'이송법진이구나.'

이탄이 눈을 반짝 빛냈다.

'후훗. 마르쿠제 술탑에서 이곳 서차원에 이송법진 망을 구축해 놓았단 말이지? 만약에 저것만 활용할 수 있으면 굳이 점퍼들의 도움을 받지 않고서도 어디든 갈 수 있을 거야.'

이탄은 속으로 입맛을 다셨다.

그때 노엘이 손짓을 해서 사람들을 불러 모았다.

"모두 이곳으로 모이십시오."

비앙카가 먼저 이송법진 안으로 들어갔다.

비앙카의 행동에는 한 치의 망설임도 없었다. 테케와 오고우, 레베카도 성큼 발걸음을 옮겨 비앙카의 뒤를 따랐다.

피요르드는 약간 망설였다.

'저 원이 뭐지? 마법진 같은 건가?'

피요르드가 이런 의심을 하는 것은 당연했다.

하지만 손님 된 입장에서 주인을 의심만 할 수는 없었다. 결국 피요르드도 마음을 굳게 먹고는 이송법진 안으로 들어갔다.

피요르드가 먼저 나서자 프레야를 비롯한 아울 검탑의 도제생들도 우르르 그 뒤를 따랐다.

이탄과 호위무사들, 그리고 333호는 가장 나중에 이송법진에 발을 디뎠다.

이제 모든 사람들이 원 안에 들어왔다.

"갑니다."

노엘은 법력을 끌어올려 이송법진을 가동했다.

후오옹!

이송법진은 발동과 동시에 사람들을 고립된 공간으로 보내버렸다.

지하 500미터 깊이에 형성된 이 공간은 출구라고는 전혀 찾아볼 수 없는 단절된 장소였다. 여기를 오갈 수 있는 방법은 오로지 이송법진뿐이었다.

비록 사방이 꽉 막혀 있는 지하라고는 하지만, 공간 내부는 전혀 답답하지 않았다. 우선 공간이 상당히 넓어서 탁 트인 느낌이었고, 어떻게 환기를 시키는 것인지 실내 공기도 꽤 신선했다.

대신 주변이 온통 암흑 천지였다.

"흐으음?"

피요르드가 눈을 찌푸렸다.

프레야도 한 줄기 의심을 품은 채 사방을 세심하게 살펴보았다.

333호와 호위무사들은 날카로운 눈으로 주변을 관찰했다.

반면 이탄은 별다른 반응이 없었다. 이송법진이 발동한 순간부터 이탄은 이곳의 대략적인 위치를 예측해 내었다.

'장거리 이송은 아니구나. 게다가 수직 방향으로 이송하는 느낌이야. 학교 건물 아래 땅 속 깊숙한 곳으로 이송하는 것일까? 아마도 깊이는 400미터에서 600미터 내외인 것 같은데?'

이탄의 예측은 놀라울 정도로 정확했다.

노엘이 손을 앞으로 내밀었다.

"잘 오셨습니다. 조금 전의 학교 건물은 사실 위장일 뿐입지요. 사실은 이곳이 진짜 그레브 시의 지부입니다."

노엘은 자부심 가득한 말과 함께 앞으로 내밀었던 손을 수평으로 뻗었다.

그에 반응이라도 하듯이 사방에 드리운 어둠이 사르륵 사라졌다. 대신 드넓은 지하 세상이 사람들의 동공에 틀어박혔다.

"아아아!"

프레야가 탄성을 흘렸다.

"허어어. 대단하구나."

피요르드도 놀라서 눈을 껌뻑거렸다.

"이건!"

333호는 충격을 받은 듯 휘청거렸다.

호위무사들의 반응도 333호와 다를 바 없었다.

어둠이 걷히면서 드러난 풍경은 놀라웠다. 사람들 앞에는 시끌벅적하고 번화한 시가지의 모습이 펼쳐져 있었다. 그것도 언노운 월드의 시가지가 아니라 동차원의 이국적인 시가지 풍경이었다.

홍색 기와지붕을 얹은 집들이 처마와 처마를 맞대며 도로 양쪽으로 끝없이 늘어섰다. 건물과 건물 사이엔 붉은 풍등들이 줄지어 내걸려서 바람에 흔들렸다.

이렇듯 건축양식은 동차원의 것이건만, 거리에 지나다니는 사람들은 온통 서차원, 즉 언노운 월드인들의 모습이었다.

'마치 동차원의 혼명 지역을 한 조각 잘라서 가져온 것 같구나.'

이탄이 속으로 이렇게 중얼거렸다.

그 생각이 맞았다. 이곳 지하 도시의 모습은 마치 랑무 대산맥 속에 위치한 랑무 시를 일부분 잘라서 옮겨온 듯했다.

이곳 지하 도시의 인구는 약 3백만 명.

면적은 그레브 시의 10분의 1 크기.

지하 도시는 그레브 시에 비해서 면적 대비 인구밀도가 높은 편이라 건물이 따닥따닥 붙은 느낌이었다.

그렇다고 답답하지는 않았다.

하늘은 밝았으나 해와 달, 그리고 별은 찾아볼 수 없었다. 이곳이 지하세계인 탓이었다.

"무슨 지부가 이렇게 크단 말이오?"

피요르드가 놀란 눈으로 물었다.

비앙카가 고개를 내저었다.

"이곳 전체가 전부 저희 지부는 아닙니다. 다만 저희 술탑의 지부가 이곳의 일부를 차지하고 있을 뿐이죠."

비앙카는 서슴없이 지부의 비밀을 밝혔다. 비앙카가 이렇게 솔직하게 말해준 이유는 바로 이탄 때문이었다.

'이탄 선인님을 아군으로 만들려면 우선 우리 마르쿠제 술탑부터 솔직해져야지.'

이것이 비앙카의 판단이었다.

그때 노엘이 끼어들었다.

"자, 다들 저를 따라오시지요."

노엘은 사람들을 시가지 안쪽으로 안내했다. 도로 양옆은 점포들이었는데, 주로 낮은 수준의 부적이나 단약을 팔았다.

점포의 상인들도 그렇고, 길을 오가는 사람들도 그렇고, 모두 언노운 월드 사람들이라 외모가 두드러지지는 않았다.

그래서 피요르드와 프레야, 아울 검탑의 도제생들, 333호와 호위무사들은 오가는 행인들보다는 점포에서 판매 중인 희한한 물건들에 관심을 두었다.

Chapter 3

'저 약들은 뭐지? 냄새가 쌉싸름한 것이 영 희한한데?'

'저 종이들은 뭘까? 알 수 없는 글자, 아니 그림이 그려진 것 같은데?'

프레야와 도제생들이 점포에서 무엇을 파는지 궁금해할 때였다.

"어어억?"

검탑의 도제생 한 명이 소스라치게 놀랐다. 철그럭 철그럭 소리를 내면서 도제생의 앞을 지나가는 거구의 사내 때문이었다.

아니, 엄밀하게 말해서 사내라고 부를 수는 없었다. 육중한 철갑을 두른 이는, 분명 몸은 사람인데 얼굴은 늑대였다. 온통 잿빛 털로 뒤덮이고, 눈이 노랗게 번들거리며, 주둥이가 길게 튀어나온 늑대.

"수인족?"

피요르드가 흠칫했다.

언노운 월드에도 분명 수인족이 살았다. 대표적으로 추이타 대초원에는 인간보다 수인족들의 개체수가 더 많았다.

하지만 이곳 남부에서는 수인족을 보기 드물었다.

늑대인간이 조금 전 비명을 지른 도제생을 향해 노란 시선을 던졌다. 도제생은 반사적으로 검의 손잡이에 손을 가져갔다.

그보다 한발 앞서 노엘이 둘 사이에 끼어들었다.

"죄송합니다. 저희 측 손님이 귀 종족에 익숙하지 않아 폐를 끼쳤습니다."

노엘은 사과의 말과 함께 소매 속에서 둥그런 패를 꺼내어 내보였다. 그 패를 보자 늑대인간의 날카로운 눈이 풀렸다.

"혼명의 친구분이셨군."

"예. 마르쿠제 대선인님을 뫼시고 있습니다."

여기서도 마르쿠제라는 이름은 잘 통했다. 늑대인간은 살짝 고개를 끄덕이고는 제 갈 길을 갔다.

이탄이 비앙카에게 뇌파를 보냈다.

[혼명이라 말하는 것을 보니 저 수인족은 혼명의 수도자는 아닌가 봅니다.]

[맞습니다. 저 수도자는 북명 소속입니다. 그리고 이곳 지하 도시는 혼명과 북명이 공유하는 장소랍니다. 우리 마르쿠제 술탑도 이곳 지하 도시에 대륙 남부를 총괄하는 지부를 두고 있고요.]

비앙카가 냉큼 대답했다.

이탄은 호기심을 느꼈다.

[북명!]

그동안 이탄은 동차원 이곳저곳을 다녀보았으나 직접적으로 북명의 수도자를 만난 적은 없었다.

동차원에서 남명이 동차원의 정통 혈맥 출신들이고, 혼명이 서차원 출신 수도자들의 집합체라면, 북명은 영물, 혹은 수인족들의 세력이었다.

[그 말씀은, 이곳 지하 도시에 마르쿠제 술탑뿐 아니라 북명의 수도자들도 꽤 많이 살고 있다는 뜻입니까?]

[이 지하 도시를 처음 개척한 곳이 바로 북명입니다. 전체적인 인구 구성을 보면, 수인족이 60퍼센트, 인간이 40퍼센트 비율이지요.]

[호오? 북명의 수도자가 더 많군요.]

이탄이 눈에 이채를 띠었다.

비앙카가 이탄을 위해 몇 마디 설명을 덧붙였다.

[이곳 거리는 마르쿠제 술탑 수도자들이 주로 차지하고 있습니다만, 저 위쪽으로 올라가면 수인족들의 거주지가 본격적으로 나옵니다. 이탄 선인님. 나중에 시간이 되시면 그곳도 한번 둘러보세요. 남명이나 혼명에서는 보기 힘든 특이한 법보나 약초들을 파는 점포들이 꽤 있으니까요. 호호호.]

그 말에 이탄은 더욱 큰 호기심을 느꼈다.

둘이 뇌파로 대화를 나누는 사이, 일행은 18층 전각 앞에 도착했다. 8각형의 전각 구조는 언노운 월드에서는 찾아볼 수 없는 특이한 건축양식이었다.

"참으로 희한한 건물이로구나."

피요르드가 손으로 전각 기둥을 쓰다듬었다.

우우웅!

전각에 걸린 방어 법진이 부르르 진동하며 피요르드의 손을 튕겨내었다. 피요르드는 기둥에서 냉큼 손을 떼었다. 그리곤 겸연쩍게 얼굴을 붉혔다.

"허어. 함부로 손을 대서 죄송하외다."

비앙카가 빙그레 웃었다.

"괜찮습니다. 어서 안으로 드시지요."

노엘이 비앙카를 전각 9층으로 안내했다.

곱게 차려 입은 여인들이 차를 내왔다. 비앙카는 손님들에게 차를 한 잔씩 대접하며 몇 가지 당부의 말을 전했다.

"사실 오늘 전투에 저희가 끼어든 이유는 여기 계신 쿠퍼 가주님 때문입니다. 저희 마르쿠제 술탑은 쿠퍼 가주님과 여러 가지 면에서 돈독한 우호 관계를 맺으려고 한답니다. 그 와중에 여러분들이 저 사악한 흑 세력과 다툼이 생겼고, 그 다툼에 저희들도 휘말렸지요."

여기서 말을 한 번 끊은 뒤, 비앙카가 붉은 입술을 다시 나풀거렸다.

"여러분들께서도 아시다시피 대륙 남부에서는 흑 세력이 기승을 부리고 있습니다. 조금 전 다툼에서는 저희가 적들을 무력으로 제압했으나, 얼마 지나지 않아 흑 세력의 본진이 등장할 거랍니다. 하여 저희들은 마르쿠제 술탑의 비밀이 공개되는 것을 무릅쓰고 여러분들을 이곳 지부로 모셨습니다. 하오니 정중하게 부탁드리겠습니다. 오늘 이곳에서 보고 들은 모든 것들은 저희 마르쿠제 술탑의 비밀입니다. 이 점을 명심하시고 비밀을 지켜주시기 바랍니다."

비앙카의 요구는 당연한 것이었다. 피요르드가 대뜸 검을 들어 맹세했다.

"제 검에 대고 맹세합니다. 오늘 술탑의 호의에 깊은 감사를 드리며, 이곳에서 보고 들은 모든 것들은 이곳을 나가는 즉시 잊어버리겠소이다."

"저도 맹세합니다. 반드시 비밀을 지키겠습니다."

프레야가 냉큼 그 뒤를 쫓았다.

"저도 맹세합니다."

"저도……."

아울 검탑의 도제생들은 연달아 자신들의 검을 걸고 맹세했다.

이탄이 쿠퍼 가문을 대표하여 말했다.

"쿠퍼 가문은 결코 고객의 비밀을 발설하는 법이 없습니다. 마르쿠제 술탑의 비밀은 곧 쿠퍼의 비밀입니다."

이때 이탄은 오로지 쿠퍼만 언급했을 뿐이었다. 은화 반 닢 기사단이나 모레툼 교단에 대해서는 아예 입에 담지 않았다.

'쿠퍼 가문의 가주 입장에서는 비밀을 지키겠지만, 은화 반 닢 기사단의 요원 입장에서는 얼마든지 보고하겠다는 뜻인가? 호호호. 49호님도 참 영민하셔.'

333호가 영악하게 눈을 반짝였다.

Chapter 4

비앙카가 흡족하게 손바닥을 비볐다.

"좋습니다. 여러분들이 이렇게 선뜻 맹세를 해주시니 믿음이 갑니다. 아마도 지금쯤 그레브 시 일대에는 흑 세력들의 포위망이 펼쳐져 있을 겁니다. 놈들은 아마도 눈에 불을 켜고 우리를 찾고 있겠지요."

"으으으."

비앙카의 말에 도제생들이 침을 꿀꺽 삼켰다.

비앙카가 꽃이 피는 것처럼 생긋 웃었다.

"그러니 여러분들은 이곳에서 잠시 머무르시지요. 아마도 며칠 뒤면 놈들의 포위망이 다소 느슨해질 겁니다. 그때 안전한 곳으로 몸을 피하시고요."

"안전한 은신처를 제공해 주셔서 고맙습니다."

이번에도 피요르드가 사람들을 대표해서 감사의 뜻을 전했다. 비앙카는 웃음으로 피요르드의 인사를 받아들였다.

간단하게 차 한 잔을 나눈 뒤, 사람들은 시녀들의 안내를 받아 각자에게 배정된 숙소로 향했다.

속 보이게도 비앙카는 프레야에게 피요르드와 같은 방을 내주었다. 보통은 부부에게 한 방을 주는 것이 일반적이나 비앙카는 그 룰을 따르지 않았다.

이탄도 비앙카에게 딱히 프레야와 한 방을 쓰겠다고 요구하지 않았다. 이탄은 언데드인지라 방을 혼자서 쓰는 것이 편했다. 게다가 이탄은 프레야와 결혼만 했지 첫날밤을 치른 적도 없었다.

이탄이 침묵하자 프레야도 입을 꾹 다물었다.

"이런 멍충이."

피요르드의 입에서 후작 부인이 늘 내뱉던 말이 튀어나왔다.

"아버지!"

프레야는 속이 울컥했다.

피요르드 부녀가 복잡한 심정을 억지로 가누는 동안, 이탄은 비앙카의 초대를 받아 둘만의 시간을 가졌다.

조금 전에는 공개되지 않았던 전각 18층 안.

김이 모락모락 올라오는 찻잔을 사이에 두고 이탄은 비앙카를 물끄러미 응시했다. 비앙카는 별처럼 반짝이는 눈으로 이탄을 관찰했다.

이탄은 입이 무거운 사람, 아니 언데드였다.

결국 비앙카가 먼저 입을 열었다.

"이탄 선인님, 우선 감사 인사부터 드려야겠네요."

비앙카는 정중하게 일어서서 이탄에게 허리를 깊숙이 숙였다.

이탄이 손을 휘휘 저었다.

"왜 이러십니까? 선자님께서 제게 감사할 일이 뭐가 있다고요."

"아닙니다. 오염된 악마들의 본진에서 싸울 때 이탄 선인님의 활약이 아니었으면 저는 죽었을지 모릅니다."

"제가 한 일이 뭐가 있겠습니까? 자한 대선인님께서 우리에게 뛰어난 진법을 알려주셨고, 그 진법 안에서 각자 최선을 다한 결과지요."

"호호호. 모두가 최선을 다했다고 해서 전공마저 똑같은 것은 아니랍니다. 오염된 악마들과 싸울 당시 가장 큰 전공을 세운 분은 분명 이탄 선인님이셨습니다. 그리고 저와 제 동료들은 그런 이탄 선인님께 큰 은혜를 받은 것이고요. 부디 이 점을 부인하지는 말아주세요."

비앙카가 간곡히 말했다.

이탄은 손가락으로 관자놀이를 긁었다.

"하하하. 제 얼굴에 그렇게 금칠을 해주시니 이거 몸 둘 바를 모르겠습니다."

"금칠이라니요? 호호호. 이탄 선인님께서는 너무 겸손하셔서 탈이네요. 호호호."

비앙카는 매혹적으로 웃더니, 다시 진지하게 낯빛을 굳혔다. 이탄의 표정도 덩달아 진지하게 돌변했다.

"저는 오늘 이탄 선인님께 두 가지를 드리고자 해요."

비앙카가 손으로 둥그런 원을 그렸다.

그 원 속에서 2개의 물건이 튀어나왔다. 그것들은 부드럽게 허공을 날아 이탄 앞쪽 탁자 위에 사뿐히 내려앉았다.

"이게 무엇입니까?"

비앙카가 손가락으로 왼쪽 나무상자를 가리켰다.

"왼쪽의 단풍나무 상자 안에는 할아버님, 즉 마르쿠제 대선인님께서 이탄 선인님께 드리는 선물이 들어 있답니다."

이탄이 흠칫했다.

"마르쿠제 대선인님께서요?"

말은 이렇게 했으나, 사실 이탄은 마르쿠제가 선물을 보낼 것이라 짐작하고 있었다. 예전에 남명에서 처음 마르쿠제를 만났을 때부터 이미 들었던 바였다.

"열어보세요."

비앙카가 당당하게 말했다.

비앙카는 단풍나무 상자를 여는 순간 이탄이 크게 놀라며 기뻐할 것이라고 자신하는 눈치였다. 그녀는 이탄이 얼마나 눈이 높고 까다로운지 알지 못했다.

딸깍.

이탄이 단풍나무 상자를 열었다.

그 안에서 은은한 향이 올라와 이탄의 코로 스며들었다. 짙은 향을 내는 물건은 엄지손톱 크기의 누런 고체였다.

한데 이 누런 고체의 모양이 재미있었다. 아래쪽 덩어리 위에 3개의 조그만 덩어리가 붙어 있는 모습이 마치 머리가 3개 달린 모습 같았다.

비앙카의 흥미로운 눈빛과 함께 설명을 이었다.

"혹시 이게 뭔지 알아보시나요?"

"뭡니까?"

이탄은 전혀 모르는 눈치였다.

비앙카의 눈빛이 더 깊게 반짝였다.

"그 누런 고체는 이끼류의 일종, 즉 용균이랍니다."

"용균?"

"다만 아무 곳에서나 얻을 수 있는 이끼는 아니지요. 그 용균은 오직 마르쿠제 대선인님께서 평생을 함께하신 삼두 드래곤의 뿔에서만 채취된답니다. 일반적으로 용균은 구하기도 어렵지만, 천운으로 손에 넣는다고 해도 감히 수도자가 복용을 할 수 없답니다. 하지만 지금 이탄 선인님께서 들고 있는 용균은 이미 마르쿠제 대선인님께서 법제를 끝낸 것이라 바로 드실 수 있고, 복용 즉시 이탄 선인님의 법력을 크게 올려줄 거랍니다. 호호호호."

비앙카는 이탄이 뛸 듯이 기뻐할 것이라 예상했다.

동차원의 수도계에서 용균은 몇몇 약재와 함께 가장 구하기 어려운 최상위 품목으로 유명했다. 그중에서도 수천 년의 수명을 가진 삼두 드래곤의 삼두용균은 오직 마르쿠제가 아니면 손에 넣을 수도 없었다.

Chapter 5

동차원의 여러 대선인들이 마르쿠제의 삼두용균을 얻기를 원했다.

하지만 실제로 마르쿠제로부터 용균을 받은 이는 극히 드물었다. 최근 100년 내에는 천목종의 묵휘형 종주가 마르쿠제에게 개미 머리 크기의 삼두용균을 받은 것이 전부였다.

그 귀한 용균이, 눈곱만큼도 아니고 무려 엄지손톱 크기로 떡하니 이탄의 손에 주어졌다.

'이탄 선인님이 너무 놀라서 까무러치는 것 아닌가 몰라. 호호호.'

비앙카는 잔뜩 기대를 품고서 이탄을 바라보았다.

이탄이 무덤덤하게 삼두용균을 훑어보았다. 비앙카에게는 미안하지만, 이탄의 속에서는 한숨이 나왔다.

'하아아. (진)마력순환로를 단 하루만 돌려도 넘쳐나는 것이 법력이구먼, 뭐 하러 이런 쓸 데 없는 선물을 준담? 마르쿠제 대선인님도 참 사람의 마음, 아니 언데드의 마음을 몰라주네. 하아아아.'

딸깍.

이탄은 단풍나무 상자를 소리 나게 닫은 뒤, 묵묵히 품에 넣었다.

비앙카가 화들짝 놀랐다.

'뭐야? 저렇게 큰 삼두용균을 선물로 받고도 무덤덤하다고? 대체 이탄 선인님은 평소에 어떤 단약들을 먹어왔기에 저렇게 반응이 없지? 멸정 대선인님께서 대체 이탄 선인님께 뭘 얼마나 먹이신 거야?'

비앙카는 은근히 자존심이 상했다.

"이건 뭡니까?"

이탄이 물었다.

비앙카가 준 두 번째 선물은 노란 천에 싸인 손바닥 2개 크기의 물건이었다. 천을 풀자 그 안에서 금속판으로 엮인 책이 나왔다.

비앙카가 실망 어린 음성으로 내뱉었다.

"에효오. 그게 뭔지는 저도 정확하게 모르겠어요. 그저 18개의 금속판 위에 5개의 선들이 일정한 간격으로 그어져 있고, 그 선 위에 알 수 없는 기호들이 나열되어 있더군요. 그 금속판 묶음은 일종의 책처럼 보여요. 제가 어렸을 때 랑무 대산맥의 한 유적지에서 우연히 발굴한 물품인데, 마르쿠제 대선인님께서도 도저히 해독이 안 된다고 하시더라고요. 듣자 하니 이탄 선인님께서는 오래된 책을 수집하시는 것이 취미라지요? 그래서 그냥 제가 개인적으로 드려보는 거예요. 크게 기대하지는 마시고요."

비앙카는 한숨과 함께 이렇게 설명했다.

솔직히 비앙카는 이탄이 크게 실망할 것이라고 여겼다. 그녀의 눈에 비친 이탄은, 저 귀하디귀한 삼두용균을 눈앞에 두고도 심드렁한 사람이었다. 그러니 해독도 되지 않는 고대 금속판에 성이 찰 리 없었다.

한데 아니었다.

'뜨아악?'

이탄은 휘둥그레진 눈으로 금속판을 보았다.

이 금속판에 새겨진 것은 분명히 악보였다. 간씨 세가의 세상에서는 오선지 위에 콩나물 모양의 음표를 그려서 악보로 삼는데, 금속판에 새겨진 기호들도 이것과 유사했다. 단지 음표의 모양과 규칙이 간씨 세가의 것과 조금 다를 뿐이었다.

'이게 대체 무슨 악보지? 당장 파악할 수는 없지만 뭔가 있어 보이는데?'

이탄이 눈을 반짝반짝 빛냈다.

게다가 마지막 열여덟 번째 금속판에 박힌 문자도 심상치 않았다.

　　　<<광목화음(廣目火音)>>

이 네 글자는 언노운 월드의 것이 아니었다. 그렇다고 간씨 세가의 문자도 아니었다. 동차원에 전해지는 고대 문자와 일견 엇비슷해 보이기는 하지만, 엄밀하게 말해서 동차원의 글자와도 거리가 있었다.

그럼에도 불구하고 이탄은 이 신비로운 문자를 저절로 읽어내었다.

'광목화음이라? 광목이 지은 불의 음악이란 뜻인가?'

자세한 것은 좀 더 해석해봐야 알 것이다.

그래도 어쨌거나 이 광목화음이라는 문자는 적양갑주(赤陽甲冑)라는 문자와 근원이 비슷해 보였다. 그리고 얼마 전에 이탄이 자한 대선인으로부터 선물로 받은 술법책 천주부동(天柱不動)과도 뿌리가 통하는 듯했다.

'이것들은 아마도 같은 계열에서 파생된 문자일 거야.'

갑자기 이탄의 심장이 쿵쾅쿵쾅 뛰었다.

"고맙습니다, 비앙카 선자님. 이렇게 귀한 고서를 주시다니요. 정말 감사합니다."

이탄이 진심을 다해 비앙카에게 감사를 표했다.

비앙카는 어리둥절했다.

"네에?"

"하하하. 정말로 감사합니다. 제가 이렇게 오래된 고서를 모은다는 사실을 어떻게 아시고 이런 귀한 선물을 다 주십니까? 이거 어떻게 이 은혜를 갚아야 할지 모르겠습니다."

처음에 비앙카는 상대가 자신을 놀리는 것이라 생각했다. 삼두용균과 비교했을 때 낡은 금속판은 아무런 가치도 없었다.

한데 이탄의 반응은 정반대였다. 이탄은 천하제일의 약초라 불리는 삼두용균을 동네 잡초 보듯이 대했다.

반면 낡은 금속판은 천년의 가보처럼 귀히 여겼다. 그러니 비앙카가 이탄을 오해하는 것도 당연했다.

'혹시 이탄 선인님이 나에게 무슨 억하심정을 가지고 놀리시나?'

그건 아니었다. 비앙카가 아무리 살펴보아도 이탄의 표정은 진심이었다.

"비앙카 선자님, 제가 이 은혜를 어찌 갚으면 되겠습니까? 제게 꼭 기회를 주십시오. 이렇게 귀한 선물을 받고 그냥 입을 닦을 수는 없지 않겠습니까?"

"아니 뭐, 제가 뭘 했다고요?"

"이렇게 귀한 고서를 제게 선물하신 것 아닙니까. 제가 이런 것을 모으는 것을 또 어떻게 아시고요. 하하핫."

이탄이 금속판을 손에 꼭 움켜잡았다. 그 몸짓과 표정에서 '이 금속판은 누구에게도 절대 빼앗길 수 없다.' 라는 의지가 흘러넘쳤다.

비앙카는 두 가지 생각을 동시에 품었다.

'혹시 저 오래된 금속판이 정말로 희귀한 술법서인가? 이탄 선인님이 그걸 알아보고 저렇게 집착하는 것일까?'

비앙카는 언뜻 이런 의심을 품었다. 그리곤 이내 고개를 가로저었다.

'아니야. 저건 술법서가 아니야. 할아버님도 확신하셨어. 술법을 담기엔 저 금속판 안에 새겨진 기호의 개수가 너무 적어. 저렇게 단순한 기호 몇 백 개로 무슨 심오한 술법의 이론을 담을 수 있겠어? 저건 절대 술법서가 아니야.'

그렇다고 해서 금속판이 뛰어난 법보인 것도 아니었다. 이미 마르쿠제가 저 금속판을 샅샅이 살펴보았다. 금속판 안에는 단 한 톨의 법력도 담겨 있지 않았다.

비앙카는 결국 두 번째 생각으로 넘어갔다.

Chapter 6

'하면 그 소문이 사실이란 말인가? 이탄 선인님은 오래된 고서를 모으는 것이 취미이고, 고서의 실제 가치와는 상관없이 연식이 오래되기만 하면 무조건 좋아한다던데.'

비앙카는 이렇게 유추해 보았다.

아무래도 이게 정답인 것 같았다.

'하!'

비앙카는 살짝 어이가 없었다.

'아무리 그래도 그렇지, 해독 불가능하고 아무런 가치도 없는 오래된 금속판을 받았다고 저렇게 어린아이처럼 좋아한단 말인가? 그 귀한 삼두용균을 선물 받을 때는 심드렁하던 사람이? 나 원 참.'

비앙카는 속으로 절레절레 고개를 내저었다.

어쨌거나 이탄이 만족하니 되었다. 비앙카는 "이탄과 좋은 관계를 만들어 놓으라."는 마르쿠제의 당부를 결국엔 달성한 셈이었다. 그녀가 랑무 대산맥을 떠나 차원을 넘어 이 먼 곳까지 달려온 소기의 목적도 이루어졌다.

이탄과 은화 반 닢 기사단의 요원들, 그리고 아울 검탑 사람들은 닷새 동안 지하 도시에 머물렀다.

이 5일 동안 마르쿠제 술탑의 술법사들은 지상에 펼쳐놓은 눈과 귀를 이용하여 그레브 시의 정황을 염탐했다. 그리곤 그 정보를 이탄 일행에게 알려주었다.

이탄 일행이 지하 도시에 5일간 머무르는 이유는, 아직까지 그레브 시 일대에 흑 세력들의 포위망이 촘촘하게 깔려 있기 때문이었다.

술법사들은 아삽에 대한 정보도 이탄에게 귀띔해 주었다.

다행히 아삽과 노예들은 무사하단다. 또한 은화 반 닢 기사단 소속 점퍼들도 아삽의 저택에서 안전하게 대기 중이라고 했다.

이탄 일행은 비로소 마음을 놓고 지하 도시를 둘러보았다.

마르쿠제 술탑에서는 이탄 일행이 어디를 가건 일절 간섭하지 않았다. 노엘 지부장은 간섭은커녕 오히려 이탄 일행에게 마르쿠제 술탑 지부를 상징하는 둥그런 패를 하나씩 나눠주었다.

이곳 지하 도시에서 마르쿠제 술탑의 패는 꽤 쓸모가 많았다. 사람이건 수인족이건 이 패만 보여주면 시비가 벌어질 일이 없었다.

지하 도시가 안전하다고 판단되자 사람들은 각자의 관심

사를 찾아 흩어졌다.

피요르드와 프레야 부녀는 단약과 부적에 큰 관심을 보였다. 특히 피요르드는 검과 부적을 병행해서 사용하는 테케에게 큰 감명을 받은 터라 부적을 단 한 장이라도 구매하기를 원했다.

안타깝게도 이곳 점포들은 언노운 월드의 돈을 받지 않았다. 피요르드의 입장에서는 복장이 터지는 일이었다.

'어우야. 여기를 떠나면 다시는 이런 희한한 물건들을 찾아볼 수 없을 텐데 말이야. 그렇다고 손님된 처지에 노엘 지부장에게 돈까지 빌려달라고 할 수도 없잖아? 휴우우. 이것 참 미치겠네.'

결국 피요르드와 프레야는 아무것도 사지 못했다. 그저 눈요기만 실컷 했을 뿐이었다.

다른 도제생들도 마찬가지였다.

한편 333호도 단약과 법보에 눈독을 들였다.

'저것들을 가져가서 어르신들에게 보여드리면 무척 좋아하실 텐데. 마르쿠제 술탑에서 사용하는 특수물품들이라고 하면 엄청 관심을 보이실 거야.'

333호는 이런 생각으로 입맛을 다셨다.

문제는 돈이었다. 333호도 동차원에서 통용되는 화폐를 지니고 있지는 않았다. 결국 그녀도 군침만 삼킬 뿐 단약한 알 구매하지 못했다.

만약 이탄이 도와줬다면?

그럼 피요르드와 333호는 단약과 부적을 원하는 만큼 충분히 손에 넣었을 것이다. 이탄은 자신의 아공간 속에 동차원의 화폐를 잔뜩 보유한 부자였다.

그러나 이탄은 발만 동동 구르는 피요르드와 333호를 못 본 척했다. 그깟 돈 몇 푼이 아까워서가 아니었다. 혹시라도 두 사람이 이탄에게 "이런 희귀한 화폐는 어디서 구했느냐?"고 물으면 답변이 궁색해서였다.

피요르드와 333호가 혼명의 점포들을 둘러보는 사이, 이탄은 수인족들이 운영하는 점포 위주로 돌아다녔다.

이탄은 북명에 호기심을 느꼈다.

좀 더 정확하게 말하자면, 북명의 술법서가 이탄의 주 관심사였다.

'수인족들은 과연 어떤 술법들을 익히고 있을까? 궁금하네.'

이탄은 수인족의 서점들을 집중적으로 방문했다.

결과는 꽝.

이탄이 무려 5일 동안 발품을 팔았건만 제대로 된 술법서는 단 한 권도 발견하지 못했다. 이유는 두 가지였다.

첫째, 동차원도 아닌 이런 조그만 지하 도시에 괜찮은 술법서가 존재할 리 없었다.

둘째, 수인족들은 책이 아니라 다른 방법으로 술법을 익히는 경우가 대부분이었다. 예를 들어서 선배에게 직접 배우거나, 아니면 자연으로부터 영감을 얻어 깨우치거나, 혹은 토템이나 문신, 고대의 뼈 등을 통해 술법을 깨우치는 식이었다.

따라서 수인족의 술법서를 찾기란 극히 힘들었다.

당장 이 일대 서점에 진열된 술법서들도 99퍼센트는 수인족의 것이 아니라 남명의 최하급 술법서들을 베껴놓은 복사본들이었다.

"쳇. 오늘도 헛걸음만 했잖아."

닷새째 되는 날, 이탄이 수인족의 서점에서 나오면서 낮게 투덜거렸다.

툴툴거리는 말과 달리 이탄의 표정은 그리 어둡지 않았다. 이탄도 서점에서 뭔가를 얻을 것이라 기대하지는 않았다. 그는 그저 북명의 수인족들을 가까이서 보고 싶어서 돌아다닐 뿐이었다.

한데 오늘 재미난 이야기를 하나 엿들었다. 이탄이 서점을 둘러보고 있을 때였다. 수인족 몇 명이 자신들끼리 속닥였다.

그들은 여우형 수인족들이었다.

이 가운데 붉은 털을 가진 수인족이 이탄을 힐끗 곁눈질한 다음, 자신들끼리만 통하는 뇌파로 속닥였다.

한데 놀랍게도 이탄이 그 뇌파를 가로채 들었다. 고대 악마사원의 저주마법 가운데 상대방의 뇌파 대화를 엿듣는 비법이 있었는데, 이탄은 아나테마의 악령으로부터 그 비법을 전수받았다.

[자네, 본류의 소식 들었나?]

[본류? 북명 말인가?]

[그래. 저쪽 동차원의 북명.]

[왜? 거기서 무슨 이야기가 돌던가?]

잿빛 털 수인족이 눈을 동그랗게 뜨고 물었다.

Chapter 7

붉은 털 수인족은 조금 더 은밀하게 뇌파를 퍼뜨렸다.

[이거 극비 중의 극비인데 말이야, 지금 본류의 분위기가 영 심상치가 않아요. 자네들도 알다시피 원래 우리 수인족들은 몬스터 일족과 일정 부분 뿌리가 겹치잖아?]

[그건 그렇지. 수인족과 몬스터는 엄연히 근원이 다르지만, 일부는 피가 섞인 일족도 존재하지.]

[바로 그 일족들이 북명 내부에서 은밀하게 세력을 키운 모양이야. 그들은 어둠의 힘을 숭배하다 못해 북명 지역과 그릇된 차원 사이에 차원 통로를 뚫으려고 시도했다지 뭔가.]

[헉? 그래서? 통로가 뚫렸는가?]

이건 엄청난 사건이었다. 차원의 통로가 뚫리면 그 즉시 그릇된 차원의 몬스터 대군이 북명으로 밀고 내려올 것이다.

'이거 또 심각한 사고가 터지겠구먼. 피사노교에 이어서 이번엔 그릇된 차원인가?'

이탄이 눈을 찌푸릴 때였다.

붉은 털 수인족이 빠르게 말을 이었다.

[뚫리지 않았네. 아슬아슬한 타이밍에 슭이 등장하여 어둠의 일족들을 징계하고 차원의 통로가 뚫리는 것을 막았다더라고.]

[휴우우, 다행이로군.]

[역시 슭이야.]

수인족들은 입에 침이 마르도록 슭을 찬양했다.

사납고 흉포하기로 유명한 하버마.

신비롭고 행적을 찾기 힘든 슭.

북명과 혼명 사이를 자유롭게 오가는 헤르만.

이 세 종파야말로 동차원의 북명을 지배하는 하늘들이었다.

'늪과 같은 곳에는 희귀한 술법서도 많겠지?'

이탄의 마음속에서 늪에 대한 관심, 혹은 북명에 대한 관심이 부쩍 자라났다.

붉은 털 수인족이 뾰족한 주둥이를 가로저었다.

[다행은 무슨 다행.]

[왜? 늪이 나서서 통로가 뚫리는 것을 막았다며?]

[그건 막았지. 하지만 어둠을 숭배하는 일족들이 늪의 공격을 피해 이곳 서차원으로 진입했다는 소식이네.]

[뭣이라?]

[이게 다가 아닐세. 그놈들은 서차원에도 차원의 통로를 뚫기 위한 준비를 해놓았다더라고. 그릇된 차원과 연결되는 통로 말일세. 한데 이곳 서차원에는 늪과 같은 조직이 없지 않은가. 그러니 누가 나서서 어둠의 숭배자들을 막겠는가? 허어어, 참.]

붉은 털 수인족의 입에서 마른하늘에 날벼락 떨어지는 소리가 튀어나왔다. 수인족 상인들이 발칵 뒤집혔다.

[허걱!]

[그게 참말인가?]

수인족 상인들은 당황해서 벌떡 일어났다.

이탄도 흠칫했다.

그러는 사이 수인족 상인들의 수다가 계속되었다.

[이걸 어째? 그렇다면 이곳도 위험하려나?]

[내가 전해 들은 소식이 사실이라면, 그리고 만약 어둠의 숭배자들이 서차원에 차원통로를 뚫는 데 성공한다면, 추이타 대초원이 가장 먼저 격랑에 휘말리겠지. 거기에 우리 수인족들이 가장 많이 사니까. 이어서 다음 차례는 바로 이곳이야. 인간족들에게는 이곳 지하 도시가 알려져 있지 않지만, 수인족들 사이에서는 여기가 유명 지역이 아닌가 말일세.]

[어우, 썅. 그렇다면 여기도 위험하잖아.]

[어떻게 하지? 지금이라도 피난길에 올라야 할까?]

수인족 상인들이 발을 동동 굴렀다. 이탄은 책을 고르는 척하면서 좀 더 상인들의 대화를 엿들었다.

이후로는 그다지 쓸 만한 정보가 나오지 않았다. 이탄은 아무 책이나 한 권 고른 다음, 가격을 지불하고 서점을 나왔다.

마르쿠제 술탑 지부로 복귀하는 길.

느긋하던 이탄의 표정이 딱딱하게 굳었다.

'젠장. 피사노교와 전투가 겨우 마무리되어 이제 좀 쉴 만하다 했지. 그런데 운명이라는 녀석은 내가 노는 꼴을 보지 못하는구나. 빌어먹을.'

이탄의 발걸음이 점점 더 빨라졌다.

이탄은 딱히 이번 일에 끼어들 생각은 없었다. 엄밀하게 말해서 이탄은 백 세력이라고 볼 수 없었다. 그는 모레툼 교단의 신관이자 은화 반 닢 기사단과 추심 기사단의 성기사이며, 시시퍼 마탑의 마법사이기도 했다. 덤으로 금강수라종의 선인이라는 자리도 꿰차고 있었다. 여기까지만 보면 이탄은 백 세력의 중추 인재였다.

하지만 다른 한편으로 이탄은 쿠퍼 가문의 가주였다. 대외적으로 이 자리는 흑도 아니고 백도 아닌 중립이었다.

마지막으로 이탄은 피사노 싸마니야의 혈족이자 아무도 읽을 수 없는 바이블을 읽어내는 만자비문의 주인이었다.

이러한 신분은 이탄을 흑 진영에 자리매김시켰다.

'그래. 이건 내가 알 바가 아니야. 굳이 이번 사태에 끼어들 필요가 없다고. 내가 아니더라도 누군가가 해결을 하겠지. 아울 검탑이라든가, 시시퍼 마탑이라든가, 그도 아니면 은화 반 닢 기사단에서라도 나설 거야.'

이탄은 오늘 들은 이야기들을 애써 외면했다.

하지만 인생, 아니 언데드의 삶은 그리 호락호락하지 않았다.

기아아아앙!

이탄이 걷고 있는 거리를 중심으로 파괴적이고 음습한

에너지가 스멀스멀 피어올랐다. 난데없는 고에너지의 발진에 공간 전체가 기이하게 비틀렸다. 길바닥이 뫼비우스의 띠처럼 휘어졌다. 도로 좌우의 점포들이 우르르 허물어지기 시작했다.

"어라? 이 현상은!"

이탄이 불길한 예감에 치를 떨었다.

수인족들이 언급했던 어둠의 숭배자들. 즉 겉으로는 북명의 수도자 껍데기를 뒤집어쓰고 있으나, 속으로는 그릇된 차원의 거대 괴물들을 추종하여 그 흉포한 괴물들을 이 땅에 강림시키려 하는 미친 자들.

그놈들이 이 지하 도시에 차원의 통로를 개통하려 하고 있었다. 이탄의 예감대로라면 분명히 그러했다.

"아니. 이것들이 진짜로 쳐 돌았나. 수인족들이 몰려 사는 추이타 대초원도 아니고. 왜 하필 여기야? 엉? 왜 하필 내가 있는 이곳이냐고?"

이탄이 이빨을 으드득 갈았다.

그때 이미 이탄이 서 있는 곳 일대는 퍽퍽 터져나갔다. 우르르 흔들리던 지반은 한도 끝도 없는 땅 속 깊은 곳으로 함몰되었다.

Chapter 8

주변 점포에서 수인족들이 미친 듯이 뛰쳐나왔다.

[으아아악.]

[살려 줘.]

늑대형 수인족들은 무너지는 건물을 피해 펄쩍 펄쩍 뛰었다. 여우형 수인족들은 피할 공간을 찾아 미친 듯이 눈알을 굴렸다. 토끼형 수인족들이 겁에 질려 건물 잔해 속으로 뛰어들었다.

다 소용없었다. 한번 허물어지기 시작한 공간은 무서운 속도로 붕괴되었다. 수인족들이 발로 디딘 자리도 곧 무너지면서 수많은 생명들이 땅속 깊숙한 곳으로 빨려 들어갔다.

그 와중에 오직 이탄이 서 있는 주변부만 멀쩡했다.

이것은 이탄의 힘 때문이었다. 이탄이 공간의 붕괴를 거스르며 주변을 꽉 장악한 덕분에 버티는 것이었다.

이탄이 공간의 붕괴 현상을 겪고 있을 무렵, 마르쿠제 술탑 지부에도 변고가 발생했다. 어둠의 숭배자들은 어둠이 어스름 깔리기 시작한 저녁 무렵을 노려서 일을 도모했다.

이곳은 지하 도시였다. 땅속인 만큼 태양도 없고 낮과 밤도 구별되지 않아야 마땅했다.

하지만 이 독특한 지하 도시는 거주민들의 생체 리듬을 감안하여 낮에는 밝고 밤에는 어둡도록 조명이 저절로 조절되었다.

저녁나절이 되자 지하 도시를 비추던 빛이 점점 물러났다. 사방에 어둑하게 땅거미가 깔렸다.

마르쿠제 술탑 지부 건물에도 은은하게 어둠의 장막이 내려앉았다. 그 모습이 마치 18층 전각 전체가 빛을 잃고 그림자 속으로 빨려 들어가는 듯했다.

까아악. 까아악.

어둠이 스멀스멀 다가올 때 까마귀 몇 마리가 날아와 18층 전각 지붕에 안착했다. 덩치가 독수리처럼 크고 털이 잿빛인 까마귀들이었다.

콰득.

잿빛 까마귀들은 억센 발톱으로 전각 기와를 꽉 움켜쥐더니 단숨에 뜯어냈다. 이어서 까마귀들이 부리로 나무를 쪼자 18층 전각 지붕에 구멍이 뚫렸다.

우우웅!

갑자기 전각 전체가 진동했다. 전각에 걸린 방어 법진이 발동한 것이다.

"누구냣?"

노엘 지부장이 저녁 식사를 하다 말고 벌떡 일어났다.

마르쿠제 술탑의 대응은 신속했다.

펄럭 펄럭, 펄럭.

노엘을 비롯한 완5급 술법사 4명이 로브를 펄럭이며 전각 밖으로 뛰쳐나오더니, 그대로 전각의 벽면을 타고 지붕으로 날아올랐다.

[홋!]

까마귀 가운데 한 마리가 뇌파로 비웃음을 터뜨렸다. 그 뇌파가 어찌나 강렬했던지 지붕으로 날아오르던 완5급의 술법사들이 허공에서 휘청거렸다.

"크읏."

노엘도 속에서 치밀어 오르는 핏덩이를 억지로 되삼켰다.

그 순간 잿빛 까마귀 가운데 세 마리가 몸이 터지면서 회색 연기를 내뿜었다.

퍼엉! 펑! 펑!

매캐한 연기 속에서 건장한 체격의 사내 3명이 툭 튀어나왔다.

아니, 엄밀하게 말해서 이들은 사내가 아니라 수컷이었다. 몸은 사람이고 얼굴은 늑대이며 온몸과 얼굴에 잿빛 털이 부숭부숭 돋은 늑대형 수인족 수컷들이었다.

크와앙!

선두의 수인족이 아가리를 쩍 벌리고 포효를 터뜨렸다.

그의 등 뒤에서 동료 수인족 2명이 풀쩍 뛰어올라 선두의 수인족을 타넘더니, 순식간에 노엘을 향해 달려들었다.

"웬 놈들이냣?"

노엘이 전방으로 손을 뻗었다.

화르륵!

노엘의 손끝에서 노란 불꽃이 일어나 수인족 2명을 동시에 휘감았다. 노란 불꽃은 망토처럼 크고 넓게 퍼져서 적들을 단숨에 에워쌌다.

하지만 수인족들은 눈 하나 깜짝하지 않았다.

[흥. 고작 이 정도냐?]

[마르쿠제 술탑도 이제 맛이 갔군.]

비웃음이 노엘의 뇌에 전달되기도 전, 수인족 한 명의 손톱이 갑자기 수십 미터 크기로 커지더니 노엘의 가슴팍을 사납게 긁었다.

이어서 두 번째 수인족이 던진 쇠사슬이 회색 안개 속에서 무섭게 뻗어왔다. 녹이 잔뜩 슨 사슬은 노엘 주변의 완5급 술법사들을 먼저 공격했다.

"막앗."

술법사들이 각자의 방어 법보를 꺼내어 적의 공격을 막았다.

꽈앙!

둔탁한 폭음과 함께 술법사의 법보 4개가 동시에 박살났다. 수인족이 날린 쇠사슬은 갑자기 네 갈래로 갈라지더니 살아 있는 독사처럼 대가리를 꼿꼿이 세워 술법사들의 방어 법보들을 들이받았다.

이 한 방에 술법사들의 법보가 깨졌다. 술법사들이 입에서 피를 토했다.

녹슨 쇠사슬이 둘둘 말렸다가 다시 한번 마르쿠제 술탑의 술법사들을 공격했다.

"크악."

한 줄기의 비명과 함께 4명의 술법사들이 뒤로 확 밀렸다.

술법사들은 원래 전각의 벽을 타고 지붕으로 올라오던 중이었다. 그러다 중간에 강력한 공격을 받아 허공으로 몸이 붕 떴다.

바로 그 타이밍에 세 번째 수인족이 날아들었다. 이 수인족은 박쥐처럼 전각 처마에 매달려 있다가 기회를 포착하자마자 있는 힘껏 처마 밑을 박찼다. 그리곤 그 반동을 추진력으로 삼아서 무섭게 아래로 내리꽂혔다.

슈왁!

완5급의 술법사들은 녹슨 쇠사슬에 부딪쳐 하염없이 추락하는 중이었다.

처마에 매달려 있던 수인족이 술법사들 가운데 한 명을 노렸다. 수인족은 벼락처럼 목표물에게 내리꽂히더니 주먹으로 상대의 복부를 후려쳤다.

수인족의 주먹 끝에서 잿빛 회오리가 와르릉 일어났다.

"커헉!"

술법사의 복부가 터졌다. 대량으로 피가 튀었다. 내장이 사방으로 폭발했다.

"안 돼애—."

노엘이 악을 썼다. 노엘의 두 눈은 분노로 인해 시뻘겋게 변했다. 노엘은 오른쪽 어깨를 크게 휘둘러 단검을 던졌다.

이 단검은 일반적인 무기가 아니었다. 시퍼렇게 날이 선 단검이 공기 마찰력을 무시하고 얼음 위를 미끄러지듯 날아갔다.

목표는 수인족 원수놈의 뒤통수.

조금 전 부하를 죽인 원수의 뒤통수에 단검을 꽂아버리겠다는 것이 노엘의 생각이었다.

위기감을 느낀 수인족이 허공에서 몸을 비틀었다. 어느새 길게 자란 늑대형 수인종의 손톱이 그의 가슴 앞에서 X자로 교차되었다.

Chapter 9

까앙!

손톱과 단검이 부딪치면서 불똥이 튀었다.

그 순간 단검이 그대로 폭발했다. 단검 속에 내재되어 있던 화염의 기운이 30미터 길이로 일어나 수인족을 뒤덮었다.

수인족은 반사적으로 오른 팔뚝을 들었다. 그 팔뚝으로부터 푸른 문신이 은은하게 빛을 토했다. 그 빛이 반투명한 방패로 변해 단검으로부터 쏟아지는 노란 불줄기를 막아주었다.

물론 완벽하게 막지는 못했다.

크워웍.

팔뚝이 타들어가는 고통에 수인족이 신음을 흘렸다.

노엘이 개입한 사이, 나머지 3명의 술법사들은 비행 법보를 구동하여 전각에서 멀리 떨어졌다.

그때 노엘의 머릿속에 우레가 울렸다.

잿빛 까마귀 한 마리가 어느새 늑대형 수인족으로 변해 아가리를 쩍 벌렸다. 그 아가리에서 튀어나온 뇌파가 노엘의 뇌를 강타했다.

이 수인족은 뇌파 공격이 주특기인 술법사였다.

휘청거리는 노엘을 향해 녹슨 쇠사슬이 독사처럼 뻗어왔다.

노엘은 세 장의 부적을 뿌려서 삼중 방어막을 주변에 둘렀다. 쇠사슬과 방어막이 부딪치면서 사방으로 불똥이 튀었다.

노엘은 휘청거리는 와중에도 한 가닥의 틈을 노려 두 번째 단검을 날렸다. 이번 단검은 투명하게 변해서 공기 속으로 파고들더니, 어느새 수인족의 심장 앞에서 불쑥 나타났다.

크왕!

날카로운 비명과 함께 수인족 한 명이 고꾸라졌다. 심장에 단검이 꽂힌 수인족은 이내 18층 전각 지붕에서 떨어져 지상으로 추락했다.

"한 놈 잡았구나."

노엘이 쾌재를 부를 때였다.

전각 지붕 위에 걸린 시커먼 먹장구름 속에서 거대한 팔뚝이 튀어나와 노엘을 움켜잡았다. 이 거대한 팔뚝에는 잿빛 털이 부숭부숭했다.

"아악!"

노엘이 비명을 질렀다.

그보다 한발 앞서 무쇠 솥이 휘익 날아와 거대한 팔뚝을 후려쳤다.

데에엥!

큰 종이 울리는 듯한 굉음과 함께 거대한 팔이 부르르 떨었다. 그 덕에 노엘이 적의 손아귀에서 풀려나왔다.

노엘은 즉시 비행 법보를 타고 멀리 후퇴했다.

먹장구름 속에서 커다란 뇌파가 울렸다.

[오고우! 마르쿠제 술탑의 사천왕이 이곳에 와 있다는 소리는 들었다.]

조금 전 무쇠 솥을 날려 노엘을 구한 장본인은 다름 아닌 오고우였다. 불곰을 닮은 사내 오고우가 의문 가득한 눈으로 구름을 올려다보았다.

"이게 누구신가? 하버마의 3대 축이라 불리는 코이오스 가문의 분이신가?"

구름 위에선 답이 없었다.

오고우의 눈이 잔뜩 찌푸려졌다.

"하! 정말로 코이오스 가문이 방문하셨나? 나는 코이오스가 아군이라고 믿었는데 이거 우리가 뒤통수를 맞은 겐가? 헛헛헛."

솔직히 오고우는 어이가 없었다.

북명과 혼명은 우호적 관계였다. 아니, 단순히 우호적인 수준을 뛰어넘어 형제나 다름없이 지냈다. 특히 마르쿠제 술탑은 북명의 주요 세력들과 두루 친했는데, 코이오스 가문도 그 중 하나였다.

한데 그 코이오스 가문이 마르쿠제 술탑의 지부를 공격한다? 그것도 술탑의 공주인 비앙카가 방문 중인 상태에서?

이건 참으로 심각한 배신이었다.

오고우 옆에는 어느새 테케가 등장했다. 테케의 검이 스르렁 소리와 함께 날카로운 모습을 드러내었다. 검날에서 섬뜩한 오러가 줄기줄기 뿜어져 나왔다.

"잿빛 늑대 코이오스. 나는 이 이름에 명예가 실려 있다고 생각했지. 그런데 아니었나 보군. 이제 보니 네놈들은 어둠에 넘어간 배신자였어."

테케가 먹장구름을 향해 으르렁거렸다.

먹장구름 속에서 우렁찬 뇌파가 울렸다.

[배신자라? 흥. 너희들의 좁은 소견으로 보면 그렇게 보일 수도 있겠지. 하지만 우리 잿빛 늑대들은 원래 뿌리가 따로 있느니라. 그리고 우리들은 지금까지 단 한 번도 우리의 뿌리를 잊은 적이 없도다.]

"뿌리? 대체 그 뿌리라는 게 뭔데?"

테케가 악을 썼다.

먹장구름 속에서 코웃음 소리가 터졌다.

[흥! 네놈들은 그것을 알 자격이 없다. 당장 길을 열고 마르쿠제 노친네의 손녀딸을 내놓아라. 그러면 옛정을 생

각해서 너희들을 죽이지는 않으마.]

"미친놈."

오고우가 입매를 고약하게 비틀었다.

테케의 눈에서는 줄기줄기 불길이 뿜어졌다.

"이 노옴. 감히 공주님을 내놓으라고? 잡종 늑대 새끼 따위가 어디서 감히 그딴 망발을 지껄이는 게냐? 이 테케가 그 시건방진 혀를 뽑고 목을 따주마."

말이 떨어지기도 전에 테케의 몸이 땅을 박차고 허공으로 솟구쳤다. 동시에 테케의 검 끝에서 뇌전과 같은 검기가 일어나 거대한 그물을 형성했다.

쩌저저적!

검기의 그물은 그대로 먹장구름을 향해 짓쳐 들어갔다. 테케의 머리 위에는 어느새 노란색 부적 여섯 장이 떠올라 빙글빙글 회전했다.

[어림없는 수작.]

먹장구름 속에서 털이 숭숭 돋은 거대한 팔이 다시 나타났다. 그 잿빛 팔이 검기의 그물을 향해 손바닥을 활짝 펼쳤다.

두웅!

손바닥에서 방출된 잿빛 연기가 검기의 그물과 부딪쳤다. 주변에 커다란 파문이 번졌다.

잿빛 연기 속에서 테케의 검기가 쩌적 쩌적 소리를 내면서 번뜩였다. 검기는 주변 공간을 날카롭게 찢으며 먹장구름을 향해 달려들려고 애썼다. 하지만 그때마다 잿빛 연기가 끈적끈적하게 달라붙어 검기의 진행을 방해했다.

테케가 잇새로 으르렁거렸다.

"흥. 제법이군."

Chapter 10

테케는 다시 한 번 검을 위로 휘둘러 검기의 그물을 방출했다. 이어서 머리 위에서 선회 중인 부적 한 장을 뽑아 검기의 그물 속으로 던져 넣었다.

꽝!

귀청을 찢는 폭음과 함께 검기의 그물이 형상 변형을 시작했다. 그러더니 이내 거대한 새의 형태를 갖추었다. 키가 백 미터가 넘는 거대 조류, 그것도 일반적인 조류가 아니라 검기로 이루어진 새가 등장했다.

부적과 검술이 융합하여 만들어진 이 검기의 거조는 그 파괴력이 어마어마한 대신 대량의 법력을 소모하는 터라 테케도 함부로 사용하지 않았다.

하지만 지금은 특수한 상황이었다. 테케는 코이오스 가문에 대한 배신감과 비앙카에 대한 우려 때문에 처음부터 자신의 가장 강력한 술법을 꺼내들었다.

기아아아앙─.

검기의 거조가 단숨에 먹장구름 높이까지 솟구쳤다. 거조가 날갯짓을 하자 검기로 이루어진 깃털들이 폭풍처럼 날아가 먹장구름을 공격했다.

상대도 그냥 당하지 않았다. 시커먼 구름 속에서도 털이 숭숭 돋은 거대한 팔뚝이 나타나더니 날아오는 검기의 깃털들을 향해 기다란 손톱을 휘둘렀다.

콰콰쾅!

검기의 깃털과 손톱이 맞부딪치면서 무지막지한 여파가 사방을 강타했다.

18층 전각에 손톱의 파편이 퍽퍽 내리꽂혔다. 뒤로 튕겨난 깃털들이 주변 건물들을 휩쓸면서 와장창 부쉈다.

거대 손톱과 정면으로 충돌한 순간, 검기의 거조는 흐릿하게 색이 퇴색했다. 대신 상대방의 거대 손톱도 대부분 부러지거나 힘을 잃었다.

"흥."

테케가 머리 위의 부적을 또 한 장 뽑아서 검기 속으로 던져 넣었다.

약해지던 화롯불 속에 새로 땔감을 집어넣은 듯, 희미해지던 검기의 거조가 부적의 도움을 받아 다시금 힘을 되찾았다. 퇴색했던 색도 다시 정상으로 돌아왔다.

쩌저저적! 빠카카카캉!

눈을 뜨고 볼 수 없을 만큼 강렬한 빛이 온 하늘을 뒤덮었다. 검기는 뇌전처럼 시퍼렇게 번뜩이며 먹장구름을 흩어놓았다. 천둥이 울리고 사방으로 폭풍이 몰아쳤다.

[크흥.]

빠르게 흩어지는 먹장구름 속에서 거친 콧바람 소리가 들렸다. 이윽고 잿빛 털이 부숭부숭하게 돋은 늑대형 수인족이 구름 속에서 모습을 드러냈다.

이 수인족은 나이가 제법 많아 보였으며, 목에는 알이 굵은 염주를 목걸이처럼 두르고 있었다. 게다가 한쪽 눈이 먼 애꾸였다.

"엇?"

테케가 흠칫했다.

"허어, 루암 코이오스였어?"

오고우가 어이없다는 듯이 뇌까렸다.

애꾸눈 수인족의 정체는 루암.

잿빛 늑대족으로 유명한 코이오스 가문의 2인자이자, 하버마를 통틀어서도 능히 10 손가락 안에 꼽히는 거물이 그 모습을 드러내었다.

"이런 젠장."

루암의 신분을 확인하자마자 테케와 오고우의 표정이 일그러졌다. 그도 그럴 것이, 루암은 사천왕으로서도 결코 만만하게 볼 수 없는 강자였다.

대외적으로 알려진 루암의 수준은 선5급이었다.

하지만 북명 일대에는 루암이 이미 선5급의 끝자락에 도달하였으며, 얼마 지나지 않아 선6급의 대선인으로 발돋움할 것이라는 소문이 파다했다.

루암이 원숭이 모양의 나무 조각을 밟고 서서 테케와 오고우를 굽어보았다. 놀랍게도 원숭이 조각은 조금 전 엄청난 양의 검기에 노출되고도 전혀 파손되지 않았다.

"루암이라면 호락호락한 상대는 아니지."

테케가 자신의 머리 위로 손을 뻗었다.

테케의 머리 위에는 원래 여섯 장의 부적이 선회 중이었는데, 테케는 이 가운데 두 장을 이미 사용했다.

휘익—.

테케가 나머지 네 장의 부적을 움켜잡아 검기의 거조에게 던져 넣었다.

100미터 수준이던 거조가 눈 깜짝할 사이에 10배로 부풀었다. 무려 1킬로미터가 넘는 거대한 조류가 검기로 이루어진 날개를 활짝 펴고 루암을 향해 달려들었다.

오고우도 힘을 보탰다. 오고우는 자신의 손가락을 깨물어 피를 내고는 그 핏물을 무쇠 솥에 뿌렸다.

피를 머금은 솥이 따라라락 소리를 내었다. 잠시 후, 오고우의 솥단지 속에서 새빨간 벌레들이 우수수 튀어나와 한 덩어리의 무리를 이루며 하늘로 솟구쳤다. 오고우의 혈충들은 곧장 루암에게 날아갔다.

[크흥. 어디 한번 마르쿠제 술탑의 사천왕이 얼마나 대단한가 보자.]

루암이 다짜고짜 자신의 목에 착용한 염주를 끊었다.

36개의 굵은 염주 알이 허공에 둥실 떠오르더니 루암의 주변을 위성처럼 빙글빙글 돌았다. 그 각각의 염주알 표면에서 해괴한 형태의 그림들이 검붉은 광선처럼 쏘아져 나와 허공에 투영되었다.

이들 대부분은 동물을 상징하는 그림들이었다.

잠시 후, 염주에서 쏘아진 동물 그림들이 검붉은 환영이 되어 루암의 주변을 감쌌다.

테케의 거조가 검기로 이루어진 깃털을 파바박 날려 루암을 공격했다. 루암의 주변을 맴돌던 검붉은 동물 그림이 유령처럼 움직여 검기의 깃털을 막아갔다.

무워어—.

검붉은 소의 그림자가 번뜩이면서 검기와 충돌했다.

사사사삭.

검붉은 뱀의 형상이 튀어나오면서 검기를 와해시켰다.

끼이끼끼끽, 끼이끼끽.

검붉은 원숭이는 양손에 거대한 방망이를 들고 마구 휘둘러서 거조의 공격에 맞섰다.

테케와 루암이 싸우는 틈을 노려서 오고우의 곤충 떼가 루암의 후방을 공략했다.

루암을 둘러싼 동물 그림들이 또다시 활약했다. 검붉은 사자가 크게 포효하며 곤충들에게 달려들었다. 검붉은 물고기는 꼬리지느러미를 파닥이며 곤충들을 저 멀리 날려버렸다.

콰콰콰콰콰!

멀쩡하던 상공이 검기의 폭풍에 휘말렸다. 그 사이로 새빨간 곤충들이 무섭게 몰려다녔다. 테케와 오고우는 손발이 척척 맞았다.

이에 대항하여 루암은 계속해서 검붉은 그림들을 소환했다. 루암의 염주로부터 검붉은 그림들이 무수히 튀어나왔다. 그림 속 동물들은 놀라운 힘으로 검기를 와해시키고 곤충 떼를 물리쳤다.

테케의 법력이 급격히 소진되었다.

"큭."

테케가 입술을 질끈 깨물었다.

"제기랄. 너무 강하잖아."

오고우도 창백해진 얼굴로 또 다른 손가락을 깨물어 솥단지에 피를 추가했다. 더 많은 수의 새빨간 곤충들이 무쇠 솥 속에서 새로 소환되어 루암을 공격했다.

Chapter 11

루암은 사천왕 2명의 협동 공격을 받고도 끄떡하지 않았다. 그의 염주에서 투영된 검붉은 그림 36개가 테케와 오고우를 상대할 동안, 루암을 팔짱을 끼고 남의 집 불 구경하듯 전장을 훑어보았다.

보다 못해 비앙카가 나섰다.

"이런 미친 개대가리 늙은이. 네가 감히 배신을 하고도 무사할 것 같으냐?"

비앙카는 루암에게 대뜸 욕설을 퍼부었다. 비앙카의 품에서 시뻘건 깃털 10개로 만들어진 십염선이 튀어나왔다. 이 붉은 부채는 마르쿠제가 직접 제작하여 비앙카에게 선물한 상급 법보였다.

화르륵, 화르르륵!

십염선에서 방출된 열 가닥의 불줄기가 공기를 뜨겁게 불태우며 날아갔다. 그 불줄기가 노리는 대상은 루암이었다.

루암의 주변에 위성처럼 맴돌던 동물 그림 하나가 기다렸다는 듯이 튀어나왔다. 이번에 등장한 그림은 검붉은 코끼리였다.

뿌우우우―.

유령처럼 보이는 코끼리가 코를 크게 휘저으며 검붉은 안개를 뿜어내었다. 십염선이 뿜어낸 불줄기는 검붉은 안개 속으로 끊임없이 흡수되어 자취를 감추었다.

어쩌면 이것은 당연한 결과였다. 비앙카는 이제 갓 선4급에 도달한 선인이었다. 그녀가 제아무리 강력한 법보를 휘두른다고 하여도 루암에게 피해를 입히기엔 역부족이었다.

이번엔 레베카가 나섰다.

레베카의 법보는 팔한선이었다. 얼음 계열에 특화된 이 법보는 마르쿠제 술탑의 장로원주인 오세벨이 레베카에게 물려준 기물이었다.

촤아악―.

팔한선에서 방출된 냉기가 8개의 날카로운 발톱이 되어 루암을 할퀴었다.

이번에도 검붉은 코끼리가 코를 휘저어 안개를 뿜었다. 팔한선의 공격은 그 안개 속에 파묻혀 힘을 잃었다.

루암이 팔짱을 풀고 비앙카를 향해 손을 뻗었다.

[이리 오너라.]

검붉은 안개 속에서 털이 숭숭 돋은 거대한 팔뚝이 튀어나와 비앙카를 낚아채려 했다.

"어딜 감히."

그보다 한발 앞서 오고우가 솥단지를 던졌다. 육중한 타격음과 함께 거대한 팔뚝이 옆으로 튕겨나갔다.

그 사이 오고우는 비앙카의 앞을 가로막았다.

"배신자여, 네 상대는 나다. 이 오고우가 버티고 있는 한 공주님께는 손가락 하나 건드리지 못할 것이다."

[그렇다면 네놈부터 먼저 치워버리면 되겠구먼. 크하하핫.]

루암이 원숭이 조각상을 타고 지상으로 휙 내려왔다. 루암의 주변을 맴돌던 검붉은 그림 36개가 하나로 휙 겹쳐지는가 싶더니, 그 속에서 머리는 뱀에 몸은 사자, 두 팔은 원숭이를 닮은 괴수가 튀어나왔다.

끼와아악!

루암이 소환한 괴수는 120도 각도로 아가리를 쩍 벌리며 오고우를 덮쳤다.

테케가 재빨리 검 끝을 괴수에게 돌렸다. 검기로 이루어진 거조가 허공에서 갑자기 방향을 틀어 루암을 공격했다.

그 사이 오고우는 무쇠 솥을 한 손으로 번쩍 들어 괴수에게 내던졌다.

빙글빙글 회전하면서 날아간 무쇠 솥이 30미터 크기로 확대되었다. 커다란 솥은 검붉은 괴수와 정면으로 맞부딪쳤다.

딱 그 타이밍에 거조는 하늘에서 홱 낙하하더니 날카로운 발톱을 곤두세워 루암을 채가려고 들었다.

루암을 향해 앞뒤에서 동시에 공격이 날아드는 상황이었다.

바로 그때 루암이 신비하게 사라졌다. 무쇠 솥과 충돌한 검붉은 괴수도 감쪽같이 자취를 감추었다.

"어엇?"

오고우의 눈이 휘둥그레졌다.

"헉, 위험하다."

테케의 심장도 순간적으로 바짝 오그라들었다.

사천왕이 루암의 진짜 의도를 눈치챘을 때는 이미 늦었다. 루암이 검붉은 괴수를 소환하여 오고우를 공격한 것은 모두 눈속임이었다. 그렇게 사천왕을 속여 넘긴 뒤, 루암은 신비로운 법술로 자신의 신체를 가속하여 그림자 속으로 녹아들었다. 그 다음 비앙카의 그림자 속에서 갑자기 툭 튀어나와 그녀의 허리를 낚아챘다.

"꺄악!"

비앙카가 깜짝 놀랐다.

그때 이미 비앙카의 몸뚱어리는 루암에게 붙잡혀 하늘로 끌려 올라가는 중이었다.

"공주님을 놔줘."

레베카가 재빨리 빙벽을 소환했다. 길이가 수십 미터에 달하는 얼음의 벽이 나타나 루암의 앞을 가로막았다.

하지만 빙벽 소환보다 루암이 한발 빨랐다. 이 노련한 애꾸눈 수인족은 어느새 빙벽을 지나쳐 하늘 높이 날아올랐다.

"이노옴!"

분노한 테케가 하늘을 향해 미친 듯이 검기를 퍼부었다.

[후훗. 멍청한 놈. 내 손에 누가 붙잡혔는지 잊은 게냐?]

루암이 야비하게 비웃었다. 그리곤 밀려드는 검기를 향해 비앙카를 불쑥 내밀었다.

마르쿠제의 손녀 비앙카가 루암에게 목줄기를 붙잡힌 채 허공에 매달려 대롱대롱 흔들렸다. 이 사태가 억울한 듯 비앙카는 두 눈을 꽉 감고 있었다.

"아아앗, 안 돼."

테케가 황급히 검기를 거두었다. 까딱 잘못하다가 그의 검기에 비앙카가 다칠 뻔했다.

"크윽."

오고우도 무쇠 솥을 하늘로 집어던지려다 말고 행동을 멈췄다. 테케와 오고우는 분통이 터져서 머리가 돌아버릴 지경이었다.

하지만 어쩔 수 없었다. 비앙카가 인질로 잡힌 순간 사실상 이 전투는 끝난 셈이나 마찬가지였다. 테케와 오고우는 감히 루암에게 공격을 감행하지 못했다.

"흐흐흑. 비앙카 님. 어쩜 좋아요."

레베카도 안타까움에 눈물을 흘렸다.

[크후후훗.]

하늘 위에서 루암이 세 수도자를 향해 비웃음을 흘렸다.

제3화
통로 저편

Chapter 1

비앙카가 루암에게 인질로 붙잡힐 즈음, 이탄에게도 일이 발생했다.

지금 이탄의 주변은 온통 지하로 함몰되어 아무것도 남지 않았다. 회색빛 허공에는 돌 부스러기들이 뿌옇게 떠다녔다.

이탄이 지켜보는 가운데 지하 도시 천장이 밀가루 반죽처럼 일그러졌다. 천장 한복판이 꾸물꾸물 좌우로 밀려나는가 싶더니, 그 속에 광활한 우주가 펼쳐졌다.

화악!

찬란한 별빛들이 우주로부터 튀어나와 지하 도시로 쏟아졌다.

그 우주의 여러 행성에서 희끄무레한 존재들이 툭툭 튀어나와 별빛을 타고 지하 도시로 강림했다.

어떤 존재는 바닷속 문어를 닮았다. 물론 진짜 문어는 아니었다. 이 존재는 다리가 무려 수백 개였고 눈은 셋이었다.

또 다른 존재는 코뿔소를 연상시켰다. 코뿔소의 기다란 뿔 위에는 상어를 닮은 주둥이가 돋아나 딱딱딱 이빨 부딪치는 소리를 냈다.

시커먼 털 뭉치처럼 생긴 존재도 보였다.

등에 도끼를 매단 외눈박이 거인도 별빛을 타고 성큼성큼 걸어왔다.

어깨에 커다란 해머를 짊어진 표범형 수인족은 머리가 셋이나 되었다. 표범의 눈알 속에는 동공이 2개씩 박혀 있었다.

이탄이 지켜보는 가운데 이 모든 기괴한 몬스터들이 지하 도시로 몰려들었다.

희끄무레한 몬스터들은 하나하나가 산맥을 연상시킬 정도로 거대하였으며, 그들에게 풍기는 흉포한 파괴력은 일격에 도시를 붕괴시킬 듯했다.

더욱 놀라운 사실은, 이 거대 몬스터들이 갑자기 몸체를 수천 분의 1로 확 줄였다는 점이었다.

거대 몬스터들은 성인 어른 정도의 크기로 몸집을 축소한 다음, 지하 도시 천장에 뚫린 통로를 통해 이 세상에 진입했다.

그렇게 차원의 통로를 넘어온 거대 몬스터들이 스르륵 신체를 변형했다.

문어를 닮은 몬스터가 대머리 어부로 변했다.

코뿔소를 연상시키는 괴물은 덩치 큰 농부의 모습이 되었다.

털 뭉치가 위아래로 길쭉하게 늘어나더니 털북숭이 노인으로 변신했다.

외눈박이 거인은 못생긴 노파가 되었다.

마지막으로 머리가 셋인 표범형 수인족은 잿빛 머리카락의 중년인으로 바뀌었다.

1차로 이렇게 다섯 종류의 몬스터가 이 세상에 진입했다.

그 뒤를 이어 희끄무레한 몬스터들이 계속해서 등장했다. 수천만, 아니 수억이 넘는 몬스터들이 수많은 행성에서 튀어나오더니, 이곳 지하 도시를 향해 빠르게 돌진했다. 그 모습이 마치 난자를 향해 달려드는 정자 같았다.

이탄은 짧게 고민했다.

'저 다섯 종류의 몬스터들을 잡아 죽이고 차원의 통로를 다시 닫아야 하나?'

언노운 월드를 보호하려면, 아니 언노운 월드의 백 세력을 보호하려면 이 방법이 최선이었다.

처음에 이탄은 문어 대가리와 코뿔소, 새까만 털 뭉치, 외눈박이 거인, 그리고 머리가 셋 달린 표범을 잡아 죽이려고 했다.

그때 이탄의 머릿속에 또 다른 아이디어가 떠올랐다.

'가만! 내가 주워들은 바에 따르면, 북명의 수인족들 가운데 일부가 그릇된 차원과 언노운 월드 사이를 잇는 차원 통로를 뚫는다고 했지? 그렇다면 눈앞에 펼쳐진 저 구멍이 바로 그 차원의 통로일 테고, 통로 저편의 우주는 그릇된 차원이라는 소리잖아?'

그릇된 차원!

이 단어를 떠올리는 순간 이탄의 머릿속에 벼락이 콰콰쾅! 내리쳤다.

짧은 순간, 이탄은 언령의 벽을 떠올렸다.

'동차원에는 언령의 벽이 있지. 이곳 언노운 월드에도 언령의 벽이 존재했어.'

이탄은 이미 2개의 서로 다른 언령의 벽을 만났다. 그리고 간씨 세가의 세상에서 세 번째 언령의 벽을 찾아볼 계획이었다.

한데 갑자기 계획이 변경되었다.

'간씨 세가는 언제든지 마음만 먹으면 갈 수 있잖아? 하지만 그릇된 차원은 어떨까? 저곳에도 과연 언령의 벽이나 아조브가 존재할까?'

이탄은 문득 이런 호기심을 느꼈다.

만약 존재한다면?

그렇다면 이탄은 어떤 대가를 지불하건 간에 그 언령의 벽과 아조브를 손에 넣을 요량이었다. 이탄은 여차하면 그릇된 차원을 한바탕 피로 씻어 버리는 한이 있더라도 언령의 벽을 손에 넣기를 원했다.

'간씨 세가는 언제든지 갈 수 있지. 하지만 그릇된 차원은 이 기회가 아니면 영영 가보지 못할 수도 있어.'

계획에도 없이 새로운 차원에 넘어간다는 것은 보통 미친 짓이 아니었다. 하지만 이탄은 알 수 없는 이끌림에 의해 결심을 굳혔다.

째깍 째깍 째깍, 뚝!

이탄이 마음을 먹은 순간, 시간을 지배하는 언령, 즉 시간의 인과율이 발동했다. 이탄이 지하 도시 천장에 뚫린 통로를 통해 뚜벅뚜벅 차원을 넘어가는 동안, 이탄 주변의 시간은 거의 흐르지 않고 0으로 수렴했다.

차원을 막 넘어온 다섯 종류의 몬스터들도 당연히 시간의 지배를 받았다. 몬스터들은 이탄이 자신들의 곁을 지나칠 동안 조각상처럼 딱딱하게 굳어 있었다. 시간이 멈추자 몬스터들도 멈춰버린 것이다.

다섯 몬스터들의 옆을 지나칠 때, 이탄은 잠시 고민했다.

'이것들을 치워 버릴까?'

프레야와 피요르드, 그리고 333호를 위해서라면 이탄이 이 몬스터들을 죽여 놓는 편이 좋았다. 짧은 순간 이탄의 눈가에 섬뜩한 기운이 뿜어졌다.

물론 이탄이 피를 볼 생각을 하는 와중에도 시간은 계속 멈춰 있었다. 그래서 다섯 몬스터들은 지금 자신들의 목덜미에 죽음의 신이 내려앉았다는 사실을 알지 못했다.

잠시 후, 이탄이 생각을 고쳐먹었다.

'아니지. 이 녀석들이 거하게 날뛰어 주어야 알리바이가 성립할 거야. 내가 그릇된 차원에 다녀온 뒤에 은화 반 닢 기사단의 어르신들에게 뭐라고 핑계를 대겠어? 그때 이 몬스터들이 내 핑곗거리가 되어 줄 거 아냐. 이놈들과 싸우다 보니 불가피하게 일행과 헤어졌다. 내 능력으로는 도저히 어쩔 수 없는 일이었다. 이렇게 말이야.'

이탄은 이런 생각으로 다섯 몬스터들의 목숨을 붙여두었다.

이탄이 몬스터들을 살려둔 이유는 또 있었다.

'생각보다 수준이 형편없잖아? 설마 장인어른과 333호

가 이따위 허접한 몬스터도 감당하지 못하고 죽지는 않겠지.'

이탄은 이런 판단으로 다섯 몬스터들을 내버려 두었다.

이탄이 차원의 통로를 거슬러 올라간 뒤, 멈췄던 시간이 다시 풀렸다.

Chapter 2

째깍 째깍 째깍.

원래 언노운 월드의 시간은 계속해서 흐르는 중이었다. 단지 이탄 주변의 시간만 잠시 멈춰졌을 뿐이었다.

그러다 시간이 다시 흐르면서 언노운 월드 전체의 시간 체계에 엇박자가 생겼다.

이 어긋남이 균열을 일으켰다.

시간이 어긋나자 이것이 곧 공간의 균열로 전환되었다. 멀쩡하던 공간이 부와악 찢어지면서 세상이 뒤틀렸다.

쿠콰콰콰콰!

코이오스 가문에서 무려 수백 년의 노력 끝에 간신히 뚫어낸 차원의 통로가 이탄의 발걸음 한 방에 비참하게 찢겨져 나갔다.

지하 도시의 천장이 무너져 내렸다. 조금 전에 개통되었던 차원의 통로도 함께 붕괴했다.

끄아아아악!

막 차원의 통로로 진입 중이던 몬스터들이 그대로 살과 뼈가 분리되었다. 눈알이 터졌다. 심장이 쪼개졌다.

행성을 지배하던 거대 몬스터들이 수천 단위로 분해되는 광경은 참으로 비현실적이었다. 그 몬스터들의 비명이 지하 도시를 쩌렁쩌렁하게 떨어 울리다가 이내 그릇된 차원으로 역류해서 돌아갔다.

비명은 꿍음처럼 꽝 터졌다가 다시 사그라져 소멸했다. 지하 도시 천장에 뚫린 차원의 통로도 꽃봉오리가 오므라들 듯이 수축하더니 그대로 자취를 감추었다.

차원의 통로가 사라질 때 이탄의 모습도 함께 없어졌다.

막 차원을 넘어온 대머리 어부가 눈을 껌뻑였다.

[뭐야? 조금 전 이 앞에 비리비리하게 생긴 인간족 한 명이 서있었던 것 같았는데?]

[그러게. 나도 얼핏 본 거 같아. 그 인간족이 어디로 갔지?]

덩치 큰 농부가 황당한 표정으로 주변을 둘러보았다.

털북숭이 노인이 화제를 돌렸다.

[그게 문제가 아니야. 코이오스 가문이 개방한 차원의 통

로가 갑자기 닫혔다고. 그 탓에 나를 따르던 일족들이 저쪽 차원에 그냥 남아버렸어.]

외눈박이 노파가 털북숭이에게 물었다.

[저쪽에 남은 것 맞아? 통로가 닫힐 때 그 틈에 끼어서 잘못된 거 아냐?]

털북숭이 노인이 어깨를 으쓱했다.

[그건 나도 모르지. 뭐, 틈에 끼어서 잘못되었으면 또 어쩔 거야? 크흐흐. 나만 멀쩡하면 그만이지. 크흐흐흐.]

[흐헤헤헤. 그 말이 맞아. 흐헤헤헤.]

외눈박이 노파가 맞장구를 쳤다.

이 다섯 몬스터들에게 일족이란 큰 의미가 없었다. 배가 고프면 동족도 잡아먹는 것이 그들의 습성이었다.

잿빛 머리카락의 중년인이 주위를 둘러보았다.

[일단 우리라도 이곳으로 넘어왔으니 되었다. 여차하면 차원의 통로는 다시 뚫으면 되니까. 일단 배부터 채워야지.]

으스스한 말과 함께 잿빛 머리카락 사내가 혀로 입술을 핥았다.

잿빛 머리카락 사내의 혓바닥은 마치 늑대의 그것처럼 길어서 입술뿐 아니라 콧구멍까지 함께 핥아버렸다.

대머리 어부가 잿빛 머리카락 사내의 말에 동의했다.

[맞아. 우리 다섯이 이미 이곳으로 넘어온 이상 차원의 통로는 언제든지 다시 뚫을 수 있어. 우선 각자 흩어져서 배부터 채우자고.]

다섯 몬스터들, 혹은 다섯 이방인들은 우르르 몰려다니는 걸 지극히 싫어했다.

'이놈들은 하나 같이 믿을 수가 없어. 우르르 몰려다니다가 만약 내가 상처라도 입으면? 그럼 이놈들은 당장 달려들어 나부터 찢어 먹을 게야. 물론 나도 기회가 생기면 그렇게 행동할 테고.'

다섯 이방인들 모두 똑같이 시커먼 생각을 마음속에 품었다. 그러니 이들 사이에 동질감이나 우정이 존재할 리 없었다.

다섯 괴물들은 뿔뿔이 흩어졌다.

한편 이탄이 도착한 곳은 나무와 풀로 뒤덮인 기묘한 지역이었다.

이탄이 지하 도시에서 천장의 구멍을 올려다보았을 때 그의 눈에 비친 광경은 별빛이 가득한 우주였다. 그래서 이탄은 무중력 상태의 우주로 튀어나갈 것에 대비했다.

한데 막상 이탄이 차원의 통로를 지나 발을 내디딘 곳은 우주가 아니었다. 커다란 나무로 뒤덮인 어느 행성 안이었다.

이탄이 나무 기둥을 손으로 쓰다듬으며 중얼거렸다.

"크네."

말 그대로였다. 이 일대의 나무들은 언노운 월드나 간씨 세가의 나무들과는 종자 자체가 달랐다. 쭉쭉 뻗은 나무 꼭 대기까지 높이는 줄잡아 수백 미터 이상 되었다. 어떤 나무 는 무려 1킬로미터도 훌쩍 넘었다. 잎사귀도 커서, 어지간 한 나뭇잎 하나의 크기가 수 미터는 족히 되었다.

이렇게 커다란 나무들 사이에 서 있다 보니 이탄은 스스 로가 난쟁이가 된 느낌이었다.

"후읍."

이탄이 일부러 숨을 들이쉬었다.

숲이라 그런지 공기는 상쾌했다.

"뭐 어차피 공기가 없어도 별 상관은 없는데. 나는 숨을 쉴 필요가 없는 언데드니까."

이탄이 자조적으로 뇌까렸다. 그러다 감상적인 마음을 떨쳐버리고 주변을 살폈다.

"우선 이 일대부터 파악해야겠지?"

이탄이 신발형 법보를 탁탁 찼다.

그 즉시 이탄의 몸뚱어리가 1.4 킬로미터 높이의 나무 꼭대기에 도착했다.

차원을 넘어왔어도 이탄의 몸에 지니고 있던 물건들은 모두 정상적으로 작동되었다. 이탄이 영혼만 넘어온 것이 아니라 직접 몸으로 차원을 돌파한 덕분이었다.

지금 이탄이 서 있는 곳은 이 근처에서 가장 키가 큰 나무였다. 높은 곳에 올라오자 주변이 훤히 내려다보였다.

숲은 뭉게구름이 시작되는 저 먼 수평선까지 끝없이 펼쳐져 있었다. 하늘에는 태양이 하나였다.

그 밖에 다른 특기할 만한 사항들은 없었다. 이곳엔 오로지 평지만 펼쳐져 있을 뿐 산이나 계곡은 보이지 않았다.

이탄이 태양을 힐끗 올려다보았다.

"어라? 태양이 하나네? 원래 이렇게 낯선 세상에 도착하면 태양이 2개나 3개쯤 있어야 하는 것 아닌가? 아니면 태양의 모양이라도 좀 독특하든가."

이탄은 실없는 농담을 내뱉은 뒤, 신발을 다시 탁탁 찼다.

슈웅―.

비행 법보가 발동하면서 이탄의 몸이 하늘로 훌쩍 날아올랐다. 이탄은 새처럼 높이 떠올라 바람을 타고 날았다.

태양이 떠 있는 동쪽 방향이 이탄의 첫 번째 행선지였다.

Chapter 3

두 달 뒤.

이탄은 이제 막 그릇된 차원에 적응한 상태였다. 지난 두 달 동안 이탄은 다섯 가지 사실을 깨달았다.

첫째, 이곳의 넓이는 언노운 월드에 버금갈 정도로 광활했다. 따라서 이송법진이나 점퍼의 도움 없이는 쉽게 돌아다닐 수 없었다.

둘째, 이곳 그릇된 차원에도 주민들이 살았다. 엄밀하게 말해서 이 주민들은 모두가 일종의 몬스터들이었다.

셋째, 몬스터들은 평소에는 인간의 모습으로 돌아다니다가 전투가 벌어지면 자신의 본래 모습을 드러내곤 하였다.

넷째, 그릇된 차원에서는 입으로 대화하는 법이 없었다. 몬스터 별로 성대 구조가 다르기 때문이었다. 대신 이곳의 주민들은 뇌파로 소통했다.

다섯째, 그릇된 차원의 주민들은 크게 세 부류로 나뉘었다.

신체 변형을 통해 괴력을 발휘하는 타입.

음차원의 마나를 활용하여 마법적 권능을 발휘하는 타입.

영혼의 힘으로 다른 몬스터들을 컨트롤하는 타입.

물론 비리비리한 몬스터들은 이 세 가지 중에 단 하나의 권능도 제대로 갖추지 못했다. 이렇게 허약한 몬스터들은 다른 힘 센 몬스터에게 귀속되어 노예에 가까운 삶을 살거나, 혹은 먹이로 잡아먹히곤 했다.

대신 약 0.1퍼센트 정도의 몬스터들은 위의 세 가지 특성 중 2개를 동시에 발휘하기도 했다. 대부분 이런 몬스터들이 그릇된 차원에서 귀족 대접을 받았다.

이를 뛰어넘어 아주아주 극소수의 몬스터들은 위의 세 가지 특성 3개를 모두 갖추고 태어났다. 만약 이런 돌연변이형 몬스터가 무사히 성체로 성장하면, 그는 한 지역을 지배하는 왕의 재목이 되었다.

또한 왕의 재목 가운데 극히 일부가 왕이 되었다.

이탄은 곰곰이 생각했다.

'나는 고대 악마사원의 유적지에서 나라카의 눈을 손에 넣었지. 아나테마 영감의 도움을 받아서 말이야.'

아나테마의 설명에 따르면, 나라카는 그릇된 차원의 왕이라고 했다.

한데 사실은 왕이 한 명이 아니었다. 그릇된 차원에는 나라카 외에도 여러 명의 왕들이 더 존재했다.

'나라카가 아직까지도 생존해 있을까? 고대 문명 시기에 활보했던 그 나라카가 말이야.'

이탄이 나라카에 대한 생각을 곱씹고 있을 때였다. 아나테마의 악령이 이탄에게 불쑥 말을 걸었다.

[뭐야? 조금 전에 무슨 생각을 했어? 혹시 나를 불렀어?]

'부르긴 뭘 불러요. 영감은 그냥 잠이나 더 자쇼.'

이탄이 퉁명스레 반응했다.

예전에는 아나테마가 이탄의 생각을 곧잘 읽어내곤 했다.

한데 이탄이 붉은 금속으로 영혼에 벽을 친 이후부터는 아나테마가 함부로 이탄의 생각에 접근할 수 없었다. 아나테마는 이 점이 못내 불쾌했으나, 이탄에게 함부로 따지고 들지는 못했다.

최근 들어 이탄과 아나테마 사이는 격차가 현격하게 벌어졌다. 이제 이탄이 마음만 먹으면 손가락 하나만 까딱해도 아나테마는 긴 잠에 빠지게 되었다. 이곳 그릇된 차원에서 아나테마가 깨어난 것도 이탄이 허락을 한 덕분이었다.

[하아, 내가 꼬맹이도 아니고 왜 자꾸 나를 재우려고 드는 건데? 엉? 내가 알면 안 되는 일이라도 있는 게냐? 나도 그릇된 차원에 와본 건 처음이란 말이야. 나도 여기가 궁금하다고. 엉? 내가 방해가 되지 않게 잘할게. 네가 새로운 몬스터를 발견했을 때 내 지식이 도움이 될 수도 있잖아?

엉? 엉? 엉?]

아나테마는 비굴할 정도로 이탄에게 매달렸다.

'흐음. 아나테마 영감이 과연 내게 도움이 될까?'

이탄이 턱에 손을 괴고 고민하는 척했다.

사실 고민할 필요도 없었다. 다른 때라면 모를까 지금 이탄은 아나테마를 잠재울 마음이 없었다. 고대 문명의 리치 영감은 실제로 방대한 지식을 가지고 있으며, 그릇된 차원과 같은 낯선 세상에서 그의 지식이 이탄에게도 도움이 될 것이기 때문이었다.

이탄은 속으로는 아나테마를 써먹을 생각을 하면서도 겉으로는 아나테마의 속을 살살 태웠다.

'뭐, 좀 더 지켜봅시다. 영감이 내게 도움이 되는지 살펴본 뒤에 결정하지.'

[끼요옵! 그래. 한번 지켜봐다오. 내가 분명 도움이 될게다. 끼요오오옵.]

아나테마의 악령이 신이 나서 덩실덩실 춤을 추었다. 엉덩이를 앞뒤로 흔드는 망측한 춤이었다.

'이 영감이 노망이 났나? 왜 이래? 눈 버리겠네.'

이탄은 게이 리치 영감이 추는 요망한 춤사위 따위를 보고 싶은 생각은 눈곱만큼도 없었다. 그래서 곧바로 붉은 금속의 벽을 세워서 아나테마의 의식을 차단해 버렸다.

[스톱. 스톱. 미안하다. 내가 잘못했어.]

아나테마가 기겁을 하며 이탄에게 애걸했다.

그렇게 이탄이 아나테마의 악령과 툭탁거리고 있을 무렵이었다. 쿵쿵 소리와 함께 덩치가 큰 사내가 이탄에게 다가왔다.

[뭐하나? 이 버러지 같은 놈아. 한창 일할 시간에 감히 농땡이를 피워?]

덩치 큰 사내는 대뜸 채찍을 들어 바닥을 후려쳤다. 채찍에 힘이 실린 탓에 암석이 박살 나고 돌가루가 튀었다.

덩치 큰 사내는 이곳 공사장의 감독관 중 한 명이었다. 한편 이탄은 이곳에서 성벽을 쌓는 막일꾼 신분이었다.

언노운 월드에서 이런 경우가 발생하면, 감독관은 곧장 일꾼의 등짝에 채찍을 후려쳐서 피를 봤을 것이다.

한데 흉포하기로 유명한 그릇된 차원에서는 오히려 감독관이 이탄의 몸에 직접 채찍을 때리지 못했다. 대신 애꿎은 땅만 후려쳤다.

감독관이 이렇게 몸을 사리는 이유는 하나였다. 역설적으로 이곳이 흉악스럽기 그지없는 그릇된 차원이기 때문이다.

그릇된 차원의 주민들은 겉모습만 보고는 상대가 어떤 종류의 몬스터인지 짐작하기 어려웠다.

만약 막일꾼이라고 무시해서 채찍으로 때렸는데, 상대가 극악한 독침을 숨긴 종이라면? 혹은 상대가 물불 가리지 않고 감독관에게 달려들어 감독관의 팔 한 짝이라도 뜯어내고 결국 본인도 죽어버린다면?

그럼 팔을 잃은 감독관도 위험에 빠지게 마련이었다. 부상을 당해 체력이 약해졌을 때 누구에게 뒤통수를 맞을지 알 수 없었다. 그릇된 차원에서 약자는 곧 노예, 혹은 먹잇감과 동의어가 아니던가.

이런 이유 때문에 그릇된 차원에서는 오히려 약자에 대한 공격이 많지 않았다. 만약 누군가가 공격을 감행한다면, 그것은 상대를 아예 죽여 버리려고 결심한 순간뿐이었다.

Chapter 4

이탄이 주섬주섬 자리에서 일어났다.

이탄 앞에는 네모반듯한 돌덩어리 몇 개가 굴러다녔다. 가로 세로 각각 1미터씩에 높이가 50센티미터인 직육면체 돌덩어리들이었다.

이 돌들은 굵은 쇠사슬에 묶여 있었다.

"읏차."

이탄은 쇠사슬을 손에 둘둘 말고는 커다란 돌덩어리를 거뜬히 등에 짊어졌다.

이탄이 돌덩어리를 나르기 시작하자 감독관도 더 이상 뭐라고 하지 않았다. 감독관은 조그만 눈알을 번들거리며 이탄의 뒷모습을 노려보더니, 바닥에 침을 탁 뱉고는 다른 곳으로 자리를 옮겼다.

이탄은 네모난 돌덩어리를 성벽 앞으로 가져갔다.

이탄이 정해진 자리에 돌덩어리를 내려놓으면, 또 다른 일꾼들이 나타나서 이것들을 성벽 위로 날랐다.

이곳 성벽은 높이가 30미터에 달했다. 두께는 12미터였고, 길이는 얼마나 긴지 가늠하기조차 힘들었다.

길게 늘어선 성벽이 숲을 가로지르며 지평선 저 멀리까지 구불구불 이어졌다. 이렇게 긴 성벽은 언노운 월드에도 존재하지 않았다.

그런데 이 엄청난 석조건축물의 군데군데에 구멍이 뚫려 있었다. 단지 구멍만이 아니라 수백 미터 폭으로 허물어진 곳도 보였다. 이탄이 채석장에서 옮겨온 돌덩어리는 곧 성벽 보수 공사를 위한 벽돌들이었다.

성벽 위에는 체격이 건장한 중년인이 몸을 앞으로 기울여 성벽 보수공사 현장을 총체적으로 관리감독 하는 중이었다.

중년인은 성벽 홈에 자신의 한쪽 발을 얹었다. 그 다음 자신의 허벅지 위에 팔꿈치를 괴고, 다시 그 손바닥 위에 턱을 얹었다. 그런 상태에서 중년인은 또렷한 눈동자를 움직여서 공사 현장을 좌에서 우로, 그리고 다시 우에서 좌로 반복적으로 훑었다.

휘이잉—.

성벽 위에 한 줄기 바람이 불었다. 중년인의 파란 머리카락이 바람이 불어온 반대 방향으로 나부꼈다.

중년인은 머리카락뿐 아니라 눈동자와 턱수염도 파란색이었다. 심지어 입고 있는 갑옷도 파란빛으로 번뜩였다.

내리쬐는 햇빛이 중년인의 갑옷에 부딪쳐 눈부시게 반사되었다.

중년인의 이름은 타룬.

지난번 전투에서 형이 전사한 이후로 타룬이 일족의 중요한 자리를 차지했다. 현재 타룬이 소속된 알블—롭 일족은 끝없이 펼쳐진 장벽에 기대어 적수들과 전쟁 중이었다.

[성벽 보수를 서둘러야지. 얼마 지나지 않아 스피네 놈들이 또 쳐들어올 게야.]

낮게 뇌까리는 타룬의 뇌파는 그의 심정을 대변하는 듯 무거웠다. 타룬은 파랗게 번뜩이는 눈으로 숲 저편을 응시했다.

짙게 우거진 숲속 어딘가에 알블—롭의 일족의 원수인 스피네들이 웅크리고 있을 것이다.

스피네는 알블—롭 일족보다 지능도 떨어지고 마나도 잘 다루지 못했다.

대신 녀석들은 개체 수가 많았다. 소름 끼칠 정도로 번식력이 뛰어난 까닭이었다. 게다가 스피네들은 체내에 극독을 품고 있고 껍질이 말도 못 하게 단단해서 여간 상대하기 까다로운 게 아니었다.

타룬이 한창 숲을 노려보고 있을 때였다.

쿵.

이탄이 둔탁한 소리와 함께 성벽 아래에 커다란 벽돌을 내려놓았다. 그 다음 스르렁 스르렁 쇠사슬을 풀어 다시 어깨에 짊어졌다.

타룬의 눈길이 이탄에게 멎었다.

[못 보던 놈인데?]

타룬이 나직한 뇌까림과 함께 뒤를 돌아보았다. 그의 눈이 향한 곳에는 파란 머리카락을 쌍 갈래로 딴 여인이 대기 중이었다.

여인의 이름은 로바.

그녀는 약간 허스키한 뇌파로 타룬의 질문에 답했다.

[이틀 전에 3지구에서 지반 붕괴가 있었지 않습니까? 그때 기존의 일꾼들이 많이 상했습니다.]

[그래서?]

[그래서 노예 시장뿐 아니라 인력 시장까지 돌면서 신규 인부들을 대거 끌어들였습니다. 발목에 쇠사슬이 묶이지 않은 것을 보니 저 녀석은 노예가 아니라 새로 투입된 막일꾼일 겁니다.]

타룬이 이마를 찌푸렸다.

[로바, 그건 나도 알아. 하지만 저렇게 정체 모를 뜨내기 녀석들은 이곳 중앙 성벽 공사장에 넣지 말라고 했잖아. 여기는 방어의 핵심이라고.]

[죄송합니다.]

로바가 곧장 사죄했다.

타룬이 턱으로 성벽 아래쪽을 가리켰다. 가서 이탄을 처리하라는 의미였다.

[넵. 즉각 처리하겠습니다.]

로바는 절도 넘치는 대답과 함께 성벽 아래로 뛰어내렸다. 무려 30미터 높이에서 점프했건만 땅에 착지할 때 로바의 발걸음 소리가 들리지 않았다. 그녀는 솜털처럼 사뿐히 내려앉았다.

[헉, 로바 님!]

[로바 님을 뵙습니다.]

로바가 나타나자 주변의 감독관들이 재빨리 허리를 숙였다.

로바는 그중 한 감독관을 손가락으로 불렀다.

[너.]

[옙. 부르셨습니까?]

감독관이 즉각 로바 앞으로 달려왔다.

[최근에 보수 공사에 투입한 일꾼과 노예들이 있지?]

질문을 던지는 것과 동시에 로바는 이탄에게 시선을 던졌다.

감독관도 이탄을 힐끗 돌아보고는 대답했다.

[예. 있습니다.]

[그놈들을 모두 10지구, 아니 그보다 더 먼 곳으로 빼. 1지구부터 10지구까지는 신분이 확실한 일꾼들만 투입한다.]

[예. 즉시 실시하겠습니다.]

감독관은 발목을 척 붙이고 대답했다. 그런 다음 채찍을 손에 쥐고 이탄에게 성큼 걸어갔다.

이탄이 멀뚱멀뚱 감독관을 보았다.

Chapter 5

감독관이 채찍으로 바닥을 딱 때려서 위협을 주었다.

[이봐.]

[…….]

이탄은 대답이 없었다.

[이놈잇.]

감독관이 좀 더 험악하게 얼굴을 구겼다. 기세도 잔뜩 일으켰다.

그러자 감독관의 머리카락이 츠츠츠츠 곤두섰다. 얼굴과 손등 부위에서 잿빛 털이 뾰족하게 돋아났다.

[이봐. 내 말 안 들리나? 엉?]

[…….]

이탄은 여전히 묵묵부답이었다.

감독관은 이탄의 면상을 채찍으로 빡 후려치고 싶었다. 하지만 왠지 모를 섬뜩함에 막상 행동에 옮기지는 못했다. 그저 인상만 벅벅 썼다.

[나 참. 뭬에. 재수가 없으려니까. 너 벙어리냐? 하여간 너는 오늘부터 여기서 일하지 마라. 네가 일할 곳은 저 북쪽의 11지구다.]

감독관은 일단 이렇게 이탄을 윽박질러 보았다. 그러면

서도 마음 한편으로는 이탄이 대들까 봐 긴장했다.

다행히 이탄은 반항하지 않았다. 감독관의 말을 알아들은 것처럼 고개만 끄덕였다.

한데 이탄이 손쉽게 명령에 따르자 오히려 감독관의 기세가 더 등등해졌다. 감독관은 몸에 돋은 털들을 잔뜩 곤두세웠다.

촤악!

허공을 한 바퀴 크게 선회한 감독관의 채찍이 이탄의 발가락 바로 앞에 떨어졌다. 위협적으로 돌이 튀었다. 채찍 끝이 이탄의 발가락을 살짝 스쳤다.

역시 그릇된 차원다웠다. 이탄의 순종하는 태도가 오히려 독이 되었다. 감독관은 이탄을 약자로 여기고 굴복시키려 들었다.

그게 실수였다.

이탄이 그 자리에서 번쩍 사라졌다가 어느새 감독관의 앞에 나타났다. 이탄의 움직임이 어찌나 빨랐던지 순간적으로 이탄의 몸이 감독관을 향해 쭉 늘어나는 것처럼 보였다.

다음 순간 이탄의 오른손이 감독관의 머리카락을 움켜잡았다.

풋!

이탄의 왼손 검지는 감독관의 귓바퀴를 관통했다. 그 상태에서 이탄은 자신의 검지를 구부려 앞으로 잡아당겼다.

[으아악!]

감독관이 자신의 귀를 붙잡고 괴성을 질렀다. 감독관의 귓바퀴는 어느새 부욱 찢어져 피가 철철 흘렀다.

이탄은 무감정한 눈으로 감독관을 굽어보았다.

이 일련의 폭력이 어찌나 빨랐던지 주변에서는 지금 무슨 일이 벌어졌는지 제대로 파악하지도 못했다. 심지어 알블—롭 일족에서 중요한 자리를 차지하고 있는 로바도 멍하게 눈꺼풀만 깜빡거렸다.

로바가 지켜보는 가운데, 이탄은 아무렇지도 않게 등을 돌렸다.

그릇된 차원에서 이렇게 무방비 상태로 등을 보이는 것은 흔치 않은 일이었다. 그래서 오히려 더 이탄을 건드리기 어려웠다.

주변의 감독관들이 침을 꿀꺽 삼켰다.

로바의 등에도 소름이 쫙 돋았다.

침묵을 깬 이는 타룬이었다. 쿵! 소리와 함께 타룬이 이탄 앞에 나타났다. 타룬은 단숨에 성벽 위에서 뛰어내려서 이탄의 앞을 가로막은 것이다.

이탄이 게슴츠레한 눈으로 타룬을 응시했다.

타룬도 호기심 어린 눈빛으로 이탄을 훑어보았다.

파츠츠츳.

타룬의 파란 눈동자가 진하게 물들었다가 다시 원래 상태로 돌아왔다.

이 진한 파란 눈은 타룬의 권능 가운데 하나였다. 타룬은 이 권능으로 상대방을 스캔하여 숨겨진 실체를 파악하곤 했다.

한데 이번엔 타룬의 권능이 통하지 않았다. 그는 몇 번이나 스캔을 하고도 이탄의 진정한 정체를 파악하지 못했다.

결국 타룬이 이탄에게 단도직입적으로 물었다.

[어디 일족이지?]

[……]

이탄은 여전히 대답이 없었다.

타룬이 다시 물었다.

[너는 뇌파로 말하는 법을 모르나?]

이탄이 천천히 대답했다.

[일족, 없다.]

그릇된 차원으로 넘어온 이후로 이탄은 뇌파를 사용하는 법을 나름 열심히 연습했다.

원래 이탄은 뇌파로 의사를 전달하는 것은 물론이고 상대방의 뇌파를 엿듣는 것도 가능했다.

하지만 그릇된 차원의 뇌파 사용법은 동차원이나 언노운 월드의 방법과는 사뭇 달랐다. 이탄은 그릇된 차원에 넘어온 이후로 새로운 뇌파 사용법을 두 달간 연습하였으나, 아직까지는 세밀하게 컨트롤이 되지 않아 거칠었다. 어쩌면 이곳의 언어가 익숙하지 않기에 뇌파 컨트롤이 더 어려운 것일지도 몰랐다.

조금 전에도 이탄이 발산한 뇌파는 출력이 제대로 조절되지 않아 엄청나게 강력하게 뿜어져 나왔다.

[크으윽.]

뇌를 녹여버릴 듯한 고통에 타룬이 입술을 꽉 깨물었다.

타룬이 쓰러지는 판국에 로바라고 예외일 리 없었다.

[꺄악—.]

로바는 양손으로 자신의 귀를 틀어막고 비명을 질렀다.

[끄아악.]

주변의 감독관들도 일제히 땅바닥에 나뒹굴었다. 그들의 코와 입에서 검붉은 피가 콸콸 쏟아졌다.

이탄이 발산한 뇌파는 타룬뿐 아니라 주변 수인족들 전체의 뇌를 강타하며 심각한 데미지를 입혔다.

그나마 타룬과 로바는 이탄의 흉포한 뇌파를 가까스로 버텨내었으나, 나머지 감독관들은 강한 경련과 함께 피를 토하며 정신을 잃었다.

[너, 너, 정체가 뭐냐?]

타룬이 경악한 눈으로 이탄을 바라보았다.

'에효오. 또 일 쳤네.'

이탄은 손가락으로 관자놀이를 긁었다.

Chapter 6

이쪽 세상, 즉 그릇된 차원에는 왕국이나 영지의 개념은 존재하지 않았다. 대신 부족, 혹은 일족 단위로 모든 일들이 처리되었다.

차원 이동을 한 뒤, 이탄이 처음으로 마주친 대상이 바로 알블―롭 일족이었다. 이탄은 알블―롭 일족을 통하여 이곳 세계의 분위기와 습성, 언어 등을 익혔다. 지난 보름간 이탄이 인력 시장에 머물며 막일꾼 노릇을 하고 있는 이유도 바로 여기에 있었다. 그러다 이틀 전 이탄은 이곳 성벽 보수 공사장에 뽑혀 왔다.

타룬의 눈이 다시 한 번 진한 파란색으로 물들었다. 타룬은 권능을 쥐어짜서 이탄을 다시 한 번 스캔했다.

여전히 이탄의 정체는 파악되지 않았다.

타룬이 이탄을 살피는 동안, 이탄도 타룬을 훑어보았다.

'장인어른 수준인가? 아니면 그보다 약간 아래?'

좀 더 정확한 실력은 타룬과 직접 부딪쳐봐야 알 것이다. 하지만 이탄은 일단 타룬을 아울 검탑 99검인 피요르드 수준으로 파악했다. 다만 타룬의 마나 총량은 피요르드보다 다소 낮아 보였다.

'흐으음. 이 파란 머리카락의 사내가 이 일대의 지배자인 것 같은데 겨우 이 정도 수준이라고? 이쪽 세계, 생각보다 별 것 없는데? 동차원보다 훨씬 더 약하잖아?'

이탄은 팔짱을 끼고 곰곰이 생각에 잠겼다.

타룬은 현명한 자였다. 그의 죽은 형이 막무가내 타입의 저돌적인 성격이라면, 타룬은 신중하고 침착했다.

이탄을 대하는 타룬의 태도에서 그 현명함이 돋보였다.

만약 타룬의 형이 이런 상황에 처했다면, 그는 물불 가리지 않고 이탄을 공격했다가 결국 처참하게 죽음을 당했을 것이다.

타룬은 달랐다.

'이자가 적이라면 굳이 미천한 일꾼으로 위장할 리 없지. 아직 적인지 아군인지 모르는 강자를 함부로 적대시할 이유는 없어.'

타룬은 이렇게 판단한 뒤, 이탄과 대화를 시도했다.

[당신은 누구요?]

어느새 이탄을 대하는 타룬의 말투가 달라졌다. 타룬은
더 이상 이탄을 낮춰 보지 않았다.

[나, 나는…….]

아직까지도 이탄은 뇌파 송출이 익숙하지 않았다.

또한 이탄은 그릇된 차원의 언어도 미숙했다. 그래서 이
탄은 뜸을 한참 들이며 떠듬떠듬 말했다. 그러다 가끔은 뇌
파의 출력 조절에 실패하여 타룬의 뇌를 녹여버릴 듯한 강
렬한 에너지를 방출하기도 했다.

타룬은 인내심을 가지고 이 모든 일들을 감내했다. 그 결
과 타룬은 이탄에 대해서 어느 정도 파악하는 데 성공했다.

[그러니까 당신은 다른 곳에서 왔다? 하긴, 이 세계에는
무수히 많은 별이 있고 그 별에는 다양한 종족들이 살지.
그리고 때로는 무시무시한 왕들의 전쟁에 의해서 별이 통
째로 파괴되기도 하니까 일족을 잃고 홀로 우주를 떠돌아
다니는 전사들도 생겨나게 마련이지.]

타룬은 이탄을 타 행성에서 이주해온 이방인 전사라고
생각했다. 그리고 이탄의 일족은 이미 멸족했을 거라고 여
겼다.

이와 같은 떠돌이 전사들은 그릇된 차원에서 가끔씩 볼
수 있는 존재들이었다.

'요 근래에는 우리 알블―롭 일족을 찾아오는 떠돌이

전사들이 보기 드물지. 하지만 한때는 우리를 찾아와서 몸을 의탁하는 떠돌이 전사들이 꽤 많았어. 게다가 따지고 보면 우리 알블―롭 일족도 수천 년 전에 포악한 적들로부터 탈출하여 3개의 행성으로 나누어 이주해온 셈이 아닌가.'

타룬이 나무 의자에 기대어 팔짱을 꼈다.

이탄이 그런 타룬을 물끄러미 응시했다.

타룬은 잠시 고민을 하다가 결국 이탄을 영입하기로 결정했다.

[여기에 얼마나 더 머물 생각이오?]

타룬이 물었다.

[……. 익숙해질 때까지.]

이탄이 천천히 대답했다.

타룬이 반색을 했다.

[허어. 익숙해질 때까지라? 그럼 몇 년이 걸릴 수도 있겠구려?]

[아마도.]

이탄의 대답은 긍정적이었다.

타룬이 은근히 이탄을 꾀었다.

[이왕 이곳에 몇 년씩 머물 거라면 미천한 일꾼으로 지내는 것보다는 전사로 대접받는 편이 낫지 않겠소?]

[전사?]

이탄이 고개를 갸웃했다.

타룬은 솔직하게 속내를 털어놓았다.

[우리들은 지금 스피네 녀석들과 전쟁 중이오. 우리가 성벽을 보수하는 이유도 그놈들과의 전투에 대비하기 위함이지. 그러니 솔직하게 요구하겠소. 우리를 도와 스피네와 싸워주시오. 그럼 당신이 이곳에 머무는 동안 전사로 대우하리다.]

[흠.]

이탄이 눈을 반짝였다.

타룬의 제안은 나쁘지 않았다. 막일꾼으로 벽돌을 나르는 것보다 전사, 혹은 용병으로 대우받는 편이 이곳 세계를 파악하는 데 더 유리했다.

이탄은 마음이 동했으나 타룬의 제안을 단번에 승낙하지는 않았다. 매사에 의심이 많은 성격 탓이었다.

[스피네. 어떤 자들?]

이탄이 적에 대해 물었다.

[그놈들 말이오?]

숙적 스피네를 떠올리는 순간 타룬의 파란 눈동자에서 불똥이 튀었다.

[젠장. 스피네는 지능도, 규범도, 그리고 질서도 없는 해

충들이지. 오로지 번식과 식탐에만 골몰하는 하등급 개체
가 바로 스피네요.]

[하등급? 그런데 왜 성벽 쌓지?]

이탄이 정곡을 찔렀다.

타룬의 말처럼 스피네가 하등급 개체라면 "그런 하등급
을 막기 위해 성벽을 쌓는 너희는 뭐냐?"라는 것이 이탄의
지적이었다.

타룬이 얼굴을 시뻘겋게 붉혔다.

쾅!

타룬은 양 주먹으로 의자 손잡이를 강하게 내리쳤다.

[빌어먹을. 작년의 괴변이 아니었다면 어찌 스피네 따위
가 우리 알블—롭 일족의 적수가 되었겠소. 스피네는 우리
가 전투용으로 기르던 종자였다고. 젠장.]

[괴변?]

이탄이 고개를 갸웃했다.

이번에는 타룬도 기이함을 느꼈다.

[하! 괴변을 모른단 말이오? 전 우주에 영향을 미친 그
엄청난 참사를 몰라?]

타룬은 어이가 없다는 듯이 이탄을 바라보았다.

Chapter 7

잠시 후, 타룬은 괴변에 대해서 설명하기 시작했다.

그보다 한발 앞서 타룬은 음차원의 마나에 대해서 먼저 말문을 열었다. 우선 음차원의 마나에 대해서 알아야 비로소 괴변을 이해할 수 있기 때문이었다.

타룬의 설명에 따르면, 원래 그릇된 차원은 음차원의 마나를 기초로 하여 발전된 세계라고 했다.

그릇된 차원의 강자들은 모두 음차원의 마나를 자유롭게 다뤘다. 신체 변형에 특화된 전사건, 마법적 권능에 특화된 전사건, 아니면 영혼을 컨트롤하는 전사건 상관없었다. 그릇된 차원의 강자들이 지닌 무력의 기초는 어디까지나 음차원의 마나였다.

한 스텝 더 나가서, 그릇된 차원의 귀족들, 즉 위의 세 가지 특성 가운데 2개 이상을 지닌 귀족들은 더더욱 음차원의 마나와 친밀했다.

아니, 단순히 친밀한 정도를 넘어섰다. 다수의 귀족들을 보유한 대형 종족들은 대부분 체내에 음차원의 마나를 응집할 수 있는 고유한 스킬들을 가지고 있었다. 대형 종족에서 태어난 후배들은 선배들로부터 이 비법 스킬을 배운 다음, 자신들의 신체 내부에 음차원의 마나를 집약하곤 했다.

일단 체내에 마나의 구슬을 형성하는 데 성공하면, 그 구슬이 곧 강력한 에너지원이 되었다.

다만 마나의 구슬이 생성되는 부위는 특성 별로 달랐다.

신체 변형 특기자들은 주로 배 안에 구슬을 만들었다.

마법을 쓰는 자들은 심장에 구슬을 형성했다.

영혼을 컨트롤하는 몬스터들은 뇌가 구슬을 집약하는 장소였다.

그러면 2개 이상의 특성을 가진 귀족들은?

귀족들은 당연히 마나의 구슬도 두 곳에 만들었다.

예를 들어서 마법과 영혼, 이 두 가지 특성을 보유한 귀족은 심장과 뇌에 2개의 구슬을 형성하였다. 신체 변형과 마법에 특화된 귀족은 배와 심장에 2개의 구슬을 집약했다. 나머지 경우도 마찬가지였다.

이런 정보들은 그릇된 차원에 널리 퍼진 상식들이었다. 그래서 타룬은 별 고민 없이 이런 사실들을 이탄에게 털어놓았다.

[음차원의 마나를 바탕으로 발전한 것까지는 좋았지. 문제는 작년 초에 발생했소.]

타룬이 씁쓸하게 뇌까렸다.

작년 초, 그릇된 차원 전체에 넘쳐흐르던 음차원의 마나가 갑자기 뚝 끊겨버렸다.

마나의 가뭄.

이 엄청난 괴변은 몇몇 행성에만 국한되지 않았다. 그릇된 차원 전체에 걸쳐서 마나의 가뭄 현상이 벌어졌다.

음차원의 마나가 부족해지자 신체 변형자들의 변형이 잘 이루어지지 않았다. 억지로 변형을 해도 예전과 같은 괴력을 낼 수 없었다.

마법에 특화한 자들도 마찬가지였다. 그들은 마나의 가뭄, 혹은 마나 고갈 현상으로 인하여 마법을 제대로 펼칠 수 없었다. 음차원의 마나가 결집된 '음혼석'이라는 것을 이용해야 겨우 마법을 구현할 뿐이었다.

영혼을 컨트롤하던 자들도 다를 바 없었다. 다들 마나가 부족하여 쩔쩔맸다.

결국 그릇된 차원의 강자들이 갑자기 일반인에 가까운 수준으로 퇴보한 셈이었다.

그나마 체내에 마나의 구슬을 형성한 자들은 버텨냈다. 그들은 음차원의 마나가 고갈된 이후에도 체내에 축적한 마나의 구슬을 이용하여 본래의 힘을 발휘했다.

다만, 그들이 한 번 권능을 사용할 때마다 구슬에 담긴 에너지, 즉 음차원의 마나가 쭉쭉 줄어들었다.

이건 마치 간씨 세가 세상에 존재하는 배터리로 구동되

는 전기자동차와 같았다. 차주가 자동차를 운행하면 배터리에 축적된 전기가 소모되듯이, 그릇된 차원의 강자들이 마력을 발휘하면 마나의 구슬에 담긴 에너지도 소모되었다.

일단 한번 고갈된 에너지는 다시 채우기 힘들었다. 그릇된 차원 전체에 더 이상 음차원의 마나가 흐르지 않기 때문이었다.

대부분의 종족들은 이 괴변 때문에 몸살을 앓았다. 종족의 전사들이 갑자기 허약해지거나 마나 고갈을 우려하여 몸을 사리기 때문이었다.

일부 대형 종족들은 그나마 버텨내었다. 대형 종족의 전사들은 음혼석을 이용하며 소모된 마나의 구슬을 다시 충전했다. 혹은 타 종족의 강자를 죽여 마나의 구슬을 강제로 빼앗은 뒤, 그 구슬을 흡수하여 소모된 에너지를 보충하곤 했다.

알블—롭 일족도 나름 대형 종족이었다.

알블—롭 일족에서는 작년에 괴변이 터지자마자 체제를 개편했다.

그 전까지 알블—롭 일족은 2개 이상의 특성을 지닌 귀족들을 우대했다. 막 2개 특성의 각성을 마친 젊은 귀족이 1개의 특성만 가진 나이든 전사보다 더 대우를 받았다.

지금은 바뀌었다. 아무리 2개, 3개의 특성을 지녔다고 해도 체내에 마나의 구슬이 없으면 쓸모가 없었다.

따라서 지금 알블—롭 일족에서 대우를 받는 강자들은 모두 체내에 마나의 구슬을 형성한 자들이었다.

덩달아서 귀족의 개념도 바뀌었다. 예전에는 2개의 특성을 가지고 있으면 무조건 귀족으로 취급을 받았지만, 지금은 2개의 특성에 더하여 마나의 구슬도 형성해야 비로소 귀족으로 인정을 받았다.

덕분에 그릇된 차원에서 귀족의 수가 갑자기 팍 줄어들었다.

타룬과 로바는 귀족이었다. 당연히 그들은 체내에 마나의 구슬을 품고 있었다. 특히 타룬은 귀족 중에서도 나름 강자에 속했다.

'그런데 스피네 일족과 전투가 계속되면서 마나의 구슬에 담긴 에너지가 점점 소모되었나 보지? 보아하니 이 타룬이라는 자는 예전에는 훨씬 더 강했는데 지금은 마나가 고갈되어 쇠약해진 모양이야.'

이탄은 비로소 돌아가는 상황을 파악했다. 또한 이탄은 그릇된 차원의 일족들이 생각보다 허약해 보였던 이유도 깨달았다.

이탄의 뇌리에 문득 떠오른 생각 하나.

이탄은 타룬이 언급한 마나 가뭄 현상에 대해서 짐작 가는 바가 있었다.

'뭐야? 작년부터 갑자기 마나의 가뭄이 발생했다고? 그 전까지 그릇된 차원에 풍부하던 음차원의 마나가 갑자기 뚝 고갈되었단 말이지?'

이탄은 속이 뜨끔했다.

'혹시 그거 나 때문인가? 내가 음차원 자체를 통째로 뱃속에 흡입해 버렸잖아. 그래서 그릇된 차원에도 연쇄적으로 변고가 터진 거 아냐?'

이탄은 황당한 눈으로 자신의 배를 내려다보았다. 볼록하게 튀어나온 배가 이탄의 눈에 콱 틀어박혔다.

[왜 그러쇼?]

배를 빤히 내려다보는 이탄을 향해 타룬이 물었다.

이탄이 뻔뻔하게 말을 돌렸다.

[마나 가뭄. 이해했다. 그런데 스피네. 마나 가뭄 겪지 않나? 똑같다.]

이탄은 "마나 가뭄 현상 때문에 알블—롭 일족이 약해진 것처럼, 스피네도 똑같이 약해졌을 것 아니냐?"고 물었다.

Chapter 8

타룬이 고개를 가로저었다.

[스피네는 원래 마나에 대한 이해도가 떨어지는 하등급 개체요. 그놈들은 껍질이 딱딱하고 맹독을 뿜어내는 것이 특징일 뿐, 마나를 적극적으로 활용할 줄은 모르오. 그런 하급 개체기 때문에 그동안 우리 일족이 스피네를 전투용 사냥개로 키웠던 것인데, 지금은 골치 아프게 되었지. 하아아.]

[흠.]

이탄은 이제 확실하게 깨달았다.

'보아하니 알블―롭 일족은 음차원의 마나를 적극적으로 활용하던 종족이었나 보구나. 스피네는 알블―롭 일족이 기르던 사냥개에 불과했고. 그런데 마나 가뭄 현상 때문에 알블―롭 일족이 확 약해진 거야. 스피네는 그런 알블―롭을 우습게보고 주인을 물어뜯은 개가 된 셈이고.'

이탄은 이제 이곳의 전반적인 사정을 모두 파악했다. 그러니 구체적인 협상에 들어갈 차례였다.

[계약 기간?]

이탄의 질문에 타룬이 반색을 했다.

[계약 기간은 당신이 이곳에 머물고 싶을 때까지요. 그러다 떠나고 싶으면 언제든지 떠나도 좋소.]

이탄이 다시 물었다.

[전사 대우. 무엇인가?]

[우리 알블—롭 일족은 전사들에게 식량과 돈을 충분히 지급하오. 편히 쉴 수 있는 장소도 제공하고 여자도 마음대로 가질 수 있소. 전쟁터에서 공을 세우면 전리품도 받을 수 있소. 당연히 스피네와 싸울 무기도 주지. 다치면 치료도 해주고. 전공에 따라서는 우리 알블—롭 일족이 보유하고 있는 스킬도 배울 수 있소.]

이탄은 식량이 필요 없었다. 돈도 그렇게 아쉽지 않았다. 스피네와 싸울 무기나 치료도 이탄의 관심 밖이었다.

하지만 심드렁하던 이탄의 눈빛이 갑자기 돌변했다. '스킬' 이야기가 나오면서부터였다.

[스킬.]

[그렇소. 당신이 전쟁터에서 공을 세우면 상으로 우리 알블—롭 일족의 스킬을 받게 될 거요. 다시 한 번 강조하지만, 우리 일족은 이곳 행성에서 세 손가락 안에 꼽히는 대형 종족이외다. 자연히 뛰어난 스킬을 많이 가지고 있지.]

타룬이 주먹으로 자신의 가슴을 탕탕 두드렸다. 이탄이 보기에 타룬은 알블—롭 일족에 대한 자긍심으로 똘똘 뭉친 자였다.

이탄이 고개를 주억거렸다.

[좋다. 계약한다.]

[잘 생각했소. 크하하하.]

타룬이 호쾌하게 웃었다.

이탄은 여기에 두 가지 조건을 덧붙였다.

[대신 요구한다. 첫째. 스피네에 대한 자세한 정보. 둘째. 어떤 공을 세우면 무슨 스킬을 배울 수 있는지. 이 두 가지. 먼저 알려다오.]

[그리 어려운 일은 아니지.]

타룬은 곧바로 이탄의 요구를 들어주었다.

[로바.]

타룬이 손가락을 딱 튕기자 입구에서 대기 중이던 로바가 튀어왔다.

[타룬 님, 부르셨습니까?]

[여기 이탄 전사는 앞으로 우리 일족과 계약할 예정이다. 네가 이탄 전사를 일족의 터전으로 데려가서 안내해 줘라.]

[제가 무엇을 안내하면 됩니까?]

로바가 공손히 여쭸다.

타룬이 손가락 2개를 폈다가 하나씩 접으면서 말했다.

[우선 이탄 전사를 현자님께 안내해 드려. 그러면 현자님께서 그에게 스피네 종족의 특징에 대해서 전달해주실 게다.]

[넵.]

[현자님과의 알현이 끝나면 그를 대모님께 데려가라. 그러면 대모님께서 이탄 전사에게 자격을 부여하고, 전공 보상에 대해서도 일러주실 게다.]

[알겠습니다.]

로바는 발목을 착 붙여 대답했다. 그리곤 이탄에게 시선을 돌렸다.

[나를 따라오시오.]

로바는 이탄에게 무뚝뚝하게 대했다.

이탄이 주섬주섬 몸을 일으켰다.

이탄은 가진 게 거의 없는 터라 따로 챙길 것도 없었다. 그저 짐 보따리 하나를 짊어지고 로바를 따라나설 뿐이었다.

슈와악―.

로바는 마법을 사용하는 것도 아닌데 달리는 속도가 엄청나게 빨랐다. 마치 두 발로 달리는 것이 아니라 땅 위에 살짝 떠서 날아가는 듯했다.

물론 이탄이 따라잡지 못할 만큼 빠르지는 않았다. 이탄은 별 어려움 없이 로바를 뒤쫓았다.

힐끗 뒤를 돌아본 로바가 흠칫했다. 아마도 그녀는 이탄이 저 멀리 뒤처졌을 것이라 생각한 모양이었다.

[이이이익.]

로바는 입술을 꽉 깨물고 전력을 다해 달렸다.

이탄은 그런 로바를 여유롭게 따라잡았다. 느긋하게 움직이는 것 같지만 이탄의 속도는 로바보다도 오히려 더 빨랐다.

이곳 대륙은 정말 드넓었다.

'정확하게 파악할 수는 없지만, 최소한 언노운 월드 크기는 되는 것 같아.'

숲속을 빠르게 달리면서 이탄은 이렇게 짐작했다.

땅덩어리가 넓다 보니 성벽에서 출발해서 알블—롭 일족의 본거지까지 도달하는 데 걸리는 시간도 만만치 않았다. 로바와 이탄이 제아무리 빨리 달린다고 해도 한계가 있었다.

숲은 지루할 정도로 똑같은 패턴의 반복이었다.

하루, 이틀, 사흘……

이탄이 지나가는 공간은 분명 달라졌는데, 매번 비슷비슷한 나무만 계속해서 등장했다.

마침내 나흘째 되던 날.

이탄의 눈앞에 거대하게 얽힌 나무 군락이 등장했다. 이 희한한 군락의 나무줄기는 수만 개인데, 밑동과 뿌리는 서로 얽혀서 한 덩어리를 이루었다.

[현자님께 먼저 가겠어요.]

로바가 나무 군락 위로 휙 뛰어올랐다.

[누구냣?]

군락 앞쪽에서 파란 갑옷을 입은 자들이 툭 튀어나왔다. 그들은 날카로운 눈으로 전면을 훑어보다가 상대가 로바라는 사실을 깨닫고는 다시 제자리로 돌아갔다.

이탄도 로바를 바짝 뒤쫓아 나무 군락에 발을 디뎠다.

Chapter 9

숲도 광활했지만 나무 군락도 엄청나게 규모가 컸다. 로바는 미로처럼 복잡한 나무 군락 사이를 오가며 이탄을 군락 속 깊숙한 곳으로 안내했다.

로바와 이탄이 지나갈 때 나무 군락 속에서 몇몇 거주민들이 고개를 쏙 내밀었다. 그들은 호기심과 경계심이 뒤섞인 눈빛으로 이탄을 관찰했다.

이탄은 거주민들의 호기심을 무시한 채 계속해서 앞으로 달렸다.

한참 뒤, 로바가 드디어 달음박질을 멈췄다.

[여기에요. 저기 저분이 현자님이시죠.]

로바의 손가락이 가리킨 곳은 높게 솟은 나무 꼭대기였다. 그곳에는 독특한 형상의 생명체가 존재했다.

생명체의 상반신은 인간족의 여성과 유사했다. 몸 전체가 파랗고 머리카락이 나뭇가지라는 점만 제외하면 진짜 여성 같았다.

한데 배꼽 아래 하반신은 나무였다. 현자라 불리는 이 여인—성별은 여전히 남자인지 여자인지 불분명하지만—은 허리 아래쪽을 나무줄기에 파묻어 거대한 나무 군락과 일체를 이루었다.

현자가 눈을 번쩍 떴다. 현자의 파란색 눈동자가 이탄에게 향했다.

[이탄.]

[엇? 내 이름. 어찌 알지?]

이탄이 의문을 품었다.

타룬과 로바를 제외한다면, 이탄의 이름을 아는 알블—롭 일족은 분명히 없었다. 한데 현자는 이탄과 만나자마자 그의 이름을 불렀다.

[이리로.]

현자가 이탄을 가까이 불렀다.

이탄은 성큼 몸을 날려 현자의 앞으로 다가섰다.

현자는 파랗게 번뜩이는 눈으로 이탄을 스캔하더니, 다

시 뇌파를 보냈다.

[우리 알블―롭 일족은 영혼은 모두 나에게 연결되어 있지요. 타룬이 당신의 이름을 알게 된 바로 그 순간부터 나도 그대를 알게 되어요.]

[허!]

이건 놀라운 이야기였다.

알블―롭 일족이 총 몇 명이나 되는지 이탄은 알 수 없었다.

하지만 무수히 많은 일족의 영혼이 모두 이 현자에게 연결되어 있다니, 이건 듣고도 믿기 힘든 이야기였다.

이탄의 생각을 읽은 듯 현자가 미소를 지었다.

[믿어야 해요.]

[음!]

이탄은 딱딱하게 표정을 굳혔다.

현자가 자신의 머리카락 가운데 한 가닥을 이탄에게 뻗었다. 파란 나뭇가지 하나가 이탄에게 스르륵 다가왔다.

이탄이 살짝 눈을 찌푸렸다.

현자는 한 번 더 미소를 보였다.

[그렇게 경계할 것 없어요. 내 머리카락에 당신의 손가락을 접촉해 봐요. 그럼 당신이 요구한 정보가 자연스럽게 깨달아질 거예요.]

이탄은 잠시 고민하다가 결국 현자의 말에 따랐다. 이탄의 손가락이 현자의 머리카락, 즉 나뭇가지 끝에 닿았다.

찌릿!

그 순간 이탄의 손끝에 전류가 통했다. 번쩍 날아온 한 가닥의 전류는 이탄의 손가락을 통해 곧바로 뇌로 전달되었다.

전류에 담긴 정보가 이탄의 뇌속에 파고들었다.

스피네 족의 생김새.

스피네 족의 특징.

스피네 족의 전투 방식.

스피네 족의 약점.

스피네 족의 번식력 등등.

이탄은 단 몇 초 만에 이 모든 정보들을 깨달았다.

'허어. 이런 식으로 지식과 정보를 전달할 수 있단 말인가? 무슨 몬스터가 이래? 이건 몬스터가 아니라 고도의 문명을 개척한 선지자 같잖아.'

알블—롭 일족은 이탄이 예상했던 것과는 많이 달랐다. 이탄은 알블—롭을 보면서 몬스터에 대한 인식이 확 바뀌었다.

반면 스피네 족은 이탄이 알고 있는 흉포한 몬스터와 다를 바가 없었다.

'혹시 언노운 월드에 알려진 몬스터들은 빙산의 일각에 불과한 것일까? 진짜배기 몬스터들은 고도의 문명을 이룬 아인종들이고, 언노운 월드에 알려진 몬스터는 그 아인종들이 기르는 하급 개체가 아닐까?'

이탄은 문득 이런 의구심을 품었다.

현자가 이탄의 상념을 깨트렸다.

[이탄 전사, 당신이 원하던 정보가 맞죠? 그 정도면 충분한가요?]

이탄은 뇌파로 대답하는 대신 고개를 끄덕였다.

현자가 이탄에게 손바닥을 보였다.

[그럼 이만 돌아가요. 나는 더 이상 마나를 소모할 수 없고 이제 쉬어야 해요.]

말이 끝나기 무섭게 현자는 눈을 감았다. 하늘을 향해 일렁이던 현자의 머리카락이 아래로 축 처졌다. 아마도 현자가 다른 이에게 정보를 전달하려면 음차원의 마나가 소모되는 모양이었다.

이탄은 아래로 풀쩍 뛰어내려 현자의 앞에서 물러났다.

나무 그늘에서 로바가 불쑥 튀어나왔다. 로바는 기다렸다는 듯이 이탄에게 물었다.

[요구한 것을 얻었나요?]

이탄이 고개를 끄덕였다.

[좋아요. 그럼 이제 대모님께 안내할게요.]

로바가 등을 휙 돌렸다. 로바의 표정은 여전히 무뚝뚝했다.

무뚝뚝하기로는 이탄도 뒤지지 않았다. 이탄은 아무런 표정 변화 없이 로바를 뒤따랐다.

그들이 나무 군락을 가로질러 한참을 가자 또다시 높이 솟은 나무가 보였다. 이탄은 나무 꼭대기부터 올려다보았다.

'현자가 나무 꼭대기에 머무르고 있었으니 대모의 경우도 비슷할 테지.'

이것이 이탄의 생각이었다.

그 추측이 틀렸다. 로바는 나무 꼭대기가 아니라 나무 밑동의 움푹 팬 구멍을 손가락으로 가리켰다.

[대모님은 저 안에 계세요. 현자님을 알현할 때와 마찬가지로 대모님께도 당신 혼자 가야 해요.]

Chapter 10

나무 구멍은 동굴 입구처럼 뻐끔 뚫린 모습이었다. 이탄이 나무 구멍 속으로 몸을 구부려 들어갔다.

입구는 비좁았으나 구멍 안은 상당히 넓었다. 나무의 억센 뿌리들이 구멍 속에서 복잡하게 얽히면서 벽을 만들었다. 그 벽면 한복판에 푸짐한 체격의 여성이 파묻혀 있었다.

이 여성도 현자와 비슷했다.

상체는 인간이되 하반신은 나무와 결합한 상태.

대신 이 여성은 현자보다 훨씬 더 체격이 크고 풍만했다. 이탄은 그녀에게 '대모'라는 표현이 잘 어울린다고 생각했다.

대모가 대뜸 이탄에게 물었다.

[그대는 알블—롭의 전사가 되려는가?]

이탄이 고개를 가로저었다.

[아니. 그저 싸움. 도울 뿐.]

[홋. 그게 그거다. 우리 알블—롭 일족을 위해 싸우면 그가 바로 일족의 전사지. 내게 손바닥을 내밀어라.]

이탄은 그 말을 듣지 않았다.

대모가 빙그레 웃었다.

[현자가 내게 말하였지. 이탄이라는 이름의 이방인은 매사에 의심이 많은 것 같다고. 호호홋.]

현자와 대모는 지리적으로 멀리 떨어진 상태였다. 그런데 현자의 생각이 벌써 대모에게 전달된 모양이었다.

'아마도 나무를 통해 서로 의사를 소통하는 비법이 있나 보지? 현자와 대모 사이에 말이야.'

이탄은 속으로 이렇게 짐작했다.

대모가 말을 이었다.

[걱정할 필요 없다. 타룬에게 들어서 알겠지만 지금 우리 알블―롭 일족은 그대와 같은 이방인 강자의 도움이 필요하다. 우리는 우리를 돕는 이에게 해를 끼치지 않는다. 내게 손바닥을 내밀어라.]

이탄은 비로소 대모에게 손바닥을 내보였다.

대모의 머리카락이 이탄의 손바닥 위로 스르륵 다가왔다.

대모의 머리카락도 현자의 그것과 마찬가지로 파란 나뭇가지였다. 나뭇가지의 뾰족한 끝이 이탄의 손바닥 위에서 멈췄다.

지이잉―, 톡.

나뭇가지로부터 파란 빛이 뿜어지더니, 이내 그것이 하나의 결정이 되어 이탄의 손바닥 위에 떨어졌다. 길이는 3센티미터에 팔각형의 결정이었다. 생김새는 마치 푸른 사파이어를 연상시켰다.

이탄은 '이게 뭐요?'라는 눈빛으로 대모를 올려다보았다.

대모가 기다렸다는 듯이 답을 주었다.

[그 결정은 알블—롭 일족을 의미하는 징표다. 그대가 일족을 위해 힘을 보탤 동안, 징표는 그대의 것이다. 나중에 그대가 우리 일족을 떠나고 싶으면 그 징표를 반납하면 된다. 징표를 지닌 동안에는 그대는 알블—롭의 전사로 대우받을 것이며, 기존의 알블—롭 전사들과 차별은 없다.]

[전공 보상. 무엇?]

이탄이 단어만 간략하게 끊어서 물었다. 전사로서 전쟁터에 나가서 공을 세우면 어떤 보상을 받는지에 대한 질문이었다.

대모가 또 다른 머리카락 한 가닥을 이탄에게 내밀었다.

이탄이 머리카락의 끝에 자신의 손가락을 가져다 대었다.

화악!

손가락과 머리카락 사이에서 파란 빛이 번쩍였다. 한 줄기 전류가 이탄의 손가락 속으로 파고들어 뇌리로 전달되었다.

[흐음.]

이탄은 뇌에 전달된 정보를 꼼꼼하게 되새김질했다. 이윽고 만족스러운 미소가 이탄의 입가에 걸렸다.

[이제 되었다. 마나의 소모를 줄이기 위해 나는 다시 잠을 잘 것이니 그대는 물러가라.]

대모의 말이 떨어지기 무섭게 이탄은 나무 구멍 밖으로 나왔다. 이번에도 어김없이 로바가 나타나 이탄을 맞았다.

조각상처럼 무표정하던 로바가 지금은 다급해 보였다.

[서둘러야 해요. 스피네 놈들이 벌써 성벽을 공격 중이라네요. 조금 전 대모님께서 군단을 편성하여 타룬 님께 증원 병력을 보내셨어요. 우리도 그 증원 병력을 따라잡아 합류해야 해요.]

'대모가 조금 전에 증원군 파병했다고? 나와 대화를 나눌 때는 그런 이야기가 없었는데? 대체 언제 했다는 거야?'

이탄은 의문을 품었으나 지금 그것을 꼬치꼬치 캐물을 때는 아니었다.

[가지.]

이탄의 말이 떨어지기도 전에 로바가 휘파람을 불었다.

휘익!

날카로운 휘파람 소리가 터지자마자 놀라운 일이 벌어졌다. 나무의 옹이 부위가 쩌억 갈라지면서 그 속에서 진한 호박색 수액 두 방울이 흘러나온 것이다.

부와악—.

수액 방울은 이내 커다랗게 부풀어 수 미터 크기로 커졌다. 각각의 수액 방울 속에는 괴수가 한 마리씩 들어 있어 으르렁거리는 소리를 내뱉었다.

이윽고 수액 방울이 탁 터졌다. 그 속에서 괴수 두 마리가 튀어나왔다.

거칠거칠한 외양이 오래된 나무껍질을 연상시키는 괴수들이었다. 생김새는 늑대를 닮았으며 등에 한 쌍의 날개가 달려 있었다.

로바가 괴수의 등에 먼저 올라탔다.

[어서 출발하죠.]

로바는 마음이 급했다.

이탄도 괴수의 등에 냉큼 올라탔다.

'신기하네.'

이탄이 뻣뻣한 괴수의 털을 손바닥으로 쓰다듬었다. 두 마리 괴수는 투레질과 함께 뜨거운 콧김을 내뿜었다.

로바가 발로 괴수의 배를 박찼다.

우우우우, 우우우우우.

괴수들은 늑대의 습성을 지닌 듯 고개를 하늘로 치켜들고 길게 울었다. 그 다음 창공을 향해 힘차게 날아올랐다.

제4화

공을 세우다

Chapter 1

괴수들의 비행 속도는 이탄이 깜짝 놀랄 정도로 빨랐다. 동차원의 비행 법보 가운데 이처럼 빠른 것은 찾기 힘들 정도였다.

'심지어 멸정의 령보다도 두 배는 더 신속한 듯해.'

이탄은 감탄을 금치 못했다.

얼마 지나지 않아 이탄과 로바는 성벽 상공에 도착했다.

지금 성벽 앞에서는 한창 전투가 벌어지는 중이었다. 성벽 군데군데에 시커멓게 타들어가는 흔적이 보였다. 성벽 위에선 타룬이 지휘하는 알블—롭 전사들이 적진을 향해 포효를 터뜨리고 창과 바위를 던지며 격전을 펼쳤다.

성벽 뒤쪽에는 증원 군단이 막 도착했다. 일족의 대모가 보낸 증원병들은 성벽 위로 속속들이 올라갔다.

성벽의 일부분은 이미 적들의 무차별 공격에 허물어져 구멍이 뻥 뚫린 상황이었다. 그 구멍을 통해 스피네들이 무섭게 쏟아져 들어왔다.

타룬이 구멍 한 곳으로 쿠웅 뛰어내렸다. 그 다음 구멍 안으로 파고드는 스피네들과 미친 듯이 싸웠다.

[크와아아아, 막아라. 막앗. 여기가 뚫리면 끝장이다.]

타룬의 뇌에서 거친 포효가 터졌다.

불끈 움켜쥔 타룬의 두 주먹이 파란 광구로 뒤덮였다. 타룬이 그 광구를 내뻗을 때마다 직경 1미터 크기의 시퍼런 구체가 유령처럼 날아가 스피네의 몸을 녹이고 끈적끈적한 줄을 해체했다.

타룬의 파란 갑옷은 이 끈끈한 줄에 뒤덮여 뿌옇게 흐려져 보였다. 그 위에 다시 녹색의 독액이 범벅이 되어 녹이 슬기 시작했다.

타룬의 몸은 인간이었으되, 머리는 늑대의 그것처럼 변한 상태였다. 타룬의 주변에 포진한 알블―롭 전사들도 모두 늑대의 머리를 가지고 있었다.

막 도착한 증원 군단도 마찬가지.

커다란 늑대를 타고 달려온 증원 군단 선발대가 늑대의

등에서 휙 점프하여 타룬의 뒤에 내려섰다.

[타룬 님, 저희가 왔습니다.]

증원 군단은 등장과 동시에 끝이 뾰족한 정을 휘둘렀다. 스피네와 싸울 때 가장 좋은 무기는 해머 혹은 정이었다.

그 정이 스피네의 두꺼운 껍질을 깨뜨렸다. 스피네의 껍질 속에서 녹색의 극독이 탁 터지면서 사방으로 매캐한 냄새를 퍼뜨렸다.

이탄이 하늘에서 그 장면을 내려다보았다.

'역시 알블―롭 일족은 늑대형 수인족이었구나.'

알블―롭이 늑대와 관련이 깊다는 점은 이탄이 이미 짐작하던 바였다.

한편 스피네는 거미를 닮은 모습이었다. 다만 언노운 월드의 거미와 달리 다리는 12개였고 꽁무니가 아니라 입에서 끈끈한 거미줄을 토했다.

스피네의 크기는 제각기 달랐는데, 어떤 녀석은 성인의 주먹만 했다. 또 다른 스피네는 산봉우리를 연상시킬 만큼 거대했다.

쿠우웅.

큰 스피네가 몸뚱어리로 부딪쳐서 성벽을 무너뜨리면, 그 뒤를 따르는 스피네들이 뚫린 구멍으로 밀려들어 오면서 끝없이 거미줄을 내뿜곤 했다.

한데 그 수가 장난이 아니었다. 성벽 너머는 숲이 보이지 않을 정도로 새까만 물결로 물들어 있었다. 성벽 바로 앞부터 시작해서 지평선 저 멀리까지 온통 흑색의 바다가 펼쳐진 듯했다.

이 칠흑색의 물결들이 바로 스피네들이었다.

극독을 품은 거미형 괴수들이 수십억, 아니 수백억은 족히 넘게 밀려든다고 상상해 보라. 그 끔찍한 광경에 알블—롭 전사들이 치를 떨었다.

[이놈들!]

로바가 날개 달린 늑대의 털을 확 잡아 비틀었다.

크왕!

늑대는 우렁찬 포효와 함께 몸을 비스듬히 눕혀 지상으로 쏘아져 내려갔다. 그렇게 낙하하는 중간에 로바가 늑대의 등에서 풀쩍 이탈하여 몸을 허공으로 띄웠다. 그 상태에서 로바는 등에 맨 커다란 활을 들어 지상으로 화살을 쏘았다.

한 번 장전할 때마다 다섯 발씩 퓨퓨퓻!

로바의 화살은 다섯 갈래의 빛줄기가 되어 스피네 다섯 마리의 눈알을 꿰뚫었다. 뇌에 틀어박혔다.

로바가 쏘아낸 각 화살촉마다 파란 빛이 뭉쳐서 깜빡깜빡 명멸을 거듭했다.

끼야악! 끼약!

화살에 맞은 스피네들이 징그러운 괴성을 터뜨렸다.

로바는 하늘 높은 곳에서 낙하하면서 연달아 60발의 화살을 더 쏘았다.

성벽을 타넘어 오던 스피네들이 로바의 화살에 꿰뚫려 픽픽 쓰러졌다. 스피네의 껍질이 제아무리 단단하다고 해도 파란 빛에 휩싸인 로바의 화살을 튕겨내지는 못했다.

[로바! 왔구나. 크화화홧.]

타룬이 기운을 얻은 듯 더욱 세차게 두 주먹을 휘둘렀다. 타룬의 주먹에서 방출된 파란 구체가 스피네들을 떼거지로 죽였다.

"거 참. 음차원의 마나가 보충되지 않는 상태에서 저렇게 에너지를 낭비하면 수준이 퇴보할 텐데?"

이탄이 언노운 월드의 언어로 낮게 중얼거렸다. 그 다음 이탄도 날개 달린 늑대의 등에서 풀쩍 뛰어내렸다.

"아무래도 좀 도와줘야겠군."

이탄이 전공을 세우려면 어쩔 수 없었다.

슈콰콰콰!

이탄의 몸이 지상을 향해 무서운 속도로 떨어져 내렸다.

이탄의 입에서 "좀"이라는 글자가 튀어나왔을 때 이탄은 늑대의 등에서 막 이탈하는 중이었다. 그런데 마지막 문장,

즉 "도와주어야겠군."이라는 말을 내뱉었을 때 이탄은 이미 땅바닥에 작렬했다.

콰앙!

무지막지한 속도로 낙하한 이탄이 대지에 내리꽂혔다.

이 낙하 충격으로 인해 땅바닥에 방사형으로 금이 쩍쩍 갔다. 주변에 흙먼지가 뿌옇게 피어올랐다.

로바가 이탄보다 더 먼저 낙하를 시작했건만, 막상 땅바닥에 먼저 착지한 이는 이탄이었다.

이탄의 발에 짓밟혀 스피네 몇 마리가 온몸이 터졌다. 스피네가 품은 녹색 액체가 이탄의 신발 바닥에 끈적끈적하게 달라붙었다.

이탄은 극독에 노출되고도 전혀 해를 입지 않았다. 오히려 이탄이 뻗은 손이 또 다른 스피네의 더듬이를 잡아 뜯었다. 이어서 스피네의 얼굴에 박힌 조그만 눈알 수백 개를 함께 짓뭉갰다.

Chapter 2

끼이—약!

스피네가 비명을 터뜨렸다.

얼굴이 뭉그러진 와중에도 스피네는 아가리를 쩍 벌려 하얀 거미줄을 쏘았다.

극독도 극독이지만, 이 거미줄도 참 상대하기 성가셨다. 일단 거미줄이 몸에 달라붙으면 알블—롭 일족의 전사들은 몸이 느려질 뿐 아니라 체력도 금세 저하되었다. 그러다 일정 수량 이상의 거미줄에 붙으면 더 이상 몸을 움직이지 못했다.

일단 이렇게 거미줄에 포획된 자들은 누에고치처럼 하얀 줄에 둘둘 말려 결국 스피네의 먹이로 전락하게 마련이었다.

이탄은 예외였다.

이탄의 행동을 느려지게 만들기에는 거미줄이 너무 약했다. 이탄의 몸에 달라붙은 거미줄들은 얇은 지푸라기 끊어지듯이 투두둑 작살 났다. 이어서 휙 뻗은 이탄의 손이 스피네의 얼굴 부위를 붙잡아 부우욱 찢어버렸다.

이탄은 상대를 찢어내는 것과 동시에 그 속으로 파고들었다.

스피네 한 마리를 뚫고 나오자 또 다른 스피네가 이탄의 앞을 가로막았다. 이 스피네는 스스로 원해서 이탄을 가로막았다기보다는, 뒤에서 동료 스피네들이 계속 밀고 들어오니까 저절로 떠밀려서 이탄의 앞에 나타났을 뿐이었다.

끼야악!

이 불쌍한 스피네도 비참한 울음과 함께 몸이 좌우로 뜯겼다.

이탄이 또 다른 스피네를 만났다.

스피네가 또 찢어졌다.

무수히 많은 스피네들을 가르고 전진하면서도 이탄의 속도는 전혀 줄어들지 않았다. 날카로운 가위가 종잇장을 가르며 지나가는 것처럼 이탄은 스피네들을 쳐 죽이면서 일직선으로 내달렸다.

마침내 이탄이 성벽 앞에 도착했다.

산봉우리만 한 스피네가 그 앞에 떡 버티고 섰다. 녀석은 얼마 전 온몸으로 돌진하여 성벽에 커다란 구멍을 내었던 바로 그 거대 스피네였다.

이탄은 털이 부숭부숭한 거대 스피네의 다리를 붙잡아 위로 치켜들었다.

휘릭~.

성벽 높이보다 두 배는 더 커다란 스피네가 종이인형처럼 가볍게 위로 들렸다. 이탄이 위로 치켜들었던 상대의 다리를 다시 아래로 빠르게 잡아당겼다.

그러자 까마득한 높이에 머무르던 거대 스피네의 머리가 갑자가 아래로 확 쏠렸다.

이탄이 그 머리로 돌진했다.

빠각!

둔탁한 소리와 함께 거대 스피네의 머리 껍질이 깨졌다. 이탄은 아무런 망설임도 없이 상대의 껍질 속으로 파고들었다.

이탄과 충돌한 즉시 거대 스피네의 머리 껍질은 100배의 반탄력과 맞닥뜨렸다. 그 반동으로 머리 껍질 전체가 으스러졌다. 뒤이어 거대 스피네의 커다란 몸통 껍질이 와스스 부서졌다.

거대 스피네의 12개 다리가 후들후들 떨리다가 붕괴되었다. 마치 하나의 파동이 차례로 전파하면서 거대 스피네의 온몸을 허물어뜨리는 듯한 광경이었다.

이건 시작에 불과했다. 이탄이 성벽 밖으로 뛰쳐나오자 스피네 무리에게 본격적인 악몽이 시작되었다.

백팔수라 제1식 수라초현 개방!

고오오옹!

이탄의 몸체 위로 머리가 18개에 팔다리가 각각 36개인 괴물수라가 떠올랐다.

처음에 괴물수라는 후광처럼 은은하게 빛을 뿜었다. 그러다 이내 실체를 이루면서 딱딱해졌다. 이탄이 곧 괴물수라로 변신한 듯한 광경이었다.

괴물수라가 스피네들에게 달려들었다.

투화화화확—!

괴물수라와 스치자마자 스피네들은 100배의 반탄력에 맞닥뜨려야 했다.

그 즉시 스피네들의 단단하던 껍질이 깨졌다. 체내의 독액이 탁 터지면서 허공에 녹색 독액이 분무기에서 뿌려진 물처럼 퍼졌다.

투캉! 투캉! 투캉! 투카캉!

독액이 허공에 채 뿌려지기도 전에 괴물수라는 그 앞으로 치달려 나가 또 다른 스피네들을 박살 냈다.

마법을 사용하는 개체라면 또 모를까, 스피네처럼 물리적 공격에 특화된 생명체들은 이탄 앞에서 감히 버틸 재주가 없었다. 괴물수라가 스쳐 지나가기만 해도 스피네들이 엄청난 반탄력에 휘말려 팍팍 터져버렸다. 더 많은 양의 녹색 액체들이 허공에 흩뿌려졌다.

괴물수라가 스쳐 지나간 자리는 온통 녹색 부슬비로 뒤덮였다. 잘게 부스러진 독액이 마치 수증기처럼 퍼지면서 축축한 구름을 이루었다.

우르르.

괴물수라는 반경 수십 미터가 넘는 녹색의 구름을 몰고 다녔다. 그 구름에 접촉하는 즉시 스피네 진영이 빠르게 무너졌다.

그래도 스피네들은 한도 끝도 없이 몰려들었다.

"하하하. 좋구나. 좋아."

이탄이 하얗게 웃었다.

이탄은 지칠 줄을 몰랐다. 게다가 그는 이렇게 적들을 하나하나 직접 부딪쳐서 으깨버리는 행위를 진심으로 즐겼다.

이건 전혀 지루하지 않았다. 귀찮지도 않았다. 간씨 세가에서 호두 까는 기계가 기계적으로 호두 껍질을 깨뜨리는 것처럼, 이탄도 아주 기계적으로 무감각하게 스피네들을 학살했다.

하늘에서 그 모습을 내려다보면, 녹색 구름이 지그재그로 움직일 때마다 그 일대의 스피네 무리가 슥삭슥삭 지워지는 것 같았다.

이탄이 길을 터준 덕분에 알블—롭 전사들은 성벽 구멍까지 다시 진영을 끌어올릴 수 있었다.

수십 미터 너비로 뻥 뚫린 성벽 구멍 앞에서 알블—롭 전사들이 빽빽하게 늘어섰다. 전사들은 방패로 몸을 가리고 해머와 정을 머리 위로 들었다.

선두에 타룬이 섰다.

타룬의 바로 뒤에는 로바가 자리했다. 로바는 성벽 밖을 향해 5개의 화살을 겨눴다.

[허어.]

타룬이 탄성을 흘렸다.

로바의 파란 동공이 파르르 흔들렸다.

이들 2명뿐 아니라 모든 알블—롭 전사들이 충격을 받았다. 전사들의 눈에 비친 성벽 밖의 풍경은 그야말로 한 폭의 지옥 풍경과 같았다.

Chapter 3

수를 헤아릴 수 없는 스피네들이 지평선 저 멀리까지 꽉 채운 채 검은 해일처럼 밀려들었다.

그 앞쪽에선 녹색의 구름이 불길하게 휘몰아쳤다.

휘류류류—.

수십 미터가 넘는 크기의 녹색 구름은 흡사 초록 빛깔 아나콘다처럼 꿈틀대며 스피네 사이를 휘저었다.

끼익! 끼약! 꺅!

녹색 구름이 다가올 때마다 스피네 무리가 기겁을 하며 흩어졌다.

물론 흩어져 봤자 스피네들이 도망칠 곳은 없었다. 스피네 일족은 이미 이 일대를 **빽빽하게** 채운 상황이었다. 그러니 녹색 구름을 피하려고 해도 빠져나갈 공간이 없었다. 옆을 꽉 채운 동료들이 방해가 되기 때문이었다.

녹색 구름은 그런 스피네들을 무자비하게 짓뭉개며 지나갔다.

사방에서 스피네의 아우성이 울렸다. 공포를 모른다는 스피네들이 녹색 구름 앞에서 쩔쩔매었다. 그러다 결국 껍질이 터지고 한 줌의 녹색 수증기가 되어 증발했다.

이러한 일들이 무수히 반복되었다.

이제 스피네들은 녹색 구름 근처로는 다가오지 않으려고 들었다. 뒤에서 동료들이 아무리 밀어도 선두의 스피네들이 꿈쩍도 안 했다. 그들은 12개의 다리에 힘을 딱 주고 버텨서 녹색 구름을 회피했다.

덕분에 성벽의 구멍 앞에는 자연스럽게 공터가 생겼다. 이 공터 안쪽으로는 감히 스피네 무리가 발을 들이밀지 못하였다. 극독을 품은 채 우르르 우르르 범위를 넓히는 녹색의 구름 때문이었다.

[휴우우.]

알블—롭의 전사 가운데 한 명이 자신도 모르게 가슴을 쓸어내렸다. 다른 전사들도 모두 비슷한 심정이었다.

조금 전 알블—롭은 아주 위험한 순간에 직면했었다.

'만약 다수의 스피네들이 쪽수로 밀어붙여서 성벽 안쪽

으로 파고들었더라면?'

이건 상상만 해도 아찔했다.

그렇게 구멍이 뚫린 즉시 성벽의 방어선은 허물어질 것이다. 이어서 알블—롭의 진짜 터전, 즉 나무 군락까지도 위험에 빠질 것이 뻔했다.

한데 이탄의 활약 덕분에 알블—롭 전사들은 다시 방어선을 정비할 시간을 벌었다. 타룬은 이 절호의 찬스를 놓치지 않았다.

[어서 막아라. 어떻게든 허물어진 곳을 틀어 막앗.]

[영차, 영차, 영차.]

알블—롭의 증원 병력들이 벽돌의 잔해를 날라 허물어진 구멍을 다시 막았다.

벽돌의 잔해는 얼핏 보기에는 허술하게 쌓은 듯했으나 이게 전부가 아니었다. 마법 권능을 지닌 마전사들이 벽돌 뒤에 질긴 덩굴 식물을 소환하여 탄탄하게 뒤를 받쳤다. 일부 마전사들은 성벽 앞에 뾰족한 가시를 깔아 방어선을 이중으로 유지했다.

하마터면 적들에게 뚫릴 뻔했던 방어선이 가까스로 되살아났다. 임시방편으로 봉쇄를 마친 뒤, 타룬은 겨우 한숨 돌렸다.

하지만 아직 안심할 때는 아니었다. 타룬은 전군의 진두

지휘를 위해서 다시 성벽 위로 복귀했다.

로바가 그림자처럼 타룬을 뒤따랐다.

타룬이 성벽 위에서 내려다보는 가운데 이탄은 거침없이 적들에게 뛰어들었다.

끼이이익!

스피네들이 기겁을 하며 하얀 거미줄을 뿜었다.

질기기 그지없는 거미줄이건만 이탄을 막을 수는 없었다. 괴물수라가 스쳐 갈 때면 수천 겹이 넘는 거미줄들도 힘없이 투두둑 끊겼다. 거미줄 뒤에 숨어서 벌벌 떨던 스피네들이 한 줌의 녹색 수증기가 되었다. 그 수증기는 이내 이탄이 만들어낸 독구름에 흡수되어 더욱 범위를 넓혔다.

그때였다.

끼이이이야아앗—.

까마득한 곳에서 귀청을 찢는 괴성이 터졌다.

괴성이 들린 순간, 검은 해일처럼 밀려들던 스피네족 전체가 우뚝 멈췄다. 일부 스피네들은 그 자리에 납죽 엎드려 길을 열었다.

뻥 뚫린 길의 저편에 조그만 스피네 한 마리가 모습을 드러내었다.

이 스피네의 크기는 1미터 안팎이었다. 스피네의 몸뚱어리는 녹색의 형광빛으로 영롱하게 빛났다.

검은 스피네들 사이에 홀로 색이 다르다 보니 이 초록색 변종 스피네는 멀리서도 눈에 확 띄었다.

"오호라. 네가 이들의 우두머리인가 보구나."

이탄이 하얗게 이빨을 드러내었다.

백팔수라 제2식 수라군림 개방!

괴물수라가 녹색 스피네를 향해 다짜고짜 돌진했다.

순간적으로 무시무시한 기세가 터지면서 괴물수라 주변 수십 미터 영역이 기이한 괴력으로 가득 찼다.

그 상태에서 괴물수라는 녹색 스피네를 향해 그대로 직진했다. 괴물수라의 36개 다리가 폭풍을 만들어내었다.

콰르르르.

인근의 스피네들이 괴물수라의 다리 사이로 무참하게 빨려 들어왔다. 그렇게 한번 빨려든 스피네들은 분쇄기 속에 들어간 곤충처럼 온몸이 으깨져서 나왔다. 끈적끈적한 체액이 팍팍 터졌다.

괴물수라는 압도적인 분쇄력으로 적들을 단숨에 갈아버리며 녹색의 우두머리에게 득달했다.

녹색 스피네도 그냥 당하지 않았다.

형광빛을 마구 발산하는 이 녹색 스피네는 수만 년이 넘는 긴 세월 동안 동족을 잡아먹고 다른 몬스터들을 흡입한 포식자였다. 게다가 지능도 높아 오랜 세월 동안 알블―롭

족 현자들의 눈을 피해 잘도 숨어 지냈다.

노련하고 현명했기에 녹색 스피네는 본능적으로 깨우쳤다.

'알블―롭의 현자에게 내 존재가 발각되면 그 즉시 죽음을 당할 게다.'

그래서 녹색 스피네는 현자들의 눈을 피해 아주 조심스럽게 몸을 숨겼다.

그러다 작년에 그만 괴변이 발생했다. 그릇된 차원 전체에 풍족하게 공급되던 음차원의 마나가 갑자기 뚝 끊긴 것이다.

음차원의 마나에 기대어 권능을 발휘하던 강족들이 별안간 힘을 잃었다. 알블―롭 일족도 그 중 하나였다.

녹색 스피네는 이 기회를 놓치지 않았다.

원래 스피네 종족은 지능이 모자랐다. 마나를 다루는 법도 모르는 단순한 몬스터가 바로 스피네였다.

그렇기에 오랜 세월 동안 스피네 무리가 알블―롭 일족의 손에 길들여져 사냥개 역할만 해온 것이다.

대신 스피네는 껍질이 단단하고 극독을 자유롭게 사용했다. 그리고 무엇보다 번식력이 엄청났다. 여왕 스피네 한 마리가 1개월 동안 무려 수억 개의 알을 낳는다.

녹색 스피네는 아예 작정을 하고 여덟 마리의 여왕을 만들었다. 그 여왕들이 스피네 군단을 수백억 마리까지 늘려 버렸다.

Chapter 4

녹색 스피네의 계획이 척척 실현되었다.

'이 정도 규모의 군단이라면 알블―롭 일족을 무너뜨리고 나무군락을 차지하기에 충분하리라.'

녹색 스피네는 이렇게 판단하고는 동족들에게 총동원령을 내렸다.

수백억이 넘는 스피네들이 해일처럼 밀려들어 알블―롭 일족을 공격하고 또 공격했다. 그리하여 마침내 알블―롭의 방어선이 뚫릴 지경이 되었다.

녹색 스피네는 이번 전쟁에서 승리할 것을 확신했다. 그래서 모처럼 모습을 드러내어 직접 전쟁터에 나섰다. 동족들을 격려하여 아군의 사기를 북돋고, 기세를 몰아 알블―롭의 군락까지 단숨에 점령하겠다는 것이 녹색 스피네의 계획이었다.

이탄이 그 계획의 걸림돌이 되었다. 거의 다 뚫린 방어선이 이탄 때문에 다시 막혔다. 녹색 스피네의 분노가 머리

꼭대기까지 치솟았다.

캬아아아악!

녹색 스피네가 땅을 뒤흔들 듯한 괴성과 함께 아가리를 벌렸다. 그의 아가리에서 쏟아진 녹색의 거미줄이 어부의 그물망처럼 복잡하게 가로세로로 얽히는가 싶더니 허공에 2개의 형태를 잡았다.

녹색 그물망이 만들어낸 것은 다리가 12개 달린 거미형 괴수 두 마리였다. 그것도 일반 크기의 괴수가 아니라, 머리부터 꽁무니까지 길이가 100미터가 훌쩍 넘었고 발부터 등까지 높이는 60미터에 달하는 초대형 괴수들이었다.

거미줄로 괴수를 만들고, 그 괴수에 생명력을 부여하는 것은 지능이 낮은 몬스터가 구현할 수 있는 일이 아니었다.

[이럴 수가!]

타룬이 큰 충격을 받았다. 그는 하급 개체인 스피네가 마법을 펼칠 수 있으리라고는 상상도 하지 못했다.

로바도 두 눈을 부릅떴다.

알블―롭 전사들이 놀라건 말건 거미형 괴수들은 이탄을 향해 성큼성큼 다가왔다.

크르르, 크르르르.

거미줄로 만들어진 괴수들이 진짜 생명을 가진 몬스터처럼 포효를 토했다. 그들이 지닌 12개의 다리는 스피네들의 머리 위를 겅중겅중 타넘으며 눈 깜짝할 사이에 이탄의 코앞까지 도착했다.

이탄도 피하지 않았다. 이탄이 만들어낸 괴물수라는 작은 동산만 한 거미형 괴수를 향해 망설임 없이 달려들었다.

괴물수라의 팔 36개가 괴수의 머리부위를 붙들고 잡아 뜯었다.

치이이익!

거미형 괴수를 구성하는 녹색의 거미줄이 괴물수라의 손에 뜯겨나가면서 매캐한 연기를 발산했다.

이탄은 그 연기를 흠뻑 들이마시고도 끄떡하지 않았다.

원래 독이라는 것은 생명체에게나 효과가 있게 마련이었다. 이탄은 언데드인지라 극독을 아무리 들이마셔도 영향이 없었다. 독에 피해를 받는 장기, 즉 폐나 심장 등이 그저 형태만 남아 있을 뿐 기능을 멈췄기 때문이었다.

더군다나 이탄은 피부뿐 아니라 내장과 뼛속까지 금강체로 바뀐 상태였다. 이탄의 몸속에서 그 어떤 강렬한 폭발을 일으키건, 그 어떤 극독을 퍼붓건 간에 눈곱만큼의 타격도 받지 않았다.

그러니 이탄이 고작 이 정도의 독연기에 신경을 쓸 리 없었다. 이탄은 36개의 팔을 벼락처럼 휘둘러 거대한 거미형 괴수를 해체했다.

그러던 한 순간, 퍼엉! 소리와 함께 거미형 괴수 한 마리가 폭발했다. 녹색의 거미줄이 부와악 부풀어 올랐다가 터지면서 괴물수라를 온통 거미줄로 뒤집어씌웠다.

괴수가 한 마리 사라진 대신, 그 자리에는 직경 15미터 크기의 녹색 구체가 하나 생겼다. 이 구체 속에 괴물수라, 즉 이탄이 파묻혔다.

이어서 또 한 마리의 거미형 괴수가 이탄 앞으로 다가와 자폭했다.

퍼엉!

괴수의 몸을 구성하고 있던 녹색의 거미줄들이 구체 표면에 달라붙었다. 그 탓에 구체의 크기가 23미터까지 증가했다.

샤아아—.

녹색 스피네가 기괴한 소리를 냈다.

이탄을 가둔 구체가 녹색 스피네를 향해 데굴데굴 굴러갔다.

[안 돼.]

타룬이 성벽 위에서 호통을 쳤다. 타룬의 몸이 성벽 앞 허공 수십 미터 높이로 떠올랐다. 동시에 타룬의 두 손에는 파란 빛이 몰려들어 덩어리를 이루었다.

타룬은 그 덩어리를 쏘아서 녹색 구체를 후려쳤다. 밖에서부터 구체를 깨뜨려서 이탄을 구출하겠다는 것이 타룬의 의도였다.

녹색 스피네가 두 눈을 초록색으로 번뜩였다.

부하 스피네들이 사사삭 움직이더니 녹색 구체 주변을 빼곡하게 뒤덮었다. 타룬이 쏘아낸 파란 덩어리는 스피네들이 만들어낸 장벽과 부딪쳐서 크게 폭발했다.

그 여파로 스피네 수십 마리가 떼죽음을 당했다. 대신 녹색 구체는 아무런 피해도 입지 않았다.

타룬이 다시 한번 파란 빛덩이를 쏘려고 했다.

그보다 한발 앞서 스피네 무리가 한 덩어리가 되어 장벽을 쌓았다. 타룬의 두 번째 시도도 결국 스피네 몇 마리만 죽인 채 실패로 돌아갔다.

성벽 위에서 로바가 화살을 쏘았다. 파란 빛에 휩싸인 화살 다섯 발이 녹색 구체를 향해 빠르게 날아왔다.

주변의 스피네들이 온몸으로 그 화살을 막았다.

그 사이 이탄을 포획한 구체는 녹색 스피네 코앞에 도착했다. 녹색 스피네가 아가리를 동그랗게 오므렸다.

쪼르르륵—.

지름이 23미터나 되는 구체가 해체되면서 스피네의 아가리 속으로 빠르게 빨려 들어갔다.

녹색 그물로 상대를 포박하여 쪼르륵 빨아먹는 것.

이것이야말로 녹색 스피네가 먹잇감을 잡아먹는 특유의 방식이었다.

[이런 망할.]

멀리서 타룬이 얼굴을 구겼다.

타룬의 생각에 이제 이탄은 꼼짝없이 죽은 목숨이었다.

녹색 스피네의 생각도 타룬과 같았다. 이 변종 스피네는 녹색 구체에 갇힌 이탄이 이미 극독에 절어서 흐물흐물하게 녹아 있을 것이라 믿었다.

그렇게 생각할 만도 했다. 제아무리 몸이 단단한 몬스터도 일단 녹색 구체 속에 갇히면 불과 1, 2분 만에 푸딩처럼 말랑말랑해지기 마련이었다.

한데 이탄은 구체 속에 갇힌 지 벌써 10분도 더 지났다. 녹색 스피네는 의기양양하게 이탄을 빨아들이려고 했다.

Chapter 5

바로 그 순간, 녹색의 구체 속에서 괴물수라의 손 4개가 불쑥 튀어나왔다. 이 손이 녹색 스피네의 아가리를 덥석 붙잡았다. 이어서 4개의 팔뚝이 더 튀어나와 녹색 스피네의 아가리 속으로 쑥 파고들었다.

키야아아아악!

녹색 스피네가 기겁을 했다. 수만 년이 넘는 세월을 살아오면서 녹색 스피네는 이처럼 놀란 적이 그리 많지 않았다.

뿌드득.

끔찍한 소리와 함께 녹색 스피네의 아가리가 좌우로 찢어졌다. 아가리 속으로 불쑥 파고든 괴물수라의 손은 거미줄을 뿜어내는 기관을 우격다짐으로 잡아 뜯었다. 이어서 또 다른 손들이 불쑥불쑥 튀어나와 녹색 스피네를 척척 붙잡았다.

번쩍!

녹색 스피네가 갑자기 그 자리에서 사라졌다.

괴물수라의 손 12개는 빈 허공만 훑고 지나갔다. 대신 나머지 손들은 녹색 스피네의 아가리 잔해를 들고 있었다.

이탄 앞에서 감쪽같이 사라졌던 녹색 스피네가 100미터쯤 후방에 불쑥 나타났다.

"허? 몬스터 주제에 순간이동도 할 줄 알아?"

이탄이 재미있다는 듯이 중얼거렸다.

캬아악—.

녹색 스피네가 이탄을 향해 강한 적의를 드러내었다. 그 다음 자신이 직접 낳은 여덟 마리의 여왕 스피네를 소환했다.

황소보다 두 배는 더 큰 몸체.

운모처럼 검게 번들거리는 껍질.

몸 전체에 군데군데 박힌 녹색의 점들.

여덟 마리의 여왕 스피네들은 일반 스피네와 녹색 스피네를 절반씩 섞어 놓은 듯한 모습이었다.

캬악—.

녹색 스피네가 여왕 스피네 한 마리의 목덜미에 아가리를 처박고 쭈우욱 흡입했다.

희생양이 된 여왕 스피네가 비참하게 다리를 비틀거리다가 이내 껍질만 남은 채 주르르 땅바닥으로 미끄러졌다.

눈 깜짝할 사이에 여왕 하나를 잡아먹은 뒤, 녹색 스피네가 강렬한 포효를 내질렀다. 이탄에게 당한 입 주변의 상처는 어느새 아물어 버렸다.

녹색 스피네가 거미줄로 만들어진 그물을 확 내뱉었다.

그 그물이 허공에 응집하여 두 마리의 괴수로 변했다. 산봉우리처럼 거대한 거미형 괴수가 12개의 다리를 놀려 이탄에게 달려들었다.

이어서 녹색 스피네는 두 번째 여왕을 잡아먹었다. 그 다음 여왕의 에너지를 이용하여 괴수 두 마리를 추가로 만들었다.

성큼, 성큼, 성큼, 성큼.

총 네 마리의 괴수가 이탄에게 달려들었다. 괴수들은 이탄 앞에서 쾅쾅 자폭했다. 이탄이 또다시 구체 속에 갇혔다.

녹색 스피네는 영악하게도 구체를 가까이 끌어오지 않았다. 대신 꽝꽝 뭉친 구체를 저 멀리 보냈다.

"쳇. 이번엔 안 통하네."

이탄이 괴력을 발휘하여 구체를 깨뜨렸다.

녹색 스피네는 이탄이 탈출하는 모습을 보고는 그럴 줄 알았다는 듯이 아가리를 씰룩거렸다.

녹색 스피네가 남은 여왕들을 돌아보았다. 조금 전 그가 여덟 마리 여왕 가운데 둘을 잡아먹었으니 이제 여섯 마리만 남았다.

흉포하게 번들거리는 녹색 시선이 자신들에게 향하자 여왕 스피네들이 겁에 질려 바르르 떨었다.

만약 녹색 스피네가 이 여섯 마리 여왕들을 모두 잡아먹으면 거미형 괴수를 열두 마리나 만들 수 있었다.

그런데 녹색 스피네는 열두 마리만으로 이탄을 붙잡을 수 있을지 자신이 없었다. 녹색 스피네가 잠시 행동을 망설였다.

이탄이 수라군림의 술법을 발휘하여 녹색 스피네에게 달려들었다.

스피네 무리가 우두머리를 지키기 위해서 이탄의 앞을 막았다. 이탄이 만들어낸 괴물수라는 무수히 달려드는 스피네들을 분쇄하면서 녹색 스피네를 향해 일직선으로 접근했다.

마침내 녹색 스피네가 결정을 내렸다.

키야칵! 칵! 칵!

녹색 스피네로부터 딱딱 끊어지는 소리가 터졌다.

그 즉시 수백억 마리가 넘는 스피네들이 썰물처럼 물러났다. 여섯 마리의 여왕 스피네들도 안도한 눈빛으로 후퇴했다.

"그냥 가려고?"

이탄이 손바닥 사이에 빛의 씨앗을 형성했다.

후오옹!

주변의 모든 빛이 빛의 씨앗 속으로 빨려 들어왔다. 강력하게 응집된 빛의 결정체가 이탄의 손끝을 떠났다.

번쩍!

민들레 씨앗처럼 하늘하늘 날아간 광정이 한순간 벼락처럼 뻗어서 녹색 스피네를 관통했다.

키이야악!

그 전에 스피네들이 수백 겹의 장벽을 쌓아 녹색 스피네를 보호했다. 여섯 여왕들 가운데 한 마리도 온몸을 날려 녹색 스피네의 앞을 가로막았다.

광정 앞에선 다 소용없었다. 이탄이 방출한 광정은 무시무시한 역도를 내부에 품은 채 날아가 수백 마리의 스피네들을 그대로 관통했다. 여왕도 단숨에 꿰뚫어 버렸다.

그 순간 녹색 스피네가 다시 한 번 순간이동을 펼쳤다.

파앗!

녹색 스피네의 모습이 감쪽같이 사라졌다.

원래 이탄은 녹색 스피네의 머리를 노리고 광정을 날렸다.

한데 녹색 스피네의 반응이 의외로 빨라 아슬아슬하게 광정을 피해버렸다. 대신 녹색 스피네의 다리 관절 여섯 곳이 광정에 차례로 관통당하면서 수수깡처럼 부서져 내렸다.

키야악!

녹색 스피네는 왼쪽 다리를 6개나 잃은 고통에 괴성을 질렀다. 그 와중에도 녹색 스피네는 정신줄을 놓지 않고 순간이동을 끝마쳤다. 번쩍 사라졌던 녹색 스피네가 동족들 틈에 숨어서 자취를 감췄다.

파스스스.

수백억 마리의 스피네들이 검은 해일을 일으키며 사방으로 흩어졌다. 녹색 스피네도 이탄의 눈을 피해 어딘가로 숨어들었다.

Chapter 6

이탄이 피식 웃었다.

"빠르네. 훗."

솔직히 이탄은 적 우두머리를 꼭 붙잡을 이유는 없었다.

'스피네 무리를 완전히 전멸시키는 것은 오히려 손해일
지도 몰라. 숙적이 사라지고 나면 알블―롭 일족이 약속
을 어길 수도 있잖아? 스피네가 건재해야 알블―롭 일족
이 나를 계속 필요로 할 테고, 그래야 약속도 제대로 지키
겠지.'

이탄이 머릿속으로 손익을 따졌다.

그 사이 전장은 저절로 정리가 되었다. 스피네 무리가 썰
물처럼 빠지고 나자 비로소 주변의 비참한 풍경이 알블―
롭 전사들의 눈에 들어왔다.

성벽 곳곳이 스피네의 독에 맞아 새까맣게 타버렸다. 성
벽 일부는 허물어져 구멍이 군데군데 뚫렸다.

"최근에 겨우 보수 공사를 마쳤는데, 다시 공사를 해야
할 판국이구나. 하아아."

전사들 가운데 누군가가 허탈하게 뇌까렸다.

물론 지금 보수 공사가 문제는 아니었다. 성벽 주변에는
알블―롭 전사들의 시체와 스피네의 잔해물이 뒤섞여 무

수히 나뒹굴었다. 이 시체들은 녹색 독액에 뒤덮여 반쯤 녹아버린 상태였다. 성벽 위의 깃발은 넝마처럼 뜯겨 나갔다. 전사들의 갑옷은 하얀 거미줄에 뒤덮이거나, 혹은 구멍이 숭숭 뚫린 모습이었다.

이 모든 걸 뒤처리하려면 꽤 시간이 걸릴 수밖에 없었다.

전쟁의 피해는 비단 타룬이 수비하는 지역에서만 발생하지 않았다. 알블―롭 일족의 방어선 전체, 즉 1지구부터 시작해서 600지구까지 길게 늘어선 성벽 전체가 상당한 수준의 피해를 입었다.

타룬은 600개의 지구 가운데 1부터 50지구를 지키는 수문장이었다. 이탄이 만난 대모와 현자도 이곳 1에서부터 50지구의 담당자일 뿐이었다.

알블―롭 일족에는 이탄이 방문한 곳과 같은 나무 군락이 무려 열두 곳이나 존재했다. 당연히 군락을 다스리는 대모도 12명, 그리고 현자도 12명이었다. 물론 타룬과 같은 수문장도 12명이 존재했다.

12명의 대모 위에는 삼신녀가 있었다.

이들 삼신녀야말로 알블―롭 일족의 정신적 지주들이었다. 당연히 삼신녀의 거처는 비밀에 부쳐져 있으며, 전사들 가운데 특별히 선발된 자들이 삼신녀를 가까운 거리에서 호위한다고 했다.

한때 삼신녀의 위에는 '신왕'이 존재했다.

신왕이 활동하던 시절, 알블—롭 일족은 실로 찬란하여 그 영향력이 그릇된 차원 전체에 미쳤다.

하지만 화려한 시대는 영원하지 못했다. 일족의 전성기가 봄날의 벚꽃처럼 흐드러지게 피었다가 다시 사그라진 것은 신왕의 갑작스러운 죽음 때문이었다. 알블—롭의 신으로 군림했던 신왕은 흉왕 나라카에 의해 소멸해버렸다.

왕을 잃은 알블—롭 일족은 막강했던 영향력을 상실한 채 점점 쇠락하여 고작 3개의 행성도 전부 장악하지 못했다. 당장 이곳 행성에만 해도 알블—롭 일족은 전 지역을 지배하지 못하고 스피네 족, 플라모 일족 등과 치열한 경쟁 중이었다.

거기에 괴변이 더해졌다. 음차원의 마나마저 끊긴 지금, 알블—롭 일족은 멸족의 위기를 정면으로 맞닥뜨리게 되었다. 그것도 한때 사냥개로 부렸던 스피네에게 발뒤꿈치를 물린 판국이었다.

스피네의 독이 알블—롭 일족을 서서히 마비시켰다. 실제로 알블—롭의 현자들은 12개의 나무 군락을 모두 버릴 각오를 했다. 그들은 우선 삼신녀를 다른 행성으로 대피시켰다. 이어서 대모들에게도 뇌파를 보내 [조만간 나무 군락을 떠나 피난길에 오를 생각을 하세요.]라고 일러두었다.

이틀 전까지만 해도 전황은 그 정도로 비관적이었다.

한데 갑자기 전세가 호전되었다.

[기뻐하십시오. 이번에도 스피네 무리의 대규모 공습으로부터 성벽을 무사히 지켜내었습니다. 저 지독한 스피네들도 모두 물러났습니다.]

전령이 들뜬 표정으로 현자들에게 연락을 보냈다.

[그게 정말인가?]

[아니, 어떻게?]

각 나무 군락의 현자들이 깜짝 놀랐다. 현자들의 머리카락은 하늘을 향해 우르르 치켜 올라갔다. 파란 머리카락에 매달린 나뭇잎들이 파르르 흔들렸다. 현자들의 감정이 고양되자 12개의 나무 군락 전체가 환한 빛을 토했다.

이것이 나무 군락의 원래 모습이었다. 신왕이 건재하던 시절, 혹은 음차원의 마나가 중단되기 전까지만 해도 알블—롭의 군락은 반딧불이 모여든 것처럼 찬란하게 빛나는 것으로 유명했다.

어쩌면 알블—롭의 군락지야말로 그릇된 차원에서 가장 아름다운 곳일지도 몰랐다.

지금 이 순간, 알블—롭의 나무 군락은 짧게나마 화려했던 과거의 한순간으로 돌아간 듯했다.

그 고양감이 전령의 마음마저 뒤흔들었다. 전령은 조금 전 전쟁터에서 벌어졌던 일을 현자들에게 빠르게 보고했다.

현자들은 휘둥그레진 눈으로 전령의 이야기를 들었다. 특히 이탄의 활약에 대해서 듣게 되자 현자들의 표정이 변했다.

[이방인의 무력이 그토록 막강하단 말인가?]

[이상하다? 이탄이라는 이방인도 마나를 무한정 사용할 수는 없을 터인데, 마법을 마구 퍼부었단 말인가? 아니면 영혼을 소환하여 스피네를 물리쳤나?]

[대체 그 이방인 전사가 어떤 계열인가? 신체변형? 마법? 아니면 영혼?]

[홀로 스피네를 물리칠 정도라면 최소한 2개 이상의 권능을 보유한 귀족이겠지?]

[그런 귀족이 왜 세력도 없이 홀로 떠돌지?]

현자들은 의외로 말이 많았다.

이런 말들 외에도 수많은 질문들이 튀어나왔다. 12명의 현자들은 동시에 12개의 질문을 던지고 또 던졌다.

전령은 이 질문들에 대답을 할 수 없었다. 질문이 너무 많아서가 아니라, 전령이 이탄에 대해 잘 알지 못하기 때문이었다.

결국 현자들이 궁금증을 풀려면 이탄과 직접 만나볼 수밖에 없었다.

다음 날 오전.

로바가 이탄을 데리고 성벽을 떠났다.

스피네들이 숲 저편으로 물러난 터라 당분간 전쟁이 재개될 것 같지는 않았다. 그래도 혹시 몰라서 타룬은 성벽에 남았다.

[나는 이곳에 남아서 성벽을 복구해야지. 좀 더 상황이 안정된 이후에나 군락에 가볼 것이다. 하지만 현자님들께서 이탄 전사에 대해서 궁금해하실 것 아니냐. 로바, 네가 그를 군락으로 데려가라.]

이것이 타룬의 명이었다.

[명을 받들겠습니다.]

로바가 충직하게 타룬의 말을 따랐다.

Chapter 7

타룬이 예견한 것처럼, 알블—롭의 현자들은 이탄을 한시라도 빨리 파악하고 싶어서 아우성이었다.

로바와 이탄은 날개 달린 늑대를 재촉하여 최대한 빠른 속도로 나무 군락에 복귀했다. 군락에 도착한 뒤 이탄은 높이 솟구친 나무 위에 올라가 현자를 만났다. 현자가 나뭇가지로 이루어진 머리카락을 일렁이면서 이탄을 반겼다.

[이렇게 또 만나는군요. 일전에는 내가 보는 눈이 없어서 당신의 존재를 제대로 알아보지 못했네요.]

현자의 뇌파는 이전에 비해서 한결 부드러워졌다.

이탄은 아무런 대꾸도 없이 현자를 쳐다보았다.

현자가 대화를 이끌었다.

[귀족이라고 진작 밝히지 그랬어요? 그러면 일반 전사보다도 훨씬 더 후한 대접을 받았을 터인데. 하긴, 이제라도 늦지 않았죠. 당신이 계약에 따라 우리 알블―롭 일족을 돕는다면 우리는 당신이 여기에 머무는 동안 귀족으로 대우할 거예요. 혹시 우리에게 더 요구하고 싶은 바가 있나요?]

[귀족. 대우. 무엇?]

이탄이 3개의 단어로 축약하여 물었다. "귀족이면 어떤 대우를 받는 거요?"라는 물음이었다.

현자가 한 가닥의 머리카락을 이탄에게 뻗었다.

이탄이 그 머리카락 끝에 검지를 가져다 대었다.

찌릿!

전류가 이탄의 손끝을 타고 뇌로 파고들었다. 이탄은 뇌에 전달된 내용을 차근차근 곱씹은 다음, 다시 고개를 들었다.

[기억의 바다.]

이탄이 떠듬떠듬 다섯 글자를 읊었다.

현자가 고개를 주억거렸다.

[맞아요. 알블―롭의 전사들은 선조들이 축적해놓은 지식들을 열람할 권리를 가지죠. 당신이 원하는 스킬도 그 지식에 포함되어 있어요. 하지만 그 지식은 한정적이에요. 우리가 선조들의 모든 유산을 전부 다 지식으로 정리하지 못하기 때문이죠. 만약 당신이 이러한 한계를 뛰어넘어 알블―롭 일족의 모든 것을 살펴보려면 기억의 바다에 들어가야만 해요.]

[나. 이방인인데?]

이탄이 다시 물었다. "기억의 바다가 알블―롭의 모든 것이라면, 이방인인 나에게 그것을 공개해도 되나?"가 이탄의 질문이었다.

현자가 은은하게 미소를 지었다.

[호호호. 알블―롭을 너무 쉽게 보는군요. 우리는 이 세계가 처음 탄생하던 태고의 시절부터 존재하온 고대 종족이에요. 우리의 모든 선조들이 까마득한 옛날부터 보고 느

끼고 개발해낸 모든 지식들이 기억의 바다에 광활하게 펼쳐져 있죠. 심지어 위대한 신왕님의 지식까지도 그곳 어딘가에 떠돌고 있답니다.]

신왕을 언급할 때 현자의 눈가에 숨길 수 없는 흠모의 빛이 퍼져나갔다.

이탄은 신왕이 누구를 가리키는지 알지 못했다. 이탄이 신왕에 대해서 물어보려고 할 때 현자는 빠르게 수다를 떨었다.

[이방인인 당신이 기억의 바다에 한 번 들어간다고 해서 가져갈 수 있는 지식이 얼마나 될까요? 끝없이 펼쳐진 바닷가에서 물 한 바가지를 퍼 올린다고 해서 바닷물이 줄어드는 것은 아니잖아요? 알블—롭의 전사들에게 제공되는 지식은 나름 쓸모가 있는 것들만 모아놓은 터라 당신이 이득을 얻을 가능성이 높아요. 하지만 기억의 바다에서는 오히려 아무런 이득도 보지 못할 수 있답니다. 그곳은 말 그대로 선조들의 모든 기억과 유산들이 넘실넘실 흘러 들어가 만들어진 바다니까요.]

현자는 여기서 한 번 더 말을 끊었다. 그 다음 이탄의 표정 변화를 살피며 마지막 결정타를 날렸다.

[대신 운이 좋다면 기억의 바다에서 당신에게 진짜로 도움이 될 만한 보물을 찾을 수도 있겠죠.]

[보물?]

[솔직히 전사들에게 제공되는 중하급의 지식이나 스킬들이 귀족인 당신에게 얼마나 도움이 되겠어요?]

[으음.]

[기억의 바다는 다르죠. 그곳에는 우리 알블—롭 일족의 역대 귀족들, 현자들, 대모들, 신녀님들, 심지어 신왕님의 지식까지 있으니까요. 당신의 운에 따라 그곳에서 정말 엄청난 보물을 얻게 될 수도 있다는 뜻이에요.]

현자는 이탄이 당연히 그녀의 말에 혹할 것이라 자신했다. 이곳 그릇된 차원에서 귀족도 보기 드물지만, 왕은 정말 탄생하기 힘든 희귀한 존재들이었다.

신왕은 그 희귀한 왕들 가운데 한 명이었다. 그런 신왕의 유산을 획득할 기회가 주어진다는 것은, 정말 엄청난 특혜였다.

'그 어떤 이방인 귀족이라도 이런 특혜를 눈앞에 두고는 유혹을 참아내지 못할 테지.'

현자가 속으로 이렇게 중얼거렸다.

물론 현자는 이탄이 진짜로 기억의 바다 속에서 신왕의 유산을 찾아낼 것이라고는 생각하지 않았다. 방대한 바다에서 신왕의 유산을 맞닥뜨린다는 것은 바닷가 모래사장에서 모래 한 알을 콕 집어 들었는데 그 모래가 다이아몬드일

확률보다 더 적었다.

알블—롭의 현자와 삼신녀들은 헤아릴 수 없이 긴 시간 동안 대를 이어오며 기억의 바다를 탐색했다.

그렇게 오랫동안 노력했음에도 불구하고 신왕의 흔적은 발견되지 않았다. 신왕은커녕 역대 알블—롭 출신 귀족들의 기억을 발견하는 횟수도 지극히 희박했다.

'이탄이라는 이 이방인이 진짜로 현명하다면 일확천금의 꿈을 안고 기억의 바다에 뛰어드는 대신 전사들에게 전수되는 중하급 지식이나 스킬만 얻어가겠지. 하지만 이 자가 야심만만하다면 결코 기억의 바다를 외면하지 못할 게야. 지금까지 기억의 바다에 혹해서 우리 알블—롭 일족을 위해 싸워준 다른 이방인 귀족들과 마찬가지로 말이야. 호호호호.'

이탄이 현자에게 물었다.

[조건은?]

알블—롭 일족이 아무런 조건도 없이 이탄에게 기억의 바다를 열어줄 리는 없었다. 이탄은 상세한 조건을 알고 싶었다.

현자의 입에 진한 미소가 걸렸다.

지금 이탄의 질문은, 바꿔 말하면 "나는 기억의 바다에 관심이 많다. 그러니 내게 기억의 바다에 들어가기 위한 선

결조건을 알려다오."에 다름 아니었다. 현자가 판단하기에
이탄은 이제 거의 다 넘어온 것이나 마찬가지였다.

Chapter 8

[조건은?]

현자가 답이 없자 이탄이 다시 한 번 물었다.

현자는 속으로 쾌재를 불렀다.

'이방인이 이토록 마음이 조급한 것을 보니 기억의 바다
에 확 꽂혔구나. 호호호. 내 그럴 줄 알았지. 이탄이라는 자
도 다른 이방인 귀족들과 다를 바가 없어. 호호호호.'

현자는 속으로는 이렇게 웃었으나 겉으로는 내색하지 않
았다. 현자의 뇌파가 다시 이탄에게 흘러들어왔다.

[당신이 공을 세우면 군락의 대모가 당신의 공을 평가해
요. 그리고 그 공로에 따라 기억의 바다에 머물 수 있는 시
간이 정해진답니다. 예를 들어서 당신이 100이라는 전공을
세우면 기억의 바다에 하루 동안 머물 수 있는 거죠.]

[전공 100점당 하루.]

[맞아요. 전공 100점당 하루. 그렇게 공로를 보상으로
바꾸고 나면, 당신의 공로는 다시 0으로 떨어집니다. 다음

에 또 보상을 받기 위해서는 다시 전공을 세워야 하고요.]

공로를 쌓은 만큼 보상을 주고, 보상을 받으면 그만큼 공로를 깎는다는 시스템은 참으로 알기 쉬웠다. 이건 마치 돈(공로)을 주고 물건(보상)을 사는 것과 마찬가지였다.

현자가 설명을 보탰다.

[전사들에게 주어지는 지식의 보고. 귀족들에게 주어지는 기억의 바다. 이 두 곳에 들어가려면 모두 전공이 필요해요. 그리고 당신을 그 두 곳에 보내줄 수 있는 이는 오직 현자뿐이죠. 일족의 다른 이들은 당신을 그곳에 접촉시킬 수 없어요.]

[아!]

이탄은 이제 알블―롭의 시스템을 명확하게 깨달았다.

지금 알블―롭 일족은 위기였다.

그 위기를 타파하기 위해서 알블―롭 일족은 꾀를 내었다. 일족의 전사들과 귀족들에게만 주어지던 혜택을 이방인 용병들에게까지 적용한 것이다.

이탄과 같은 이방인들이 알블―롭 일족을 위해서 전공을 세우면 대모가 그 공을 평가하여 전공 점수를 준다.

이방인들이 그 점수를 들고 현자를 찾아오면, 현자가 그 점수를 차감하는 대신 이방인 용병들에게 '지식의 보고' 혹은 '기억의 바다' 가운데 한 곳에 들여보내 준다.

지식의 보고에는 알블—롭 일족의 중하급 지식이나 스킬이 쌓여 있다. 이것들의 질은 상대적으로 낮은 대신 정리가 잘 되어 있기에 허탕을 칠 염려도 없고 원하는 지식이나 스킬을 찾아보기도 수월했다.

반면 기억의 바다에는 최하급 지식부터 최상급 지식까지 온갖 것들이 떠돌고 있었다. 이곳에서는 심지어 신왕의 유산까지 찾아낼 수 있는 대신, 쓸데없는 지식들도 많아서 정해진 시간 내에 원하는 것을 찾을 가능성은 낮다.

이탄이 곰곰이 장단점을 따져보았다.

'확률로 보면 지식의 보고에 들어가는 편이 더 나아. 기억의 바다는 시간 낭비만 될 가능성이 많다고. 만약 내가 이곳 그릇된 차원의 귀족이라면 말이지.'

이탄은 그릇된 차원의 귀족이 아니었다. 완전히 다른 차원에서 건너온 언데드였다.

그런 이탄에게 기억의 바다는 아주 훌륭한 '길라잡이'가 될 것이다. 그릇된 차원을 파악하기 위한 길라잡이 말이다.

예를 들어서 현자의 입장에서는 기억의 바다에 떠돌아다니는 '이 세계에 대한 소소한 정보'들은 쓸데없는 정보로 치부될 것이다. 그런 정보들은 굳이 기억의 바다에 들어가지 않더라도 이 세계 거주민들이라면 당연히 알고 있는 바니까.

한데 이탄에게는 이 정보들이 쓸데없지 않았다.

'그동안 내가 막일꾼 노릇을 하면서 캐낸 정보라고 해봤자 정말 별 것 없지. 그 탓에 나는 이곳 차원의 언어도 제대로 구현하지 못해서 답답했어. 하지만 기억의 바다에 한 번 들어가게 되면 이야기가 달라질 거야. 거기서는 정말 유용한 지식들을 얻을 수 있을 테니까. 후후훗.'

이것이 이탄의 셈법이었다.

이제 이탄은 본론으로 들어갔다.

[내 전공. 며칠?]

[당신의 전공으로 며칠이나 들어갈 수 있느냐는 질문이죠? 혹시 지식의 보고를 원하시나요? 아니면 기억의 바다? 두 곳은 전공 점수의 차감이 다르거든요. 기억의 바다는 하루 머무는데 전공 점수가 100씩 차감되지만, 지식의 보고는 고작 20이 차감될 뿐이죠.]

현자의 설명에 따르면 지식의 보고와 기억의 바다는 5대 1의 비율로 점수를 차감한다고 했다.

[기억의 바다.]

이탄은 한 치의 망설임도 없이 기억의 바다를 선택했다.

현자가 그럴 줄 알았다는 듯이 웃었다.

[좋은 선택이에요. 당신은 귀족이고, 우리 알블—롭을 위해 공을 세웠으니 당연히 기억의 바다에 들어갈 자격이 있어요. 그 전에 대모를 만나고 오세요. 대모가 당신의 전

공을 판단하여 전공 점수를 부여할 거예요.]

이탄은 그 말을 듣자마자 자리를 떴다.

현자는 휙 멀어지는 이탄의 뒷모습을 보면서 나직하게 중얼거렸다.

[호호호. 우리 이방인께서 속이 바짝 달아오르셨나 보군요? 좋아요. 그렇게 전공 점수를 차감하여 기억의 바다를 헤엄쳐 보세요. 그리고 바닷속에서 조그만 보물이라도 건져 올리기를 바랄게요. 일단 그렇게 이득을 보고 나면, 당신은 또다시 기억의 바다에 들어가기 위하여 물불 가리지 않고 전공을 세우려 노력하겠죠? 당신의 그런 노력이 우리 알블―롭 일족에게 도움이 될 거예요. 물론 당신도 기억의 바다에서 그만한 대가를 받으면 되니까 이건 참으로 공평한 거래죠. 호호호호.]

이탄이 나무 구멍 속의 대모 앞에 도착했을 때, 대모는 이미 이탄이 찾아올 것을 알기라도 한 듯이 환한 미소로 이탄을 맞았다.

[이렇게 또 만나는군. 일전에는 내가 보는 눈이 없어서 당신의 존재를 제대로 알아보지 못했네.]

대모의 인사말은, 조금 전 현자가 이탄에게 했던 말과 똑같았다. 다만 예전에 비해 이탄을 대하는 대모의 말투는 달라졌다.

이탄이 대뜸 대모에게 요구했다.

[전공 점수. 판정.]

[오호호호. 성격도 화끈하셔라.]

대모가 풍만한 상체를 흔들며 크게 웃었다. 그 다음 두 눈에서 새파란 빛을 뿜으며 이탄에게 머리카락을 뻗었다.

[좋아. 곧바로 점수를 산정해 드리지. 위험하지 않으니까 내 머리카락을 그냥 받아들여요.]

말이 끝나기도 전에 대모의 머리카락, 즉 나뭇가지 한 다발이 이탄의 신체 곳곳에 접촉했다. 대모의 말처럼 별 위험은 없어 보였다.

놀랍게도 대모의 머리카락은 이탄의 신체로부터 기억을 뽑아내었다. 성벽 방어전 당시 이탄이 스피네 족을 상대로 싸웠던 장면들이 대모의 뇌로 전달되었다. 대모는 두 눈을 감고 눈꺼풀을 바르르 떨었다.

그리곤 대모가 다시 두 눈을 번쩍 떴다.

[12,530점!]

제5화
기억의 바다 Ⅰ

Chapter 1

[12,530점!]

말을 해놓고 대모도 놀랐다.

대모가 지닌 지식에 따르면, 최근 천 년 이래 단 한 번의 전투만으로 1만 점을 넘긴 케이스는 없었다. 알블―롭의 그 어떤 전사나 귀족들도 한 번에 이 정도로 많은 전공을 쌓지는 못하였다.

'이럴 수가 있나.'

대모는 진짜로 가슴이 철렁했다.

현자로부터 이탄의 활약상을 전해 들었을 때만 해도 대모는 이탄의 전공 점수가 5천 점에서 6천 점 사이일 것이라

예상했다.

실제로는 그 두 배 이상의 점수가 산정되었다.

'허어, 녹색 스피네라! 현자들도 스피네 무리에게 카리스마 넘치는 지도자가 생겼을 거라는 예측은 했지. 그런데 그 지도자의 정체를 파악하지는 못하였어. 한데 이탄이라는 이방인이 적의 괴수를 확인해주었을 뿐 아니라 그 괴수에게 상당한 중상까지 입혔구나. 또한 이탄 덕분에 스피네족의 여왕들 가운데 두 마리가 죽은 셈이야.'

이 정도 전공이라면 12,530점도 결코 과한 점수는 아니었다. 만약 이탄이 이방인이 아니라 알블―롭 출신 귀족이라면 능히 2만 점 이상은 받았을 것이다.

'현자의 말대로야. 이탄이라는 이 이방인을 반드시 기억의 바다에 들여보내야 해. 한 번 그 방대한 바다에 들어가고 나면, 이탄은 알아서 우리 알블―롭의 방패막이가 되어줄 게야. 다시 또 기억의 바다에 들어가기 위해서 온 마음을 다해 전공 점수를 쌓을 거라고.'

이탄을 바라보는 대모의 눈빛이 새삼 달라졌다.

[12,530.]

이탄은 자신의 전공 점수를 한 번 되뇐 다음, 곧바로 자리를 떴다.

대모가 빙그레 웃었다.

'저 이방인이 마음이 조급한가 보구나. 오호호호. 우리에게는 잘된 일이지. 호호호.'

이탄은 대모의 앞을 물러나온 뒤 곧바로 현자에게 돌아왔다.

현자가 아무런 질문도 없이 머리카락을 뽑었다.

이탄이 그 끝에 자신의 검지를 가져다 대었다.

현자는 이미 이탄의 점수를 알고 있었으나, 새삼 놀란 척을 했다.

[12,530점이라니. 정말 놀랍군요. 정말 놀라워요.]

[공치사. 필요 없다. 기억의 바다. 어서.]

이탄이 현자를 재촉했다.

현자가 이탄을 달랬다.

[호호호. 바로 기억의 바다를 열어줄 테니 그렇게 보채지 마세요. 그 전에 당신에게 알려드릴 바가 있어요.]

[…….]

[당신의 점수를 모두 사용하면 기억의 바다에 125일간 머무를 수 있죠. 그러고도 30점이 남는답니다. 그런데 지금 당신이 이렇게 긴 시간을 기억의 바다 속에 머무를 상황은 아니에요. 그 사이에 스피네 무리가 성벽을 공략하고 이곳 나무 군락까지 쳐들어오면 기억의 바다도 다 망가져 버리거든요. 일족들 가운데 오직 우리 현자들만이 기억의 바

다를 열어줄 수 있으니까요.]

[무슨 뜻?]

이탄이 날카롭게 현자를 쏘아보았다.

현자가 이탄에게 제안을 하나 했다.

[그러니까 이렇게 하죠. 일단 내가 당신을 기억의 바다에 들여보내 줄게요. 당신은 그곳에서 원하는 것을 찾으세요. 그러다가 만약에 스피네 족이 준동할 기미가 보이면 내가 당신을 강제로 기억의 바다로부터 빼낼게요. 만약 스피네 족이 잠잠하면 125일 동안 계속 바다에 머물러도 좋고요.]

[알았다.]

이탄이 현자의 말에 동의했다.

현자가 다시 한번 확인했다.

[당신은 전공 점수를 차감하여 기억의 바다에 들어가기를 원하죠. 내 말이 맞나요?]

[그렇다.]

이탄이 고개를 주억거렸다.

현자가 또 물었다.

[당신의 전공 점수 가운데 얼마를 차감하기 원하나요? 그것에 따라 기억의 바다에 머물 수 있는 시간이 달라진답니다.]

[전부.]

[전부라면, 최대한 차감하겠다는 뜻이겠죠? 그럼 당신은 기억의 바다에 125일간 머무를 수 있어요.]

[맞다. 어서.]

이탄이 자꾸 재촉하자 현자가 빙그레 웃었다.

[좋아요. 지금 바로 당신의 점수를 차감하여 기억의 바다를 열어드리죠.]

현자가 이탄을 향해 두 팔을 벌렸다. 현자의 모든 머리카락이 이탄을 향해 우르르 몰려들었다.

후오옹!

현자의 두 눈에 파란 광채가 어렸다.

그 광채는 이내 현자의 상반신 전체를 진한 파란색으로 물들이며 퍼져나가다가 한순간 화악! 폭발하여 이탄의 온몸을 빛무리로 감쌌다.

현자가 방출한 파란 빛 한 가닥 한 가닥이 가느다란 실이 되어 이탄을 감쌌다.

'흐음?'

이탄은 일말의 경계심을 가지고 현자의 행동을 지켜보았다.

이내 파란 실이 이탄의 온몸을 고치처럼 에워쌌다. 이탄은 신비로운 힘에 의해 기억의 바다에 접속했다.

이탄의 눈앞에 펼쳐진 것은 분명 바다였다.

백사장, 하늘, 구름, 태양 등등.

이런 부산물들은 없었다. 하늘도 없고 모래사장도 없이 모든 세상이 온통 바닷물뿐이었다. 이탄이 자세히 들여다보니 그 바닷물 한 방울 한 방울이 전부 기억을 품고 있었다.

이탄은 자신에게 달라붙은 바닷물들을 쭉 스캔했다.

그러자 물방울 속의 기억들이 이탄의 뇌리로 파고들었다.

어떤 기억은 알블—롭의 평범한 소년의 것이었다. 소년은 전사로 거듭나던 순간의 희열을 기억 속에 담았다.

또 어떤 기억은 평범한 일꾼이 배우자를 만나 결혼하던 순간을 기록했다.

또 다른 기억은 어떤 전사가 해괴하게 생긴 몬스터와 싸우는 장면을 보여주었다.

그 밖에도 무수한 기억들이 이탄의 뇌로 밀려들었다.

알블—롭의 일꾼이 처음 자식을 만나던 탄생의 순간.

배우자가 죽는 순간.

어느 노인이 샘물에 비친 자신의 얼굴을 통해 하루하루 늙어가는 모습을 지켜보던 순간.

알블—롭 선조들의 다양한 일상사가 이탄에게 전해졌다. 그들이 나누던 대화와 감정이 이탄의 뇌리로 물밀 듯이 파고들었다.

Chapter 2

이탄은 특수한 지식을 얻기 위해 안달복달하지 않았다. 알블—롭 일족이 창안해낸 마법이나 영혼 컨트롤 스킬을 찾기 위해 애쓰지도 않았다.

이탄은 마음을 텅 비운 상태에서 아무런 쓸모도 없어 보이는 잡지식들을 빨아들였다. 그리곤 그 지식들을 이용하여 그릇된 차원을 파악해 나갔다.

물방울 하나하나가 이탄에게 다양한 정보를 제공했다.

물론 이 각각의 물방울들은 단편적인 기억의 파편에 불과하였다. 이런 물방울 수백 개가 모여도 단 한 명의 온전한 일생 전체를 보여주지는 못했다.

하지만 이탄의 뇌는 구조적 파악에 익숙했다. 자잘하게 깨진 파편들을 모아서 전체 그림을 완성하는 것이 이탄의 주특기였다.

어쩌면 이러한 능력은 이탄이 분신에 익숙하기 때문에 생긴 것일지도 몰랐다.

여하튼 이탄은 한 번에 수백 개씩의 물방울들을 받아들였고, 이를 통해 기존의 알블—롭의 귀족들이 기억의 바다를 탐색했던 것보다 수백 배는 더 빠른 속도를 내었다.

여기에 한 가지 권능이 더해졌다.

원래 그릇된 차원은 정상 세계와는 뿌리가 다른 곳이었다. 따라서 이곳은 정상세계의 언령이 힘을 쓰지 못해야 정상이었다. 이곳은 언령보다는 차라리 만자비문의 통제를 받는 세상이었다.

그런데 지금 그릇된 차원은 미묘하게 뒤틀려 있었다. 음차원의 마나가 중단되면서 이 세계는 정상도 아니고 비정상도 아닌, 어중간한 회색지대처럼 변모했다.

특히 알블―롭 일족은 그릇된 차원 내에서도 가장 정상세계에 가깝던 종족이었다. 알블―롭의 선조들이 구축한기억의 바다도 그 영향을 받았다.

이탄은 정상 세계의 여러 언령들 가운데 시간을 다루는최상위급의 언령, 즉 '무한'의 권능을 발휘했다.

동시에 이탄은 만자비문 가운데 시간과 관련된 문자들을골라서 그 힘을 끌어내었다.

언령의 힘과 만자비문의 힘이 하나로 복합되었다. 그 결과 기억의 바다에 흐르는 시곗바늘이 아주 느려지기 시작했다.

쿠쿠콰콰콰!

기억의 바다가 세차게 요동쳤다. 이탄이 손을 뻗어 시간의 축을 꽉 붙잡자 째각째각 규칙적으로 흐르던 시간이 거의 멈추다시피 했다.

물론 바깥세상의 시간은 정상적으로 흘렀다. 오직 기억의 바다만이 느려진 시간의 적용을 받았다.

지금 기억의 바다 안에는 이탄 외에도 또 다른 알블—롭의 귀족들이 들어와 있었다. 한데 그들은 시간이 느려졌다는 느낌을 받지 못했다.

이 귀족들은 시간에 얽매여 있는 유한한 존재였다. 주변의 시간이 느려진 만큼 그들의 생체 시계도 함께 느려진 터라 아무런 변화를 감지하지 못했다. 마치 행성에서 살아가는 생명체들이 행성의 자전이나 공전을 느끼지 못하는 것과 똑같은 원리였다.

오로지 이탄만이 예외였다. 이탄은 기억의 바다의 시간을 천천히 흐르게끔 만든 뒤, 홀로 빠르게 행동했다.

시간의 권능을 발휘하기 전, 이탄은 1초에 약 3백 개 이상의 물방울을 스캔하여 그 물방울 속에 담긴 기억을 읽어내었다.

시간의 언령과 만자비문이 발동하면서 이 1초가 1년이 되었다. 다시 말해서 이탄은 365일 곱하기 24시간 곱하기 60분 곱하기 60초, 즉 다른 귀족들보다 31,536,000배만큼 더 많은 시간을 가지게 되었다.

권능을 발휘하기 전에 이탄은 1초에 3백 개의 기억을 획득했다.

지금은 그보다 3천만 배나 많은 약 1백억 개의 기억을 불과 1초 만에 스캔했다.

그렇게 하루가 지났다.

이탄의 머릿속에는 거대한 고목나무가 하나 떠올랐다. 그런데 이 거대한 나무는 대부분 구멍이 뚫려 있었다. 나뭇잎의 극히 일부, 나무줄기의 아주 조금, 뿌리 몇 가닥만이 형상을 잡았을 뿐이었다.

그 거대한 고목나무가 곧 알블―롭의 역사였다. 이탄이 읽어낸 기억이 아직 많지가 않기에 나무 곳곳이 비어있는 셈이었다.

이틀이 지났다.

고목나무의 비어 있는 칸들이 어제보다는 많이 채워졌다.

그럼에도 불구하고 아직 고목나무의 전체적인 윤곽이 드러나려면 어림도 없었다. 거대한 나무를 간씨 세가의 직소 퍼즐에 비유한다면, 이탄은 1천 개의 직소 퍼즐 조각 가운데 이제 고작 5개가량을 맞춘 수준이었다.

사흘이 지났다.

이탄이 기억을 훑어가는 속도가 조금 빨라졌다. 중복된 기억들 때문이었다. 이탄은 중복된 정보들은 제외하고 새로운 정보들 위주로 뇌리에 담았다.

나흘이 지났다.

지난 며칠 동안 이탄이 읽어 내려간 기억들은 대부분 일반인들의 소소한 일상사였다. 혹은 머나먼 행성의 정보가 뜬금없이 끼어들기도 했다.

물론 이 가운데는 몇몇 전사들의 기억도 들어 있었다. 이탄은 이 기억을 통해 알블―롭 전사들의 공격 방법이나 주특기 등을 파악했다. 안타깝게도 이런 유용한 지식은 그리 많지 않았다.

그런데 닷새째 되던 날에 아주 획기적인 지식을 하나 건졌다.

오래 전 알블―롭 일족에서 강자로 추앙받던 귀족이 남긴 기억이었다. 이 귀족은 뇌파를 동심원 형태로 방사하여 주변 100미터 이내의 모든 생명체의 영혼을 자유롭게 컨트롤하던 강자였다. 동시에 그는 양손을 사마귀의 낫처럼 날카롭게 변형하는 것도 가능했다.

이탄은 귀족의 기억을 통해 획기적인 뇌파 사용방법을 깨달았다.

아쉽게도 완전한 사용법은 아니었다. 귀족의 기억 가운데 4분의 3만 온전하고, 나머지 4분의 1은 유실되었다.

엿새째 되던 날.

이탄은 또 다른 귀족의 기억을 맞닥뜨렸다.

이 귀족은 음차원의 마나를 얇은 원반 형태로 발산하여 수십 킬로미터 밖의 적도 눈 깜짝할 사이에 격살하는 것이 주특기였다. 어찌 보면 이 마법이 첫 번째 귀족의 뇌파 컨트롤보다 몇 배는 더 살상력이 우수했다.

하지만 이건 이탄의 취향이 아니었다.

'무릇 전투란 손맛이 아니던가. 이렇게 마법으로 원거리 적을 요격하는 것이 무슨 재미가 있겠어? 한 놈 한 놈 직접 손으로 때려 죽여야 제 맛이지.'

이탄은 이 귀족의 마법을 기억 한 귀퉁이에 처박아두었다. 앞으로도 이탄은 이 마법을 써먹을 생각이 없었다.

이레째.

이탄은 이제 그릇된 차원에서 통용되는 언어들 가운데 15개를 통달했다. 특히 알블—롭의 언어는 원어민처럼 자연스러웠다.

Chapter 3

여드레째.

이탄은 알블—롭의 역사 전체를 꿰뚫었다. 역사 이면에 도사린 야사들도 상당 부분 습득하게 되었다.

호위 전사와 눈이 맞아 아이를 가지게 된 신녀 이야기라든가, 그 아이가 어느 귀족 가문의 후계자와 남몰래 바꿔치기가 된 일이라든가. 동족들의 신망을 얻은 어느 귀족이 사실은 부모를 해치고 권력을 잡은 자라든가.

알고 보니 알블―롭의 역사 속에도 막장인 사건들이 다수였다.

'어이구. 생명체가 살아가는 세상은 어디나 다 비슷하구나. 여기나 저기나 그놈이 그놈이야. 쯧쯧쯧.'

이탄이 혀를 찼다.

이탄이 기억의 바다에 들어온 지 어느새 열흘이 지났다. 이날 이탄은 술법 하나를 손에 넣었다.

원래 그릇된 차원에는 술법이라는 것이 없었다. 이곳은 주로 신체변형이나 영혼 컨트롤, 혹은 마법적 권능을 이용하여 적과 싸웠다.

한데 오래 전, 알블―롭 일족에 큰 변화가 발생했다. 동차원 북명의 수인족 대선인 한 명이 차원을 넘어와 그릇된 세계를 탐색하다가 그만 알블―롭의 귀족들의 포위공격을 받고 사망한 것이다.

당시 북명의 대선인을 상대로 혈투를 벌였던 귀족들은 대선인에게 빼앗은 책을 지식으로 전환하여 기억의 바다에 넣어두었다.

당연한 이야기지만, 알블—롭의 귀족들은 북명 대선인의 술법서를 읽을 능력이 없었다. 언어와 문자가 전혀 다른 탓이었다.

대선인의 술법서는 그렇게 아무런 가치도 인정받지 못한 채 광대한 기억의 바다를 하염없이 떠돌았다.

그러다 무수히 긴 세월이 지난 끝에 이탄의 손아귀에 이 술법서가 들어왔다.

'와아아. 이게 웬 횡재야?'

이탄은 자신도 모르게 탄성을 질렀다.

그토록 집요하게 찾던 상급 술법서를 이런 곳에서 발견하게 될 것이라고는 이탄은 꿈에도 생각하지 못했다. 뜻밖의 수확에 이탄은 뛸 듯이 기뻤다. 그리곤 술법서의 제목을 보고는 더더욱 기뻐했다.

<<광목수음(廣目水音)>>

이것이 술법서의 제목이었다.

그릇된 차원으로 건너오기 전, 이탄은 비앙카로부터 '광목화음'이라는 상고시대 술법서를 선물 받았다.

열여덟 장의 금속판으로 제작된 광목화음은 사실 악보였다. 그리고 그 술법서의 의미는 '광목이 지은 불의 음악'이었다.

기억의 바다에서 이탄이 발견한 술법서의 제목은 광목수음.

제목부터가 광목화음과 비슷했다. 뜻은 '광목이 지은 물의 음악' 정도가 되겠다.

'게다가 이 광목수음이라는 문자는 적양갑주나 분혼기생, 복리증식, 만금제어와 맥이 통한다고.'

이탄은 호기심에 가득 차서 광목수음을 살폈다.

광목화음과 마찬가지로 이 광목수음도 금속판 위에 새겨진 악보의 일종이었다.

당시 알블—롭의 귀족들은 북명의 대선인을 격살한 다음, 광목수음의 내용을 해독해보려고 애썼다. 그 당시의 현자와 대모, 그리고 삼신녀까지 머리를 맞대고 광목수음의 풀이에 매달렸다.

실패였다. 광목수음은 해독이 불가능했다.

결국 당시의 현자들은 열여덟 장의 금속판에 새겨진 광목수음을 지식으로 바꿔서 기억의 바다에 넣어두었다. 혹시 후대의 귀족들 가운데 누군가가 이 술법서를 해석하기를 바라면서 지식을 축적해둔 것이다.

그 지식이 오랜 세월이 지난 뒤 이탄의 손아귀에 들어왔다.

이탄은 당장 광목수음을 연성하지는 않았다.

'지금 이 자리에서 술법서를 공부할 여유는 없지. 우선은 기억의 바다를 탐색하는 일이 더 급해.'

이탄이 다시금 바닷속 물방울들을 스캔하기 시작했다.

다음 날에도, 또 그 다음 날에도 이탄은 특기할 만한 수확을 얻지는 못하였다. 이탄은 더더욱 빠른 속도로 기억의 바다를 뒤졌다. 중복되는 지식들을 건너뛰고, 알맹이만 찾아서 휘리릭, 휘리리릭~.

이탄이 기억의 바다에 뛰어든 지 어느새 한 달이 지났다.

이탄은 지난 한 달 동안 총 5명의 귀족이 남긴 진귀한 지식들을 습득했다. 선대 현자도 4명이나 만나서 그들의 방대한 지식을 머릿속에 담아두었다. 대모는 2명, 그리고 신녀도 한 명 접촉했다.

선대 신녀의 기억들은 주로 신왕에 대한 신앙심에 집중되어 있었다. 이탄은 선대 신녀가 남긴 기억을 통해 알블—롭 일족의 신왕이 어떤 권능들을 지녔었는지 파악했다.

이탄의 예상보다 신왕의 권능은 더 대단했다. 게다가 신왕의 권능 가운데 일부분에서는 어딘지 모르게 술법의 향기가 풍겼다.

'혹시 신왕이 북명이나 남명의 지식을 가지고 있었던 것 아닐까? 그럼 놓칠 수 없는데. 신왕의 지식을 꼭 찾고 싶은데.'

이탄이 욕심을 부렸다.

이 바다 어딘가에는 분명히 신왕의 지식도 남아 있을 터였다.

'인연이 닿으면 내 손에 들어오겠지.'

이탄이 눈을 번뜩였다. 그리곤 더욱 빠르게 물방울들을 훑었다.

45일째 되는 날.

이탄은 기억을 스캔하다가 독특한 지식 하나를 맞닥뜨렸다.

알블—롭의 역대 현자들 가운데 유독 스피네 족에게 관심을 두었던 선조가 존재했다. 그 선조는 방대한 영력과 마나를 이용하여 스피네 무리에게 다양한 실험을 했다. 그 결과 아주 희박한 확률로 변종 스피네가 탄생한다는 사실을 알아내었다.

동족을 무수히 잡아먹고, 지능이 높은 알블—롭 일족마저 잡아먹은 스피네가 특별한 탈피 과정을 여덟 차례에 걸쳐서 끝마치고 나면, 몸통의 색깔이 초록색으로 변하면서 스피네의 지능이 급속도로 높아지고 마법마저 익힐 수 있다는 사실이었다.

선대 현자는 이러한 변종 스피네를 무려 열 마리나 인위적으로 만들어내었다.

당시만 해도 세상에는 음차원의 마나가 넘실거렸다. 녹색 스피네가 제아무리 지능이 높아지고 마나를 다룬다고 해도 선대 현자의 통제를 벗어나지는 못했다.

선대 현자는 이 열 마리의 변종 스피네를 계속해서 키웠다. 그녀는 심지어 지능이 높은 타 종족들을 납치하여 변종 스피네의 먹이로 제공했다. 급기야 귀족의 시체마저 이 변종 스피네에게 먹였다.

Chapter 4

질 좋은 먹이(?)를 섭취하면서 무럭무럭 자라난 열 마리의 변종 스피네는 어느 날 갑자기 자신들끼리 싸움을 벌였다.

피 튀기는 혈투 끝에 변종 스피네 가운데 아홉 마리가 죽었다. 나머지 한 마리가 동족 아홉 마리를 모조리 잡아먹었다.

이 승리자는 장장 100일에 걸쳐서 아홉 번째 탈피를 감행했다. 마침내 녹색 스피네가 껍질을 벗자 사과처럼 붉은 홍색 스피네가 탄생했다.

2미터 크기의 홍색 스피네는 선대 현자조차 감당하기 힘들 정도로 강한 기세를 뿜어내었다. 홍색 스피네가 발휘하는 마법적 권능은 현자나 대모의 수준을 뛰어넘어 삼신녀에 버금갈 정도였다.

선대 현자는 자신이 감당 못 할 사고를 쳤다는 사실을 비로소 깨달았다.

선대 현자가 홍색 스피네의 존재를 동료 현자들에게 알렸다. 대모들과 삼신녀에게도 솔직하게 자신이 벌인 일을 고백했다.

그 순간 홍색 스피네가 선대 현자에게 달려들어 그녀의 심장을 파먹었다. 선대 현자가 평생을 쌓아온 음차원의 마나도 모두 빼앗아 갔다. 현자마저 잡아먹은 뒤, 홍색 스피네는 마침내 열 번째 탈피에 돌입했다.

홍색 스피네가 선대 현자를 잡아먹은 직후, 삼신녀와 호위 전사들이 들이닥쳤다. 홍색 스피네는 탈피를 황급히 중단하고 전력을 다해 삼신녀와 싸웠다.

삼신녀는 홍색 스피네의 무시무시한 권능에 놀랐다. 초강자들의 전투에 숲이 부서졌다. 대지가 쪼개졌다.

당시에 동원된 수백 명의 호위 전사들은 홍색 스피네가 도망치지 못하도록 마법의 결계를 여섯 겹으로 쳤다.

홍색 스피네는 그 결계 속에 갇힌 채 삼신녀와 계속 부딪쳤다.

홍색 스피네가 제아무리 강하다고 해도 신녀 3명을 동시에 상대할 정도는 아니었다. 결국 홍색 스피네가 12개의 다리를 모두 잃고 그 자리에 주저앉았다. 삼신녀는 홍색 스피네를 꽁꽁 포박하여 알블—롭의 터전으로 끌고 갔다.

그 후 알블—롭의 현자들이 홍색 스피네에 대해서 철저히 연구했다. 현자들은 홍색 스피네의 껍질을 벗겨 신형 방어구를 만들었다. 홍색 스피네의 독을 추출하여 무기를 제작했다. 홍색 스피네의 마법을 캐내 새로운 마법 주문도 구현했다.

연일 계속되는 생체실험에 홍색 스피네가 몸부림쳤다.

이탄이 얻은 것은 딱 이때까지의 기록이었다.

'이런. 중요한 정보가 빠졌잖아? 홍색 스피네가 무사히 열 번째 탈피까지 마쳤다면 어떻게 진화했을까? 과연 어떤 권능을 가지게 되었을까?'

이탄은 이 점이 궁금했다.

'성벽 전장에서 도망친 녹색 스피네 말이야. 그놈을 붙잡아서 한번 실험을 계속해볼까? 홍색까지 만든 다음, 거기서 한 단계를 더 진화시켜보고 싶어지네.'

이탄이 섬뜩한 생각을 품었다.

알블—롭 일족이 알면 자지러지게 놀랄 생각이었다.

다시 시간이 흘렀다.

54일째 되던 날, 이탄은 오래 전에 활동했던 신녀의 기억과 맞닥뜨렸다. 신왕을 직접 섬겼던 신녀였다.

이탄은 모처럼 기대를 품었으나, 곧 그의 얼굴에 실망감이 퍼졌다.

'쳇. 이건 권능에 대한 지식이 아니라 단순한 일상사잖아.'

이탄은 신경질적으로 물방울을 터뜨린 다음, 다른 물방울들을 탐색했다. 아쉽게도 이날은 계속 허탕이었다.

다음 날.

이탄은 알블—롭의 시조들 가운데 한 명의 기억을 찾아냈다. 이 시조의 기억을 통해 이탄은 몇 가지 새로운 사실들을 깨달았다.

알블—롭이라는 이름 가운데 '알블'은 나무를 뜻했다. '롭'은 늑대를 의미했다. 그러니까 알블—롭은 나무늑대족인 셈이었다.

'옳거니.'

이탄은 과연 그 이름이 어울린다고 생각했다.

이어서 이탄은 알블—롭 일족이 처음 번성을 시작했던 행성의 정보를 엿보게 되었다.

원래 이 행성은 산과 계곡이 풍부한 반면 황무지나 사막도 꽤 넓게 펼쳐져 있었다. 그런데 알블—롭의 선조들이 영토를 넓혀가면서 황무지나 사막이 사라지고 점차 나무가 늘게 되었다.

알블―롭의 초창기 신녀와 대모들이 지극 정성으로 숲을 가꿨다. 대지 위에 나무의 힘을 퍼뜨렸다.

그렇게 애를 써도 도저히 나무가 자라지 않는 지역도 존재했다. 황폐화된 어느 계곡도 그중 하나였다.

당시 알블―롭을 이끌던 시조는 이 황폐화된 계곡의 비밀을 파헤치기 위해서 계곡 아래쪽을 탐사했다.

그러다 그만 계곡 깊은 밑바닥에서 휘몰아치는 칼바람을 맞닥뜨렸다.

당시 시조의 권능은 지금의 귀족들 이상이었다. 특히 나무 속성을 이용한 방어력과 민첩성은 몇 개 행성의 몬스터들 가운데 시조를 따를 자가 없었다. 시조의 능력은 단연 최상위권이었다.

그런 시조도 계곡 밑바닥의 기괴한 칼바람은 감당하지 못했다. 시조는 갑자기 밀어닥친 칼바람에 휘말려 온몸에 구멍이 숭숭 뚫렸다. 결국 피투성이가 된 시조가 정신을 잃고 계곡의 틈새로 추락했다.

빛 한 점 들지 않는 컴컴한 땅 속에서 알블―롭의 시조가 간신히 눈을 떴다. 시조의 코앞에 네모반듯한 암석이 우뚝 솟아 있었다.

시조는 가물거리는 눈으로 암석을 바라보았다.

암석 위에는 복잡하게 선이 그어져 있었다. 암석의 크기는 그리 크지 않았으되, 왠지 모르게 벽 같은 느낌이 들었다.

그 기억을 끝으로 시조는 목숨을 잃었다.

시조의 기억 속 마지막 장면을 목격한 순간, 이탄이 펄쩍 뛰었다.

'어헉? 언령의 벽이다. 역시 이곳 차원에도 언령의 벽이 존재했어. 이야호!'

이탄의 심장이 쿵쾅쿵쾅 두방망이질 쳤다.

이탄은 언데드인지라 심장이 뛸 이유는 없었다. 딱히 피를 통해 세포에 산소를 공급할 까닭이 없는 탓이었다.

그래도 이탄의 심장은 인간보다 다소 느린 박동으로 뛰곤 했는데, 이는 이탄이 언데드라는 사실을 숨기기 위해서 의식적으로 심장을 가동하기 때문이었다.

한데 지금은 이탄이 일부러 심장을 가동한 것이 아니었다. 이탄이 잔뜩 흥분하자 심장이 저절로 쿵닥쿵닥 뛰놀았다.

이탄이 이곳 그릇된 차원으로 건너온 이유가 무엇이던가? '혹시 이 차원에도 언령의 벽이나 아조브 같은 것들이 존재할지 몰라.'라는 생각이 이탄을 이곳으로 이끌었다.

이탄은 막연한 육감에 따라 차원을 넘어왔다. 그 무모하고도 충동적인 행동이 드디어 빛을 발했다.

Chapter 5

'이건 인연이야. 나와 언령의 벽 사이에 인연이 있나 봐.'

이탄은 언령의 벽과의 인연을 확신했다. 그릇된 차원의 언령의 벽이 이탄을 끌어당겼을 것이라는 게 이탄의 생각이었다.

그게 사실이건 아니건 상관없었다. 어쨌거나 이제 이탄은 언령의 벽에 대한 단서를 찾았다.

바로 이 점이 중요했다.

'알블—롭 일족이 처음 기원한 행성. 그곳을 찾아가야 해. 그 지역의 깊은 계곡 밑바닥에 언령의 벽이 있다고.'

이탄이 두 주먹을 꽈악 움켜쥐었다. 지금까지 이탄이 기억의 바다에서 얻은 지식 가운데 오늘 얻은 정보가 가장 중요했다.

'만약 내가 언령의 벽을 얻는 데 방해하는 세력이 있다면 결코 그냥 두지 않는다. 언령의 벽은 내 거야.'

다른 것이라면 모를까, 이탄은 언령의 벽을 타인의 손에 넘길 생각이 단연코 없었다. 언령의 벽을 얻는 데 방해자가 있다면 모조리 찢어죽일 생각이었다.

그게 누구건 상관없이.

반드시.

이탄이 기억의 바다 속을 표류한 지 벌써 65일이 지났다. 이탄에게 주어진 시간이 절반도 넘게 훌쩍 지나갔다.

물론 이 65일은 그냥 65일이 아니었다. 이탄의 권능으로 인하여 시간이 아주 느리게 흘렀기에 이탄이 체감한 시간은 65일보다 어마어마하게 길었다. 이탄은 흡사 자신이 신이 되어 하나의 문명이 생성되었다가 다시 소멸하는 과정을 지켜본 듯한 느낌이었다.

이렇게 오랜 시간 동안 이탄은 기억의 바다 전체 부피의 7분의 1 정도를 훑었다.

역대 그 누구도 이토록 넓은 영역을 탐색해내지 못했다. 신왕도 평생 동안 기억의 바다의 극히 일부만 훑었을 뿐이었다.

일족의 신으로 추앙받는 신왕조차 그럴 정도였다. 기억의 바다가 내포하고 있는 방대한 지식을 접하면 세상 그 누구라도 혀를 내두를 수밖에 없었다.

한데 이탄은 단 60일 만에 이 방대한 지식을 7분의 1이나 둘러보았다. 이런 기적이 가능했던 것은 이탄이 지닌 시간의 권능, 그리고 빠른 판단력 덕분이었다.

66일째 되던 날, 이탄은 알블—롭의 모든 이들이 찾고 싶어 하던 기억을 발견했다.

다름 아닌 신왕의 기억이었다.

신왕 프사이.

왕의 재목을 타고 태어난 자.

알블―롭의 일곱 귀족 가문의 지지를 받고 성장하였으며, 완전히 성장한 후에는 인근 종족의 왕 2명을 거꾸러뜨리고 그들의 심장을 뜯어먹은 자.

행성 몇 개를 겨우 차지하고 있던 알블―롭 일족을 그릇된 차원 전체로 퍼뜨린 자.

왕 중의 왕.

그릇된 차원 전체가 인정할 수밖에 없는 몇 명 되지 않는 진정한 왕.

당시 신왕의 힘은 그릇된 차원을 넘어서 동차원 북명 지역에까지 영향력을 미쳤다. 북명의 일부 대선인들이 신왕의 막대한 힘에 굴복하여 자신들의 술법을 버리고 신왕의 지식을 배웠다.

북명의 일부 술법사들이 음차원의 마나를 받아들이고 어둠에 물든 근원에는 바로 신왕의 그림자가 드리워 있었다.

얼마 전 언노운 월드 지하도시에서 비앙카를 공격했던 코이오스 가문도 신왕 프사이의 영향을 받아 변절한 자들 가운데 하나였다.

신왕 프사이는 그만큼 강한 왕이었다. 흉포한 몬스터들도 신왕 앞에선 벌벌 떨면서 오줌을 지렸다. 그릇된 차원의 여러 행성을 지배하던 강대한 종족들도 신왕 프사이와 부딪치는 것을 꺼려 했다.

　그 자신감이 신왕을 망쳤다.

　그릇된 차원의 진정한 왕들 가운데 몇몇은 거의 전설로만 그 위명이 전해지는 자들이었다.

　나라카.

　닉스.

　츠롭클.

　이 3명의 늙은 왕들이 대표적이었다.

　신왕 프사이가 부쩍 성장하여 그릇된 차원 전체에 명성을 드날릴 때에도 나라카, 닉스, 츠롭클은 등장하지 않았다.

　혈기 넘치는 젊은 왕들은 나라카와 같은 늙은 왕들이 이미 어딘가에서 죽었을 것이라고 여겼다. 혹은 늙은 왕들이 젊고 강한 신세대 왕들을 두려워하여 그릇된 차원 깊숙한 곳에 꽁꽁 숨었을 것이라고 판단했다.

　신왕 프사이도 늙은 왕을 두려워하지 않는 젊은 왕 가운데 한 명이었다. 신왕은 공공연하게 늙은 왕들을 겁쟁이라고 비난했다.

　그러던 어느 날, 나라카가 신왕을 찾아왔다.

신왕 프사이는 당당한 태도로 나라카와 맞섰다.

그 순간 핏빛으로 물든 나라카의 발톱이 신왕의 모든 방어구를 투과하여 신왕의 몸통을 직접 찢어놓았다. 나라카의 송곳니가 신왕의 투구를 투과하여 신왕의 두개골을 직접 으스러뜨렸다. 나라카의 헐떡이는 숨소리는 신왕을 섬기던 무리들을 미치게 만들었다. 늙은 왕 나라카가 휩쓸고 지나간 자리엔 아무것도 남지 않았다.

신왕 프사이는 나라카에게 잡아먹혔고, 신왕의 부하들은 모두 찢어발겨졌으며, 신왕이 다스리던 주행성은 나라카의 손짓 한 방에 그대로 으스러져 블랙홀로 변했다.

이탄은 물방울 속의 기억을 통해 이 엄청난 장면들을 지켜보았다.

물방울 속에는 신왕의 권능이 담겨 있지는 않았다.

대신 신왕 프사이가 전성기를 맞이했을 때 벌였던 전투들, 이웃 종족의 왕을 죽이고 잡아먹던 순간, 그리고 나라카에게 잡아먹히던 최후의 순간들이 생생하게 수록되어 있었다.

이탄은 나름 흥미롭게 신왕의 기억들을 탐색했다.

특히 나라카를 보았을 때 이탄의 눈이 샛노랗게 빛났다. 그것은 이탄이 악마사원의 유적지에서 얻은 나라카의 눈이었다.

열흘 뒤.

이탄은 신왕의 또 다른 기억 한 조각을 획득했다.

신왕 프사이가 이 기억 속에 남긴 것은 놀랍게도 북명과 관련이 깊었다. 또한 이탄과도 질긴 인연의 끈이 연결되었다.

알고 보니 신왕 프사이는 단순히 북명의 대선인들과 교류만 나눈 것이 아니었다. 한때 신왕 본인이 차원을 넘어서 동차원의 북명 지역에 직접 다녀왔다.

그것도 그냥 다녀온 것이 아니라 북명에서 무려 1백 년도 넘게 머물면서 대선인 행세를 했다.

당시에 신왕은 프사이라는 본명을 그대로 사용했다. 지금까지도 북명의 수도자들은 이 이름을 기억할 정도로 프사이는 유명한 대선인이었다.

'그 무렵 북명의 세력이나 가문들 가운데 프사이와 친분이 깊었던 곳이 있을 거야. 나중에 그곳들을 한번 조사해봐야겠어. 아마도 그 세력들은 프사이를 통해 어둠의 힘, 즉 음차원의 마나에 대한 지식들을 받아들였을 가능성이 커.'

이탄은 속으로 이렇게 다짐했다.

Chapter 6

그러나 이탄의 다짐은 얼마 지나지 않아 그 뇌리 속에서 싹 사라졌다. 신왕 프사이가 남긴 충격적인 지식 때문이었다.

지금 이탄이 접촉한 물방울 속에는 신왕 프사이가 북명 지역에서 가져온 술법서가 통째로 담긴 상태였다. 이탄은 술법서의 제목을 보는 순간 벼락에 감전이라도 된 듯이 부르르 몸을 떨었다.

<<광목토음(廣目土音)>>

이것은 술법서로 위장한 악보였다.

이탄이 비앙카에게 선물로 받은 광목화음.

알블—롭의 선대 귀족들이 북명 대선인으로부터 빼앗은 광목수음.

그리고 신왕 프사이가 남긴 광목토음에 이르기까지.

이탄은 이 일련의 악보들과 깊은 인연이 있는 것이 분명했다. 그렇지 않고서는 2개의 차원에 걸쳐서 이 신비로운 악보들이 차례로 이탄의 손에 들어올 리 없었다.

신왕의 기억에 따르면, 당시 그는 광목토음을 해석하기 위하여 끊임없이 연구했다. 하지만 끝내 이 술법서를 읽어내지는 못하였다.

다만 신왕은 [이 술법서에는 규칙적인 운율이 있다. 마치 노랫가락처럼 말이다.]라는 한 줄기의 깨달음을 물방울 속 기억에 담아두었다.

'햐아. 그래도 왕쯤 되니까 뭔가 다르구나. 신왕이 꽤 똑똑했었네.'

이탄은 나름 신왕의 영민함을 높이 평가했다.

만약 죽은 신왕이 이탄의 생각을 읽었다면 당장에 벌떡 일어나 이탄에게 [네가 뭔데 감히 신왕인 나를 평가질이냐?]라며 분노를 터뜨렸을 것이다.

어쨌거나 이탄은 광목토음의 내용을 뇌리에 담아두었다. 그가 지금 당장 세 권의 악보, 즉 광목화음, 광목수음, 광목토음을 연구할 시간은 없으니 기억만 해둘 뿐이었다. 이어서 이탄은 기억의 바다를 탐색하는 일을 계속했다.

다시 시간이 흘렀다.

76일째 되던 날 이탄이 운 좋게 광목토음을 발견한 이후로는 딱히 눈에 띄는 성과를 거두지 못했다. 하루하루 허탕만 쳤다.

물론 그 사이에도 이탄은 선대 신녀와 선대 현자들의 기억을 몇 개 건져 올렸다. 이탄에게 별로 도움이 될 만한 내용들은 아니었다.

그러다 99일째를 맞이했다. 이탄의 손에 신왕 프사이의 기억이 또 한 조각 들어왔다.

'오호라.'

이탄은 나름 쾌재를 불렀다. 기억의 조각 속에 그가 원하던 바가 들어있었기 때문이었다.

신왕 프사이는 원래 나무 속성을 자유롭게 다루었으며, 그 나무 속성에 동물의 영혼을 결합하여 토템을 만들어내곤 했다.

동차원의 잣대로 비교하면, 신왕의 토템은 그 하나하나가 완10급에서 선1급 사이의 위력을 발휘했다.

어찌 보면 신왕의 토템은 동차원의 부적병사와 비슷했다.

다만 부적병사처럼 일회용이 아니었다. 신왕의 토템은 부서지기 전까지는 횟수에 제한 없이 여러 번 사용이 가능하다는 것이 장점이었다.

여기까지는 이탄의 상식 범위 안에 들어왔다. 알블—롭에는 신왕과 같이 마법의 힘으로 토템을 만들어내는 귀족들이 종종 등장했기에 신왕의 지식이 아주 색다르지는 않았다.

한데 신왕은 여기서 한 발 더 나갔다. 자신의 토템에 동차원의 힘을 덧붙인 것이다.

예를 들어서 신왕은 토템 위에 법보 갑옷을 입히고 법보 무기를 쥐여주었다. 또한 토템들로 하여금 현묘한 진법을 구축하게 만들어 적을 보다 효과적으로 공격했다.

신왕이 나무 속성의 토템을 만들어낸 것은 마법적 능력이었다.

신왕이 그 토템에 동물의 영혼을 결합하여 능동적으로 움직이게끔 만든 것은 영혼을 컨트롤하는 권능이었다.

신왕이 토템을 소환할 때 토템에게 공격용 법보와 방어용 법보를 부여한 것은 소환 술법의 일종이었다.

신왕의 토템들이 연합하여 구축한 '천랑회진'은 신왕 스스로 만들어낸 독특한 진법이었다. 일단 이 천랑회진이 발동하면 신왕의 토템들은 혼력으로 이루어진 유령 늑대들을 수도 없이 생산한다. 이 유령 늑대들이 나선형으로 빙글빙글 돌면서 적에게 시간차 공격을 퍼붓는데, 그 위력이 자못 대단하여 대선인도 감당하기 힘들 정도였다.

결국 천랑회진은 마법력과 영혼력, 술법, 그리고 진법이 하나로 융합되어 만들어진 독특한 권능이었다.

천랑회진을 개발한 이후로 고대의 북명에서는 신왕과 그가 우르르 몰고 다니는 토템 군단을 두려워하지 않는 이가 없었다.

이탄이 물방울 속에서 얻은 지식이 바로 이 '천랑회진'

이었다. 그리고 천랑회진 속에는 '토템 제작술'과 '법보 소환술'도 함께 깃들어 있었다.

아마도 알블—롭의 귀족 가운데 누군가가 기억의 바다에서 천랑회진을 발견하였다면, 그는 펄쩍펄쩍 뛰면서 기쁨에 겨워 눈물을 흘렸을 것이다. 혹은 북명의 선인이 천랑회진을 얻은 경우에도 엄청나게 기뻐했을 게 뻔했다.

이탄의 입장은 조금 달랐다.

'물론 천랑회진 진법 자체는 괜찮아. 비록 이 진법이 우리 금강수라종의 칠채공작진이나 음양종의 거신강림대진에 비하면 수준이 떨어지지만, 그래도 한 번 관심을 둘 만은 해. 다만 토템은 좀 그러네. 내 손으로 직접 적을 때려죽여야지, 그 재미난 일을 왜 토템에게 맡기지? 거 참, 소환술사들의 방식은 영 이해할 수가 없어. 쯧쯧쯧.'

이탄은 청랑회진 자체는 마음에 들었다. 다만 토템을 부려서 적들을 공격한다는 점이 마음에 들지 않았다.

하긴, 이런 희한한 성격 때문에 이탄이 언데드들을 활용하지 않는 것이다.

이탄은 모든 언데드들의 정점인 듀라한이다. 그가 마음만 먹으면 네크로맨서처럼 죽은 시체를 일으켜 세울 수도 있고, 좀비나 구울과 같은 언데드들을 부리는 것도 가능했다. 리치처럼 대량의 언데드를 지휘하는 것은 어렵지만 듀라한의 권능만으로도 어지간한 네크로맨서보다는 나았다.

하지만 이탄은 이쪽 방면으로는 눈길도 주지 않았다.

두 가지 이유 때문이었다.

첫째, 이탄은 스스로 언데드이기를 거부했다. 세상에서 이탄이 가장 꺼리는 바가 듀라한이라는 사실을 들키는 일이었다.

둘째, 이탄은 다른 존재들을 부려서 적과 싸우는 것을 싫어했다. 자신의 손으로 적을 직접 부수고, 꺾고, 찢어버려야 직성이 풀리는 것이 바로 이탄의 성격이었다.

그러니 신왕의 토템 제작술이 탐탁지 않을 수밖에.

'뭐 그래도 알아두면 나쁠 것은 없지. 여차하면 토템을 부려서 적들이 도망치지 못하도록 가둬둘 수는 있잖아?'

이탄은 좋게 생각하기로 마음먹었다.

제6화
플라모 족의 공습

Chapter 1

하루가 또 흘렀다.

이날은 이탄이 기억의 바다에 들어온 지 딱 100일째 되는 날이었다. 지난 100일 동안 이탄은 시간을 3천만 배 이상 느리게 흘러가도록 시간의 권능을 발휘하였다. 그 결과 이탄은 기억의 바다를 7분의 2나 탐색해냈다.

알블—롭의 역대 그 어떤 귀족도 이렇게 넓은 영역을 탐색한 경우는 없었다. 기억의 바다의 7분의 2가 아니라 1만분의 1을 탐색한 자도 전무했다. 물론 여기에는 신왕 프사이도 포함되었다.

그런 의미에서 이탄은 새로운 역사를 써내려 가는 셈이

었다.

　'앞으로 25일 남았지? 남은 기간 동안 최선을 다해보
자.'

　이탄은 '100일을 맞이한 기념으로 좀 더 열심히 탐색해
보리라.'고 스스로에게 다짐했다. 그 다음 또 다른 전공을
세워서 기억의 바다에 다시 들어올 생각이었다. 그리고 먼
장래에는 기억의 바다를 통째로 뇌리 속에 담아가겠다는
것이 이탄의 속내였다.

　'그렇게 최후의 한 방울까지 뽕을 뽑아먹은 뒤에는 알블
―롭이 처음 시작되었던 그 행성으로 가야지. 거기서 언령
의 벽을 찾아야 해.'

　이탄의 머릿속에선 일련의 계획들이 착착 세워졌다.

　1. 남은 25일간 기억의 바다 최대한 탐색하기.
　2. 추후에 기억의 바다 완전 정복하기.
　3. 언령의 벽 찾아가기 등등등.

　이탄은 이와 같은 계획표를 머릿속으로 그렸다.
　한데 이 계획에 변동이 생겼다.
　이탄이 기억의 바다에서 100일째를 맞이한 그 날, 알블
―롭 일족은 또다시 풍파에 휘말렸다.

지금으로부터 3개월 전 이탄은 스피네 족의 공습으로부터 성벽을 지켜내었다. 대모가 그 공로를 인정하여 이탄에게 12,530점이라는 어마어마한 전공 점수를 주었고, 이탄은 이 가운데 12,500점을 차감하여 기억의 바다에서 총 125일간 머물게 되었다.

단, 알블—롭이 위기에 처하면 이탄은 그 즉시 기억의 바다에서 돌아와서 알블—롭 일족을 도와야 했다.

이것이 현자와 이탄이 맺은 계약 조건이었다.

이 계약 조건에 따라 현자가 이탄을 기억의 바다에서 강제로 건져 올렸다.

이탄은 내심 현자가 괘씸했으나, 꾹 참았다. 기억의 바다에 들어갈 수 있는 유일한 열쇠가 바로 현자인 까닭이었다.

현자가 황급히 상황을 설명했다.

[우리 일족이 또다시 위기를 맞닥뜨렸어요. 나는 계약에 따라 당신에게 요구합니다. 우리 알블—롭을 위해서 당신의 힘을 빌려주세요. 그런 이후에 남은 25일의 대가를 다시 지불할 겝니다.]

[이번 위기를 넘긴 이후에 다시 나를 기억의 바다에 들여보내 준다는 뜻이오? 남은 25일 동안?]

이탄이 현자에게 따져 물었다.

[맞습니다. 바로 그 뜻입니다.]

현자가 곧바로 대답했다.

지금 현자는 위기상황 때문에 마음이 조급하여 깨닫지 못했지만, 이탄은 이제 더 이상 떠듬떠듬 단어 몇 마디로만 질문하지 않았다. 마치 태어날 때부터 알블―롭 일족인 것처럼 자유롭게 의사소통했다.

이탄이 고개를 주억거렸다.

[좋소. 그렇다면 계약대로 알블―롭을 도우리다. 이번엔 무슨 위기가 터진 거요? 설마 스피네 무리가 또다시 성벽을 공격하는 거요?]

[아니. 100일 전의 전면전 이후로 스피네는 조용해요. 대신 반대쪽에서 일이 터졌죠. 강 건너편에서 플라모 놈들이 준동했어요.]

[흐음.]

이탄이 팔짱을 꼈다.

[플라모에 대해서는 들어본 적이 없죠? 플라모 놈들은 원래…….]

현자가 종알종알 입을 놀려 플라모 일족의 특징을 설명했다.

이탄은 현자의 말을 듣기보다는 머릿속을 뒤져서 플라모에 대한 정보를 끄집어내었다. 이탄이 기억의 바다에서 건져 올린 정보들 중에는 플라모 일족을 묘사한 것도 꽤 많았다.

간단히 설명해서 플라모 일족은 붉은 깃털의 조인족이었다.

다만 언노운 월드의 조인족과 달리 플라모들은 어둠의 힘에 깊게 물들었으며, 생김새도 언노운 월드의 조인족에 비해서 좀 더 몬스터에 가까웠다.

그렇다고 플라모를 단순한 몬스터로 치부할 수는 없었다. 그들은 알블—롭에 버금갈 정도로 지능이 높았다. 문명도 상당히 발달했다.

이탄은 머릿속으로 이 일대의 세력 분포를 떠올렸다.

'알블—롭 일족의 나무 군락을 중심으로 서쪽에는 기다랗게 성벽이 늘어서 있지. 성벽 너머 더 서편에는 광활한 숲이 형성되어 있고 말이야. 물론 성벽 안쪽도 숲이 계속되지만.'

반대편으로 고개를 돌려 알블—롭 일족의 나무 군락을 통과하여 동쪽으로 계속 가면 강이 하나 나온다.

이 강의 이름이 플라모였다.

플라모 일족은 강 건너 절벽지대에 동굴을 파고 그 속에서 생활했다.

괴변이 터지기 전, 알블—롭 일족은 단단한 껍질을 가진 스피네를 앞세워서 플라모 일족과 영역 다툼을 벌였다.

그 무렵만 해도 플라모는 감히 알블―롭 일족에게 전면전을 걸어오지는 못했다. 그저 빠른 비행 실력을 이용하여 기습적 약탈만 벌일 뿐이었다.

알블―롭은 숲을 기반으로 삼는 종족이었다.

플라모들은 강이 주 서식지였다.

따라서 서로의 영역을 침범하지 않고 살 수 있을 것 같았으나, 문제는 플라모들의 특성이었다.

조인족의 일종인 플라모는 번식기가 되면 타 종족을 붙잡아 그 뱃속에 알을 낳곤 했다. 그러면 플라모의 알이 타 종족, 즉 숙주의 피와 살을 흡수하여 무럭무럭 자라는 방식이었다.

이때 숙주가 강하면 강할수록 좋았다. 플라모의 새끼가 강자의 생명력을 흡수한 뒤 알에서 깨어나면, 부화와 동시에 상당한 수준의 영력을 가지기 때문이었다.

번식기가 되면 플라모들은 어떻게든 알블―롭 전사들을 납치하여 그 뱃속에 알을 낳고 싶어 했다.

물론 전사가 아니라 귀족을 납치할 수 있으면 더 좋겠지만, 이건 거의 불가능했다. 알블―롭의 귀족들은 정말 강하기 때문이었다.

Chapter 2

플라모 일족은 번식기가 되면 강을 건너와서 알블—롭 족을 납치하려 들었다. 알블—롭 일족도 그 시기만 되면 바짝 긴장하여 동쪽에 대한 경계를 철저히 했다.

이러한 관계는 괴변이 터진 이후에도 지속되었다.

괴변 이후 알블—롭의 귀족들과 전사들은 함부로 권능을 행사하지 못했다. 단 한 번만 권능을 사용해도 체내의 마나가 급속도로 닳다 보니 다들 몸을 사릴 수밖에 없었다.

그런데 플라모의 귀족들과 전사들도 알블—롭 일족과 같은 현상을 겪었다. 알블—롭이 약해진 만큼 플라모의 능력도 저하되었다.

때문에 알블—롭 일족은 동쪽 플라모 강 너머의 플라모 일족보다는 스피네 족에게 더 신경을 썼다. 스피네는 괴변 이후에도 능력이 줄어들지 않아서였다.

그렇게 알블—롭은 스피네와 싸우면서 전력이 퇴보했다.

반면 플라모는 원래의 전력을 그대로 유지했다.

알블—롭의 현자들은 이 사실을 잘 알고 있었다. 하여 서쪽 성벽에서 스피네 족과 혈투를 벌이는 와중에도 동쪽에 대한 경계를 소홀히 하지 않았다.

다만 플라모의 번식기가 본격적으로 돌아오기까지 아직 시간이 있어 상대적으로 안심하고 있었을 뿐이었다.

교활하게도 플라모들이 그 틈을 노렸다.

원래 플라모의 번식기는 3년 뒤였다.

한데 플라모들은 '3년 뒤에는 알블—롭 녀석들이 우리에게 신경을 잔뜩 곤두세울 거야. 그때가 우리의 번식기라는 사실을 녀석들도 잘 아니까.' 라고 판단하고는 예정보다 3년이나 앞당겨서 기습적인 공격을 감행했다.

플라모가 지금 시점을 노린 것은 나름 타당한 이유가 있었다.

3개월쯤 전 알블—롭 일족은 스피네 무리와 대대적인 전투를 벌였다. 사실 플라모 일족은 바로 그때 알블—롭의 후방을 공습하려고 기회를 엿봤다.

한데 알블—롭이 생각보다 적은 피해만으로 스피네 무리를 물리쳤다. 이탄의 도움 덕분이었다.

기회를 놓친 플라모는 조금 더 참고 인내했다.

그러다 알블—롭 일족이 성벽 보수 공사에 정신을 쏟는구나 싶을 때 갑자기 들이닥쳐 대대적인 공세를 퍼부었다.

지금 터진 전쟁이 바로 그것이었다.

이탄에게 전후사정을 설명하던 중, 현자가 다급히 얼굴을 구겼다.

[이런! 11번 나무 군락이 위험해요. 그곳의 방어선이 뚫렸다고요.]

현자가 나무옹이를 향해 손을 뻗었다.

현자의 손가락이 지목하자 옹이가 쩍 갈라지면서 나무 수액이 커다랗게 방울을 만들었다. 그 방울 속에서 늑대의 형상이 어른거렸다.

이윽고 수액 방울이 탁 터졌다. 나무 수액 속에서 날개 달린 늑대가 튀어나왔다.

크르르르, 우오오오오!

늑대는 털을 빳빳하게 곤두세우고는 낮게 으르렁거렸다. 그러다 고개를 하늘로 치켜들고 거칠게 울부짖었다.

이탄이 현자의 곁에서 휙 뛰어내렸다. 이탄은 바닥에 착지하는 것과 동시에 날개 달린 늑대의 등에 올라탔다.

현자가 손가락으로 남쪽 하늘을 지목했다.

[가라. 어서 이탄 님을 11번 나무 군락으로 실어 날라.]

크헝!

현자의 명이 떨어지자마자 날개 달린 늑대가 하늘로 날아올랐다.

날개 달린 늑대는 동차원의 비행 법보보다 더 빠르게 이탄을 실어 날랐다.

빠른 비행 속도 때문에 이탄의 머리카락이 세차게 휘날

렸다. 상공에 부는 강풍이 이탄의 옷깃을 펄럭이며 지나갔다. 지상의 풍경이 이탄의 발밑으로 휙휙 다가왔다가 쏜살같이 뒤로 멀어졌다.

얼마 후, 날개 달린 늑대가 구름을 뚫고 하강했다.

저 아래 거대한 나무 군락이 보였다. 지금 나무 군락의 일부가 시뻘건 화마에 휘감겨 타오르는 중이었다.

화르륵, 화르르륵.

불길이 거세게 일었다. 나무 타는 소리가 하늘까지 들리는 듯했다. 붉은 화마 위로는 시커먼 연기가 뭉게뭉게 피어올랐다.

나무 군락 상공에는 피처럼 붉은 깃털을 가진 괴인들이 공격을 퍼붓는 중이었다. 다름 아닌 플라모 일족이었다.

플라모 전사들의 등에는 2미터 크기의 날개가 매달렸는데, 그 날개에 박힌 붉은 깃털들이 바람을 타고 휙휙 쏘아졌다.

붉은 깃털 하나하나가 강궁에서 쏘아진 화살과 같았다.

쌔애액—, 쌔애액—.

무서운 속도로 내리꽂힌 깃털이 알블—롭 전사들의 가슴과 머리에 퍽퍽 꽂혔다. 알블—롭의 전사들은 중무장을 하고 뛰쳐나오다가 얼굴에 깃털을 맞고 고꾸라졌다.

일부 전사들은 능숙하게 방패를 들어 깃털을 막았다.

그 순간 붉은 깃털이 방패 위에서 폭발했다.

[이이익.]

강한 폭발력에 알블─롭 전사들이 주춤 밀렸다.

바로 그때였다. 폭발했던 깃털의 잔해가 화살촉 모양으로 뾰족하게 다시 뭉쳤다. 그리곤 방패를 우회하여 알블─롭 전사의 목줄기에 그대로 틀어박혔다.

[끄윽, 꾸르륵.]

알블─롭 전사들이 목을 움켜잡고 무릎을 꿇었다.

이런 일들이 나무 군락 곳곳에서 자행되었다.

꽈르르르르─.

나무 군락 상공에 거대한 그림자가 드리웠다. 구름을 뚫고 높이 솟구쳤던 플라모의 거대조가 다시 구름 아래로 내려오면서 몸을 잔뜩 움츠렸다.

거대조의 목 부위가 풍선처럼 불룩하게 부풀었다.

플라모의 거대조는 머리부터 몸통까지 길이가 200미터나 되었다. 몸통 뒤에 매달린 길고 화려한 꼬리는 무려 300미터를 거뜬히 넘었다.

거대조의 날개는 총 넉 장이었는데, 이 가운데 두 장은 몸통 앞쪽에, 나머지 두 장은 꼬리 근처에 위치했다.

거대조의 깃털은 모두 피처럼 붉었다. 오직 머리 위의 벼슬만 하얀색으로 빛났다.

거대조의 등에는 붉은 날개를 가진 여인이 오만하게 팔짱을 끼고 서 있었다. 그녀가 플로모의 공격을 지휘하는 총사령관이었다.

여인의 입술은 피처럼 붉었다. 머리카락도 온통 붉은색이었다. 하늘을 향해 길게 뻗은 눈썹도 붉었는데, 눈썹이 머리카락만큼이나 길어서 흡사 곤충의 더듬이처럼 보였다.

Chapter 3

더듬이 여인이 굽어보는 가운데 거대조가 움츠렸던 목을 곧게 펴면서 부리를 쩍 벌렸다.

콰콰콰콰콰!

거대조의 입에서 발사된 화염의 기둥이 메테오처럼 긴 꼬리를 만들며 알블—롭 일족의 나무 군락을 향해 날아갔다.

[피햇!]

[아, 안 돼애애—.]

알블—롭의 전사들이 비명을 질렀다.

쿠와아아아앙!

무시무시한 굉음이 터졌다. 거대조가 쏘아낸 화염의 기

둥은 나무 군락의 일부를 작살 냈다. 화염이 수백 미터 높이로 치솟았다. 검은 연기가 뭉클뭉클 솟구쳤다.

플라모 일족의 여전사 한 명이 거대조의 곁으로 휘익 날아올랐다.

[에리스 신녀님, 알블—롭의 귀족들이 보이지 않습니다. 아무래도 지난번 스피네 족과 싸우면서 알블—롭의 귀족들이 큰 피해를 입은 듯합니다.]

거대조의 등에서 팔짱을 끼고 있던 여인이 여전사를 향해 고개를 돌렸다. 거대조를 조종하는 이 여인이 바로 플라모 족을 이끄는 에리스 신녀였다.

[방심하지 마라. 알블—롭은 저력이 있는 종족이다. 게다가 3개월 전에는 나의 예상을 깨고 스피네 무리들을 거뜬히 물리쳤어. 아직 알블—롭의 주력부대가 나타나지 않았다.]

에리스는 냉정하게 쏘아붙인 다음, 거대조를 움직여 다시 구름 위로 솟구쳤다.

에리스가 다시 구름 위로 물러나는 동안, 플라모의 전사들은 시뻘건 화염 주변을 뱅글뱅글 선회했다. 그러면서 그들은 붉은 깃털들을 소나기처럼 발사했다.

[으아악.]

[크윽.]

불을 끄기 위해 모여든 알블—롭 족인들이 붉은 깃털에 맞아 무수히 죽었다.

결국 대모가 나섰다.

우우우우웅.

나무 군락 전체가 갑자기 유령의 울음소리를 내면서 크게 떨었다. 나무 군락 가운데 깊게 팬 구멍 속에서 군락의 대모가 양손을 하늘로 들었다.

대모의 상체는 풍만한 여인이었고, 머리카락은 나뭇가지였으며, 하반신은 나무와 일체를 이루었다.

대모의 두 눈이 파란 보석처럼 빛났다. 대모의 입술은 연신 괴상한 주문을 외웠다. 주문이 거의 끝날 즈음, 대모가 입을 쩍 벌리고 송곳니를 드러내며 괴성을 질렀다.

[캬아악—.]

순간 하늘이 어둑해졌다.

콰르르르—.

알블—롭 나무 군락의 상공에는 시커먼 먹장구름이 회오리치면서 몰려들었다. 먹장구름은 이내 빗방울을 쏟아놓기 시작했다.

대모는 마법으로 비를 불러오는 것과 동시에 벼락도 준비했다.

콰르릉! 콰릉!

먹장구름 사이에서 번뜩이던 전하가 대모의 손짓에 따라 집결했다. 그렇게 모인 전하가 벼락이 되어 플라모 전사들의 몸통에 떨어졌다.

[끄악!]

벼락을 맞은 플라모 전사들이 비명과 함께 추락했다.

그 순간 구름 위에서 에리스 신녀가 코웃음을 쳤다.

[흥.]

에리스의 의지에 따라 거대조가 다시 구름 아래로 낙하했다. 넉 장의 날개를 접고 빠르게 하강한 거대조는 알블—롭의 대모를 향해 부리를 쩍 벌렸다.

콰콰콰콰콰!

거대조의 부리로부터 발사된 화염의 기둥이 메테오처럼 긴 꼬리를 만들며 떨어졌다.

[이이익.]

나무 구멍 속에서 대모가 입술을 질끈 깨물었다.

그러자 대모의 심장 부위가 시퍼렇게 빛을 뿜었다. 대모의 몸 주변에 둥실 떠서 위성처럼 빙글빙글 회전하던 음혼석들이 대모의 심장과 반응하여 파란 빛을 방출했다.

6개의 음혼석에서 방출된 음차원의 마나가 대모의 마나와 하나로 합쳐졌다. 대모는 그 마나를 쥐어짜서 강력한 마법을 발휘했다.

후오오오웅!

나무 군락 위에 직경 1킬로미터나 되는 푸른 돔(Dome)이 형성되었다. 플라모 족 거대조가 쏘아 보낸 화염의 기둥은 이 푸른 돔 위에 작렬했다.

엄청난 꽝음이 터졌다. 푸른 돔은 금방이라도 깨질 듯이 뒤흔들렸다. 돔 위쪽으로 시뻘건 불길이 퍼져나가는 모습이 환상처럼 연출되었다. 돔의 옆면을 타고 불똥들이 수도 없이 미끄러졌다.

에리스는 여전히 팔짱을 풀지 않았다. 그저 턱짓으로 거대조를 조종할 뿐이었다.

거대조가 넉 장의 날개를 펄럭여서 허공을 크게 한 바퀴 선회했다. 그러면서 목을 잔뜩 움츠렸다.

거대조의 목이 불룩하게 부풀었다. 이것은 거대조의 체내에 들끓고 있는 화염을 모으기 위한 예비동작이었다.

거대조가 워낙 커서 예비동작이 느리게 보였으나, 실제로 거대조의 행동은 생각보다 빨랐다.

어느새 거대조가 허공에서 방향을 틀었다. 부리도 쩍 벌렸다.

콰르르르르—.

무시무시한 불기둥이 푸른 돔을 향해 무섭게 날아왔다.

화염의 기둥이 날아오면서 주변 공기를 강하게 데웠다.

그 열기에 의해 공기가 일그러지고 아지랑이가 피어올랐다.

화염의 기둥 작렬!

쿠와아아앙!

푸른 돔이 미친 듯이 뒤흔들렸다. 대모의 몸 주변을 맴돌던 음혼석 6개가 동시에 터져나갔다.

[커헉.]

나무 구멍 속에서 대모가 피를 울컥 토했다. 힘차게 하늘로 솟구쳤던 대모의 머리카락이 힘을 잃고 아래쪽으로 쳐졌다.

에리스가 눈을 살짝 빛냈다.

[화염의 기둥을 두 번이나 받아 내다니, 제법이구나.]

에리스는 다시 한 번 거대조를 선회 비행 시켰다. 거대조가 먹장구름 아래를 크게 한 바퀴 돌면서 체내의 화염을 한번 더 응집했다. 거대조의 목 부위가 크게 부풀었다.

대모는 동족들의 눈을 통해 그 모습을 목격했다. 대모의 표정이 급격히 어두워졌다.

'세 번은 버티기 힘들어. 세 번째 불기둥이 떨어지면 돔이 부서질 게야.'

이곳 11번 군락에는 30만에 육박하는 전사들이 있었다.

하지만 전사들만으로는 플라모 족을 막기 불가능했다.

특히 저 거대조를 조종하는 에리스 신녀에게는 어림도 없었다.

에리스를 막으려면 최소한 귀족들이 나서야 했다. 그것도 한두 명의 귀족이 아니라 적어도 10명 이상의 귀족이 필요했다.

Chapter 4

문제는 이곳 11번 나무 군락의 귀족 20여 명이 모두 부상 중이라는 점이었다. 이곳 군락의 귀족들은 3개월 전 스피네 족이 성벽을 공격할 때 그걸 막다가 크게 다쳤다. 당시에 죽은 귀족도 2명이나 되었다.

[지원군. 지원군은 대체 언제 오는 게야?]

나무 구멍 속에서 대모가 악을 썼다.

플라모 족의 거대조가 마침내 세 번째 화염의 기둥을 날렸다.

콰콰콰콰콰!

무시무시하게 날아온 화염의 기둥이 가까스로 버티던 푸른 돔을 완전히 박살 냈다.

[크하악.]

대모가 피를 뿜으며 상체를 뒤로 젖혔다. 돔이 깨지면서 그 충격이 대모에게 고스란히 전달되었다.

화염의 기둥은 푸른 돔을 깨뜨리고도 힘이 남아 나무 군락 일부를 또 불태웠다.

푸른 돔이 깨지는 틈을 노려 플라모 전사들이 휙휙 날아들었다. 플라모 전사들은 이제 안심하고 저공비행했다. 전쟁 초반에는 원거리에서 깃털만 날리더니, 이제 지상 가까이 내려와 본격적인 학살을 자행하려는 모양이었다.

알블―롭 전사들의 얼굴이 하얗게 질렸다. 그들은 죽음을 각오한 듯 포효하며 본 모습을 드러내었다.

[크허엉, 다 죽여 버린다.]

[이 간악한 새대가리 새끼들아, 같이 죽자.]

알블―롭 전사들의 머리가 늑대로 변했다. 그들의 몸에는 뻣뻣한 털이 흉하게 돋아났다.

플라모 전사들은 알블―롭 전사들을 놀리기라도 하는 것처럼 살짝 비행 고도를 높였다. 그리곤 알블―롭 전사들을 향해 붉은 깃털을 쏘았다.

퓨퓨퓨퓨퓻!

하늘에서 붉은 깃털이 화살처럼 쏟아졌다.

알블―롭 전사들이 방패로 막으면 붉은 깃털이 펑! 하고 터졌다가 옆으로 우회하면서 전사들의 목을 찔렀다.

[아아아.]

대모가 절망으로 울부짖었다. 대모의 파란 눈꼬리에서 붉은 피눈물이 흘렀다.

그때였다.

크헝!

한 줄기 우렁찬 포효와 함께 나무 군락 남쪽으로부터 늑대 한 마리가 벼락처럼 뛰어왔다. 송아지처럼 커다란 늑대였다.

늑대는 지상에 한 줄기 질풍을 만들며 들이닥치더니, 갑자기 나무 군락 위로 뛰어올랐다. 허공에서 늑대의 털이 크게 부풀었다. 동시에 늑대의 온몸에서 희끄무레한 것들이 분리되었다.

이 희끄무레한 것들은 생김새가 늑대를 닮았다. 다만 머리와 앞발, 몸체는 있는데 뒷다리와 꼬리는 하얀 혜성의 꼬리처럼 생겼다.

이것은 늑대의 혼백이 뭉쳐서 형성된 영력늑대였다.

송아지처럼 커다란 늑대로부터 영력늑대 수십 마리가 분리되어 튀어나왔다. 이 영력늑대들은 바람처럼 날아올라 플라모 전사들에게 달려들었다.

퓨퓨퓻!

플라모 전사들이 영력늑대를 향해 붉은 깃털을 쏘았다.

괜한 짓이었다. 영력늑대는 실체가 없었다. 따라서 붉은 깃털을 맞아도 그냥 투과할 뿐이었다.

그렇게 적의 공격을 무력화시킨 다음, 영력늑대들이 빠르게 달려들어 플라모 전사들의 목덜미를 물어뜯었다.

크와앙, 크와아앙.

허공에서 늑대 포효소리가 울렸다.

분명히 영력늑대들은 실체가 없건만, 적의 목덜미를 물어뜯을 때는 또 실체가 있었다. 눈 깜짝할 사이에 플라모 전사들 수십 명이 떼죽음을 당했다. 영력늑대들이 적들을 해치운 다음 또 다른 희생양을 찾아 허공을 날았다.

플라모 일족의 선임전사들이 황급히 후퇴 명령을 내렸다.

[귀족이닷.]

[모두 피해.]

플라모 전사들이 영력늑대를 피해서 하늘 높이 날아올랐다.

11번 나무 군락의 대모가 크게 반겼다.

[코벨. 그대가 와줬군요.]

송아지 크기의 늑대가 두 발로 일어서더니 잿빛 머리카락의 중년 남성으로 변신했다. 이 사내가 바로 코벨이었다.

알블―롭 일족의 귀족이자 12번 나무 군락의 최강자.

[와아아, 코벨 님이 오셨다.]

[이제 플라모 새다가리들을 물리칠 수 있어.]

코벨의 지원 소식에 알블―롭 전사들이 크게 환호했다.

코벨은 이런 환호를 받을 만큼 무력이 뛰어난 강자였다. 단순히 전투력으로만 따지면 코벨은 알블―롭 일족 전체에서 능히 열 손가락 안에 들었다.

코벨에 이어서 또 다른 지원자가 나타났다.

후와아앙―.

11번 나무 군락 상공에 난데없이 회색빛 소용돌이가 몰아쳤다.

[으아아악―.]

[살려 줘.]

기습적인 소용돌이에 휘말려 플라모 전사 수십 명이 날개가 꺾였다. 정신없이 뒤로 날아간 플라모 전사들은 이내 두 팔을 허우적거리며 지상으로 추락했다.

그 아래쪽에는 분노에 가득한 알블―롭 전사들이 대기 중이었다. 알블―롭 전사들은 추락한 적들을 도끼로 퍽퍽 찍었다. 핏물이 낭자하게 튀었다.

회색빛 소용돌이는 한바탕 플라모 전사들을 휩쓸어 버린 뒤, 지상으로 뚝 떨어졌다. 소용돌이가 잦아들면서 그 속에서 회색 머리카락의 사내가 등장했다. 키가 2미터도 넘는 장신의 사내였다.

[슈이림!]

대모가 한 번 더 반색을 했다.

사내의 이름은 슈이림.

그는 6번 나무 군락의 귀족으로 코벨이나 타룬과 어깨를 나란히 하는 강자였다.

슈이림이 손가락을 빗처럼 사용하여 자신의 머리카락을 뒤로 넘겼다. 그리곤 고개를 들어 상공을 크게 선회 중인 플라모 거대조를 올려다보았다. 슈이림의 뇌는 거대조가 선회 중인 상공의 위치 좌표를 정확하게 가늠했다.

Chapter 5

마침내 슈이림이 좌표 계산을 마쳤다. 슈이림이 막 자신의 신체를 회색빛 소용돌이로 변형하여 거대조를 공격하려던 순간이었다.

크흥!

갑자기 구름 속에서 날개 달린 늑대가 뛰쳐나왔다. 늑대의 등에서 이탄이 벼락처럼 쏘아졌다.

끼아아앗?

거대조가 흠칫 놀랐다.

화가 난 거대조는 수백 미터나 되는 거대한 날개를 펄럭여 이탄을 단숨에 날려버리려 들었다.

이탄이 신발형 법보를 탁탁 차서 방향을 아래로 휙 꺾었다. 그 다음 다시 위로 빠르게 솟구치며 거대조의 배를 향해 달려들었다.

허공에서 V자로 비행하는 이탄의 속도가 어찌나 빨랐던지 순간적으로 거대조는 이탄의 행적을 놓쳤다.

[위험햇.]

에리스 신녀가 벼락처럼 손바닥을 뻗었다. 그녀의 손바닥에서 일어난 핏빛 방어막이 거대조의 몸통을 투과하여 복부 부위에 펼쳐졌다.

소용없었다.

뻐엉!

가죽 북 터지는 소리와 함께 에리스의 보호막이 그대로 찢겨 나갔다. 이탄의 오른팔이 순간적으로 18개로 불어나면서 핏빛 보호막을 찢고 거대조의 복부를 강타했다.

꾸웨에에엑.

거대조의 부리에서 엄청난 크기의 괴성이 터졌다.

거대조는 머리에서 몸통까지 크기가 무려 200미터나 되는 대형 생명체였다. 꼬리 길이까지 더하면 500미터가 넘었다.

그런 대형 괴조가 이탄의 주먹질 한 방에 1킬로미터 밖까지 날아가면서 배가 반으로 접혔다. 순간적으로 꼬리 깃털이 부리에 닿았다.

에리스는 거대조의 등에서 튕겨져 나갔다가 가까스로 거대조의 깃털을 붙잡았다.

이탄이 신발형 비행 법보를 탁탁 두드렸다.

화살처럼 쏘아진 이탄의 몸뚱어리가 눈 깜짝할 사이에 거대조에게 따라붙었다. 이탄의 무심한 눈과 마주치는 순간 거대조의 눈동자가 오싹 굳었다.

이탄은 머리가 18개에 팔다리가 각각 36개인 괴물수라로 변했다.

백팔수라 제2식 수라군림 발현!

콰콰콰쾅!

허공에 질풍이 몰아쳤다. 거대한 수라의 그림자가 구름 위의 상공을 짓밟아 지배했다.

가공할 위력에 공간이 찌부러졌다. 먹장구름이 흩어졌다. 덕분에 지상의 알블―롭 전사들은 구름 위의 전투를 두 눈으로 똑똑히 지켜보게 되었다.

괴물수라가 플라모의 거대조에게 달려들었다.

[안 돼.]

에리스 신녀가 거대조를 보호하기 위하여 보호막을 세 겹이나 일으켰다.

괴물수라는 이 세 겹의 보호막을 단숨에 뚫어버린 뒤 36개의 주먹을 거대조의 몸통에 쑤셔 박았다.

끼야아아악!

거대조의 부리에서 비명이 터졌다. 거대조의 날개 넉 장 가운데 2개가 박살 났다. 왼쪽 반신을 잃은 거대조가 빙글빙글 회전하면서 추락했다.

[도망치지 못한다.]

이탄이 폭발적으로 그 뒤를 따라붙었다.

에리스는 황급히 거대조를 버리고 허공으로 날아올랐다.

이탄은 36개의 발을 번쩍 들었다가 그 발로 거대조의 복부를 걷어찼다.

뻐엉!

하늘에서 거대조의 배가 폭발했다. 뱃속에 담겨 있던 뜨거운 화염이 사방으로 넘실넘실 흩뿌려졌다.

그 모습이 마치 용암을 담은 거대한 가죽부대가 허공에서 터지면서 용암이 사방으로 분출하는 것 같았다.

거대조는 공포에 질린 눈으로 이탄을 바라보았다. 이때 이미 거대조의 의식은 가물가물하게 흐려지는 중이었다.

이탄이 허공에서 휘익 방향을 틀었다.

이탄은 신발형 비행 법보를 가동하여 직각으로 몸을 틀더니 눈 깜짝할 사이에 에리스 신녀를 덮쳤다.

[아앗!]

에리스는 심장이 철렁했다.

순간적으로 에리스의 앞에 화염의 벽이 화르륵 타올랐다.

이탄은 거침없이 화염의 벽을 뚫었다. 머리가 18개나 되고 팔다리가 36개인 이탄의 모습은 누가 봐도 끔찍한 괴물이었다. 그 괴물이 단숨에 플라모의 거대조를 격살하고 에리스 신녀에게 달려들었다.

[아아악, 신녀님. 피하세요.]

[안 돼애—.]

플라모 족의 전사들이 모두 다 깜짝 놀랐다.

에리스는 반사적으로 날개를 접고 아래로 뚝 낙하했다. 이탄이 오른손을 불쑥 뻗어 에리스의 머리카락을 낚아챘다.

[꺄악.]

에리스는 기겁을 하며 한 번 더 신체를 가속했다.

에리스가 아슬아슬하게 이탄의 손아귀를 벗어나 지상으로 떨어져 내렸다.

이탄은 머리를 아래로 두고 두 발을 하늘로 향한 채 곧장 에리스에게 쏘아져 나갔다.

[이이익.]

에리스는 어금니를 꽉 물고 붉은 날개를 활짝 폈다. 순간 에리스의 몸이 허공에서 팽이처럼 핑그르 돌더니, 위에서 낙하하는 이탄을 젖히고 다시 하늘로 솟구쳤다.

이 기가 막힌 비행술 앞에서 이탄도 감탄을 금치 못했다.

이탄이 다시 V자 모양으로 방향을 꺾어 에리스를 추격했다.

그때 이미 에리스는 이탄으로부터 수백 미터나 거리를 벌린 뒤였다. 에리스의 움직임은 플라모 족에서도 발군이었다. 이탄의 비행 법보가 아무리 뛰어나다고 하여도 에리스를 쫓아가기는 힘들었다.

결국 이탄이 에리스를 추격하면서 두 손을 가슴께로 모았다. 이탄의 손바닥 사이에 밝은 빛의 씨앗이 형성되었다.

파츠츠츠츠, 후웅!

눈 깜짝할 사이에 응집된 빛의 씨앗, 즉 광정이 수백 미터 밖의 에리스를 향해 득달했다.

[아악!]

에리스가 반사적으로 몸을 날렸다.

그때 이미 광정은 에리스의 어깨를 찢고 왼쪽 날개에 구멍을 뚫었다.

에리스가 잠시 정신을 잃었다. 에리스의 몸이 빙글빙글

돌면서 추락했다.

이탄이 추락지점을 예측하여 몸을 날렸다.

플라모 전사들도 에리스를 구하기 위해 일제히 날아왔다.

Chapter 6

10여 명의 플라모 전사들이 붉은 날개를 활짝 펴고 이탄의 앞을 가로막았다. 붉은 깃털들이 이탄을 향해 무수히 쏟아졌다.

이탄은 방어도 하지 않았다. 속도도 줄이지 않았다. 그대로 에리스를 향해 날아갈 뿐이었다.

[이노옴.]

[신녀님을 노리려면 먼저 우리부터 뚫어라.]

플라모 전사들이 이탄을 향해 악을 썼다. 그들이 날린 붉은 깃털들이 온 사방에서 이탄을 찔렀다.

무모한 짓이었다. 붉은 깃털들은 이내 100배의 반탄력으로 튕겨져 나와 폭발했다.

그렇게 터진 붉은 깃털들이 허공에서 다시 뭉쳤다. 화살촉 모양의 깃털들이 우회하여 이탄의 뒤통수를 찔렀다.

이탄은 막지 않았다.

깃털들이 또 폭발했다. 잔해가 사방으로 날아갔다.

이탄은 앞을 가로막은 플라모 전사 10명을 온몸으로 뚫었다.

콰앙!

폭음 소리와 함께 플라모 전사 10명이 한 줌의 핏물로 변했다.

또 다른 플라모 전사들이 이탄의 앞을 막았다.

콰앙!

또 폭음이 터졌다. 새로 달려든 전사들도 모두 온몸이 폭발하여 허공에 피 안개를 뿌렸다.

이탄은 무수히 달려드는 적들을 핏물로 만들어 버렸다. 그러면서도 이탄의 돌파 속도는 전혀 느려지지 않았다.

무기로 찔러 죽이는 것도 아니고, 몸으로 그냥 돌파를 해 버리는 이탄의 무지막지한 모습에 다들 기가 질렸다. 플라모 전사들의 눈이 공포에 질렸다.

그런데도 플라모 전사들은 이탄의 앞을 꾸역꾸역 막았다. 자신의 몸뚱어리를 내던져서라도 신녀 에리스를 구하려는 것이다.

이탄은 적들의 신념을 비웃기라도 하듯 일말의 망설임도 없이 적들을 몸으로 관통했다. 그 다음 허둥지둥 도망치는 에리스를 향해 손을 뻗었다.

[꺄악!]

피투성이가 된 에리스가 비명을 질렀다.

에리스는 알블—롭 족에 이토록 무서운 자가 존재할 것이라고는 예상하지 못했다. 이탄의 무지막지함이 그녀를 패닉 상태에 몰아넣었다.

공포에 질린 탓에 에리스는 제대로 도망도 치지 못했다. 온몸이 굳어 그 자리에서 벌벌 떨고 움츠릴 뿐이었다.

그렇게 에리스가 이탄의 손에 붙잡히려는 찰나였다.

번쩍!

하늘에 섬광이 일었다.

그 섬광 속에서 금빛 그물이 나타나 에리스를 에워쌌다.

[리지스 님!]

에리스가 반색을 했다.

금빛 그물은 에리스의 몸을 에워싸는 것과 동시에 그 자리에서 화악 사라졌다. 마치 순간이동을 하는 것처럼 화아악!

'어랍쇼? 이것들 봐라?'

이탄은 눈앞에 나타난 금빛 그물이 순간이동과 관련된 마법이 아님을 알아챘다. 얼핏 보기에는 순간이동 마법처럼 보이지만, 사실 이것은 공간을 왜곡시키는 마격 언령, 즉 만자비문의 권능 가운데 하나였다.

이탄은 만자비문을 통째로 읽어내는 마격 존재였다. 만자비문의 진정한 주인이었다.

그런 이탄 앞에서 만자비문의 권능을 사용하는 것은 번데기 앞에서 주름을 잡는 격이었다. 이탄이 아주 살짝 의지만 일으켜도 상대의 만자비문은 힘을 잃을 것이다. 그 다음 왜곡되었던 공간이 다시 매끈하게 펴지면서 에리스를 이탄 앞에 토해놓을 수밖에 없었다.

단순히 그게 끝이 아니었다.

이탄이 마음만 먹으면, 감히 만자비문의 진정한 주인 앞에서 어쭙잖게 만자비문의 권능을 사용했던 그 리지스라는 여인도 처참하게 몸이 터질 처지였다.

한데 이탄은 권능을 사용하지 않았다. 그냥 에리스와 리지스를 놓아주었다.

일전에 녹색 스피네를 풀어주었던 것과 같은 이유에서였다.

'알블―롭 일족에게는 적들이 적당히 남아 있는 편이 좋아. 그래야 나를 계속 필요로 할 테고, 나도 원하는 바를 얻을 수 있지.'

이탄의 서늘한 눈이 에리스가 사라진 방향을 향했다.

'그나저나 언젠가는 저기도 한번 다녀와야겠네. 리지스라고 했지? 만자비문의 권능을 사용하는 여자를 한번 만나봐야겠어.'

이탄이 가볍게 입맛을 다셨다.

그러는 사이 플라모 전사들은 꽁지가 빠져라 동쪽으로 도망쳤다.

비록 적들이 물러나기는 하였으나, 알블―롭 일족이 입은 피해도 만만치 않았다. 11번 나무 군락의 현자는 일족의 일꾼들을 동원해서 화재부터 진압했다. 알블―롭 전사들은 미처 도망치지 못한 적병들을 잡아 죽이거나 포로로 붙잡았다.

한편 이탄은 대모의 초청을 받았다.

11번 나무 군락의 대모는 이탄이 이전에 만났던 1번 나무 군락의 대모와 생김새가 비슷했다.

[이탄이라고 했지요? 덕분에 적들을 물리쳤네요.]

대모는 대뜸 감사의 인사부터 했다. 이어서 고개를 돌려서 나머지 두 귀족, 즉 코벨과 슈이림에게도 고맙다는 마음을 전했다.

[고맙다니요. 마땅히 해야 할 일을 했을 뿐입니다.]

코벨이 고개를 가로저었다. 코벨은 영력늑대를 자유롭게 부리는 귀족이자 12번 나무 군락 소속이었다.

[맞습니다. 저희는 저희의 의무를 한 것뿐입니다. 그러니 굳이 대모님께서 그리 말씀하실 필요는 없습니다.]

슈이림도 코벨의 말에 동의했다.

슈이림은 신체를 회색빛 소용돌이로 변환하는 것이 주특기였다. 그는 주로 6번 나무 군락에 머물렀다.

두 귀족의 겸손한 태도에 대모가 빙그레 웃었다.

대모가 다시 이탄에게 시선을 돌렸다.

[혹시 계열을 물어도 될까요? 조금 전 전투에서 보여준 모습대로라면 신체변형 계열은 확실한 것 같은데요.]

조금 전 이탄은 알블—롭 일족들 앞에서 괴물수라를 선보였다. 그러니 알블—롭의 눈에는 이탄이 신체변형을 통해 괴물수라로 변신한 것이라 오해할 만했다.

이탄은 굳이 이들의 오해를 풀어줄 마음이 없었다.

[잘 보셨소.]

이탄은 입에 침도 바르지 않고 거짓말을 했다.

대모에 대한 이탄의 말투가 거슬렸는지 슈이림이 표정을 찌푸렸다. 하지만 딱히 이탄에게 뭐라고 하지는 않았다.

Chapter 7

분위기가 냉랭해지기 전에 대모가 질문을 이었다.

[하나는 신체변형이고, 다른 계열은 뭔가요? 혹시 마법인가요?]

이탄은 마법도 할 줄 알았다. 다른 마법들은 젬병이지만 아나테마 덕분에 저주마법은 상당히 뛰어났다. 금속마법도 내세울 만했다. 간철호 덕분에 흙 계열의 마법도 얼추 흉내는 내었다.

반면 영혼을 컨트롤하는 능력은 없었다.

이탄이 기다렸다는 듯이 대답했다.

[잘 보셨소. 마법이오.]

[내 짐작이 맞았군요. 신체변형과 마법이었어요. 오호호.]

대모가 고개를 주억거렸다.

두 귀족도 진지한 눈빛으로 이탄을 관찰했다.

이번에는 이탄이 대모에게 물었다.

[각 군락의 대모님들이 전공 점수를 산정해 주는 것으로 알고 있소. 혹시 조금 전 내가 세운 전공은 어느 군락의 대모에게 받아야 하오?]

대모가 빙그레 입꼬리를 끌어올렸다.

[아무 군락이나 상관없어요. 우리 11번 군락을 도와줬으니 지금 여기서 해드리죠.]

말이 떨어지기 무섭게 대모의 머리카락 한 다발이 이탄에게 뻗어 왔다.

이탄은 이제 이런 일이 익숙하여 별 거부감 없이 상대의 머리카락에 몸을 내맡겼다.

대모가 지그시 눈을 감았다. 대모의 눈꺼풀이 파르르 떨렸다.

잠시 후, 대모가 두 눈을 번쩍 떴다. 짧은 순간 대모의 눈동자가 새파란 보석처럼 번쩍였다.

[2,320점.]

대모의 입에서 이탄의 전공 점수가 튀어나왔다.

[응?]

이탄이 고개를 갸웃했다.

일전에 이탄이 녹색 스피네를 물리쳤을 때는 전공 점수가 무려 12,530점이나 되었다. 그런데 지금 플라모 일족을 물리친 점수는 고작 2,320점에 머물렀다. 점수가 5분의 1 미만으로 줄어든 셈이었다.

대모가 조곤조곤 이유를 알려주었다.

[이전에 1번 나무 군락에서 더 높은 전공 점수를 산정 받았죠? 오호호호. 그건 나도 알아요. 하지만 그때는 그대의 활약 덕분에 우리 알블—롭 일족의 12개 나무 군락이 한꺼번에 위기를 벗어났어요. 그래서 열두 곳의 군락으로부터 골고루 점수를 받았거든요. 그러나 지금은 우리 11번 나무 군락만이 그대의 도움을 받았죠. 그래서 점수가 낮아진 거예요. 호호호.]

[음. 그렇구려.]

이탄은 별 항의도 없이 대모의 말을 수긍했다. 머릿속으로는 기억의 바다에 다시 들어갈 생각에 골몰했다.

'전에 사용하다가 남겨 놓은 날짜가 25일이 있지. 그리고 오늘 산정 받은 전공 점수로 23일을 더 이용할 수 있어. 그러니까 기억의 바다에 총 48일간 들어갈 수 있구나. 그러고도 50점이 남아.'

이탄은 일단 이 정도로 만족했다.

대모가 묘한 눈빛으로 이탄을 응시했다.

[전에 받은 전공 점수는 전부 다 기억의 바다에 쏟아부었다죠?]

[그렇소.]

이탄이 선뜻 답했다.

대모가 다시 물었다.

[왜 그랬죠? 혹시 음혼석이 필요하지 않나요?]

[음혼석?]

이탄이 고개를 갸웃했다.

대모가 당연하다는 듯이 뇌까렸다.

[그대는 조금 전 체내의 마나를 소모해 가면서 비열한 플로모 족들과 치열한 전투를 벌였잖아요?]

[맞소.]

[그때 소모된 마나를 회복하려면 음혼석이 필요하잖아요. 전공 점수 가운데 일부를 차감하여 음혼석을 살 수 있어요.]

[아!]

이탄은 대모의 말뜻을 이해했다. 기억의 바다를 통해 획득한 지식이 이탄의 머릿속에서 빠르게 맴돌았다.

'맞아. 그릇된 차원은 음차원의 마나가 끊겼지. 그 괴변 때문에 이곳의 수인족들은 소모된 마나를 다시 보충하려면 타인의 마나를 강제로 빼앗든가, 아니면 음혼석과 같이 마나를 머금은 물체를 활용해야 해.'

이곳 차원에서 음혼석의 역할은 간씨 세가의 배터리와 비슷했다. 일단 마나를 소모하면 음혼석 등으로 다시 채워 넣어 주어야 했다.

사실 이 원칙은 그릇된 차원의 존재들에게만 적용될 뿐, 이탄에게는 딱히 음혼석이 필요 없었다. 지금 이 순간에도 이탄의 (진)마력순환로 속에서는 음차원의 마나가 복리로 불어나는 중이었다.

굳이 그게 아니더라도 이탄의 뱃속에는 음차원 자체가 통째로 들어차 있었다.

Chapter 8

'물론 내게는 음혼석이 필요 없지. 설령 그렇다고 하더라도 음혼석을 구매하지 않으면 의심을 받겠네. 하아아. 역시 조금이라도 음혼석을 사야겠지?'

모레툼 교단의 신관답게 이탄은 짠돌이였다. 별로 필요도 없는 음혼석에 전공 점수를 쓰려고 하니 눈물이 날 정도로 아까웠다.

이탄은 부들거리는 손을 애써 진정하며 대모에게 물었다.

[음혼석이 얼마요?]

[귀족이 사용할 만한 음혼석이라면 꽤 귀하죠. 보통은 상당한 양의 전공 점수를 차감하기 전에는 함부로 음혼석을 내주지 않아요.]

대모는 여기서 말을 끊은 뒤 이탄의 표정을 세심하게 살폈다.

이탄의 표정이 딱딱하게 굳었다. 필요도 없는 음혼석에 많은 점수를 쓰는 것이 싫어서였다.

대모는 다르게 생각했다. 이탄과 같은 용병에게 음혼석을 비싸게 부르는 것은 알블―롭 일족에게도 결코 도움이 되지 않았다.

'이탄이 음혼석을 필요로 하는 이유가 무엇이겠는가? 우리 알블—롭을 위해 싸우느라 음차원의 마나가 소모되었기 때문이 아니던가. 그런데 우리가 그에게 음혼석을 비싸게 부른다? 그럼 앞으로 이탄은 우리 알블—롭 일족이 위기에 처해도 마나를 아끼느라 건성으로 싸울 게 뻔해. 세상에 그것만큼 어리석은 짓도 없지.'

대모는 이렇게 머리를 굴리고는 이탄 앞에 손가락 한 개를 들어 보였다.

[귀족이 쓸 법한 중급의 음혼석 1개당 전공 점수를 10점 차감하죠. 중급 음혼석이면 어지간한 귀족도 10번 이상 마나를 다시 충전할 수 있어요.]

'1개 당 10점? 그럼 몇 개를 사야 하지?'

이탄이 묵묵히 머리를 굴렸다.

상대가 선뜻 대답이 없자 대모가 오해를 했다.

'혹시 10점이 너무 비싸다고 여기나? 아닌데. 엄청 싼 건데.'

대모가 서둘러 부연설명을 덧붙였다.

[중급 음혼석 1개당 전공 점수 10점이면 엄청난 특혜죠. 심지어 우리 알블—록 족인들에게도 그런 가격에 음혼석을 내주지는 않아요. 이것은 우리 일족을 위해 전투를 벌이느라 마나를 소모한 영웅들에게만 주는 혜택이에요. 당장

그대가 중급 음혼석을 가지고 다른 부족과 물물교환을 해 보면 알 거예요. 중급 음혼석 하나가 엄청난 가치를 가지고 있다니까요.]

대모의 말은 사실이었다. 요새 그릇된 차원에서는 음혼석이 화폐나 마찬가지였다. 부족끼리 물물교환을 할 때 가장 많이 사용되는 물품이 음혼석이고, 그 가치도 점점 더 높아지는 중이었다.

'호오? 그렇구나. 내가 나중에 이곳을 떠나서 알블—롭이 처음 시작되었던 행성을 찾아갈 때도 음혼석이 필요하겠어.'

이탄이 손가락 5개를 활짝 폈다.

[전공 점수 50점을 차감하여 중급 음혼석 5개와 바꾸고 싶소.]

[오호호. 내 그럴 줄 알았어요.]

대모가 그럴 줄 알았다는 듯이 웃었다.

그렇게 대모와 이탄, 그리고 2명의 귀족들이 담소를 나누고 있을 때였다. 대모의 뇌에 현자의 다급한 목소리가 전달되었다. 잠시 후, 대모는 눈빛을 번쩍 토하며 이탄 등을 돌아보았다.

[이런. 일이 또 터졌어요. 저 영악한 플라모 놈들이 이곳만 노린 것이 아니에요. 지금 10번 나무 군락에도 놈들이 쳐들어왔다는군요.]

[10번 나무 군락에도 마땅히 나설 만한 귀족이 없지 않습니까? 어떻게 놈들이 우리 알블―롭의 취약지역만 공격하는지 모르겠습니다.]

코벨이 얼굴을 찌푸렸다.

코벨의 말마따나 이건 쉽게 보아 넘길 일이 아니었다. 음차원의 마나가 끊기고 스피네 족의 공격이 거세지면서 알블―롭의 열두 나무 군락들 가운데 4번, 5번, 10번, 11번 나무 군락의 귀족들은 모두 죽었거나 혹은 부상이 심각한 상태였다.

그런데 플라모 일족은 11번 나무 군락에 이어서 10번 나무 군락도 공격했단다. 하필이면 알블―롭의 취약 지역만 찌른 셈이었다.

'혹시 내부 정보가 샜나?'

'내부에 플라모 놈들의 첩자가 있을까? 아니면 단순한 우연인가?'

대모과 코벨의 머릿속이 복잡해졌다.

슈이림이 손바닥으로 탁자를 내리치며 일어섰다.

[자세한 것은 나중에 다시 조사해도 됩니다. 우선은 10번 나무 군락으로 가봐야 하지 않겠습니까.]

[그렇군. 슈이림의 말씀이 맞네요. 두 분은 어서 10번 나무 군락으로 가보세요. 그리고 이탄 님.]

대모의 눈이 2명의 귀족을 거쳐서 이탄에게 향했다. 굳이 말로 하지 않아도 지금 대모가 무엇을 요청하는지는 뻔했다.

이탄이 자리를 털고 일어섰다.

[알겠소. 한 번 더 전공을 세워 보리다.]

[흥!]

옆에서 슈이림이 콧방귀를 뀌었다. 대모를 대하는 이탄의 말투가 영 거슬리는 탓이었다.

[가지.]

코벨이 커다란 늑대로 변신하여 먼저 출발했다.

[네. 코벨 님.]

슈이림도 회색빛 소용돌이로 변신하여 그 뒤를 따랐다.

마지막으로 이탄이 날개 달린 늑대의 등에 올라탔다.

제7화
10번 나무 군락

Chapter 1

코벨과 슈이림은 이탄보다도 더 속도가 빨랐다. 그들이 막 10번 나무 군락 남쪽 지역에 도착했을 때, 그들의 눈앞에 펼쳐진 풍경은 스산했다.

생생하던 나무가 시커멓게 물들어 죽어갔다. 무성하던 나뭇잎은 다 떨어져 앙상한 나뭇가지만 남았다.

죽은 나무 위에는 알블—롭 족인들의 시체가 듬성듬성 널려 있었다. 시체들 사이로 시커멓게 변색된 언데드들이 배회했다.

이 언데드들은 살아생전 알블—롭의 전사들이었다. 일족에 대한 자긍심과 충성심으로 똘똘 뭉친 전사들이 죽은 뒤 언데드로 부활하여 오히려 자신의 일족을 공격하는 것이다.

나무 군락 남쪽 하늘 아래엔 시커먼 구름 한 점이 떠 있었다. 그 구름 위에 새빨간 깃털로 몸을 뒤덮은 조인족 한 명이 앉아서 음산한 주문을 외웠다. 눈알이 유독 새빨갛고 피부는 창백한 조인족 노인이었다.

노인이 주문을 외울 때마다 검은 구름으로부터 시커먼 연기가 밀려왔다. 그리곤 쓰러져 있던 시체가 주섬주섬 일어나 새로운 언데드가 되었다.

특이한 점은, 이 해괴한 노인의 주위에는 사과만 한 돌덩이 11개가 위성처럼 둥실 떠서 빙글빙글 공전 중이라는 사실이었다. 이 돌덩이들이야말로 조인족 노인에게 음차원의 마나를 공급해주는 음혼석들이었다.

[길타!]

코벨이 신음하듯 내뱉었다.

[길타? 저자가 그 악명 높은 길타입니까?]

슈이림의 안색도 돌변했다.

코벨이 고개를 주억거렸다.

[맞네. 그 길타야. 플라모 족의 귀족들 가운데 최강자. 일인군단이라 불리는 바로 그놈일세.]

[으으음.]

슈이림이 침음을 삼키는 사이, 코벨은 어둑한 동쪽 하늘을 바라보았다.

먹장구름이 뒤덮인 동쪽 하늘 아래엔 새빨간 조인족이 사방으로 깃털을 날리는 중이었다. 조인족의 키는 거대해서 100미터는 너끈히 넘는 듯했다. 이 거대 조인족이 쏘아 낸 깃털은 마치 대형 발리스터에서 쏘아진 거대한 나무창처럼 알블―롭의 나무 군락을 단숨에 허물어뜨렸다.

콰앙! 쾅! 쾅!

나무 군락에 충격이 가해질 때마다 알블―롭 전사들의 비명이 난무했다.

무섭게 깃털을 날려대는 이 거대 조인족 또한 플라모의 귀족들 가운데 한 명이었다. 코벨이 상대방의 정체를 알아보았다.

[끄으응. 길타에서 이어서 세타까지 나섰구먼.]

[세타.]

슈이림이 입술을 꽉 깨물었다. 비록 길타에 비할 바는 아니지만 세타 또한 무시 못 할 강자였다.

이게 다가 아니었다.

슈와악, 슈왁, 슈와아악―.

나무 군락의 북쪽 지역에서는 귀청을 찢는 소리와 함께 시뻘건 빛무리가 포물선을 그리며 낙하했다.

알블—롭의 나무 군락에 떨어진 빛무리는 이내 사방으로 터져나가면서 주변 나무들을 붉은 빛으로 휘감았다.

그러자 멀쩡하던 나무줄기가 임산부 배처럼 불룩하게 부풀었다. 그 불룩한 부위가 탁 터지면서 곤충형 몬스터가 툭툭 튀어나왔다.

붉은 껍질로 중무장한 몬스터였다. 몬스터의 등에는 대형 낫처럼 생긴 다리 2개가 더듬이처럼 크게 돋아 있었다. 또한 등껍질 위에는 절규하는 노파의 얼굴이 흐릿하게 새겨져 있었다.

섬뜩하게 생긴 이 곤충형 몬스터는 알블—롭 전사들을 공격하거나 주변의 나무들을 갉아먹었다. 그들은 알블—롭 전사들의 공격에도 끄떡하지 않았다. 단단한 껍질로 밀고 들어와 수십 개의 다리로 알블—롭 전사들를 붙잡고 머리통부터 와작와작 깨먹기 시작했다.

코벨이 양손으로 자신의 머리카락을 움켜잡았다.

[젠장. 루꼴, 그 미친 할망구가 아직까지도 살아 있었다니.]

[헉! 루꼴.]

슈이림이 헛바람을 집어삼켰다.

루꼴은 길타와 더불어서 플라모 족의 양대 재앙이라 불리는 귀족이었다. 길타가 최근까지도 활동하는 것과 달리 루꼴은 꽤 긴 세월 동안 모습을 드러내지 않았다. 그래서 알블―롭의 현자들은 루꼴이 이미 죽었을 것이라고 조심스레 판단했다.

그 판단이 틀렸다.

루꼴은 아직 건재하였으며, 이번 기습 공격을 통해 자신의 존재감을 여실히 드러내었다. 길타가 일으켜 세운 언데드 군단보다 루꼴의 소환한 붉은 곤충들이 더 위협적으로 알블―롭의나무 군락을 무너뜨렸다.

플라모 일족은 10번 나무 군락에 귀족을 3명이나 보냈다. 그것도 일족의 최강자급들만 골라서 파병했다.

슈이림이 두 주먹을 부르르 떨었다.

[코벨 님. 적들이 강하다고 해서 우리가 물러설 수는 없습니다. 우리가 지원을 포기하는 순간, 저곳의 대모님과 현자님은 어떻게 되겠습니까?]

슈이림의 말이 맞았다. 알블―롭 일족의 대모와 현자는 나무 군락과 일체를 이룬 존재들이었다. 다른 족인들은 도망칠 수 있지만 대모와 현자는 군락이 무너질 때 함께 죽을 수밖에 없었다.

코벨이 이빨을 꽉 깨물었다.

슈이림의 말대로 귀족들이 지원을 포기하는 순간 10번 나무 군락의 대모와 현자는 죽은 목숨이었다. 아마도 적들은 대모와 현자를 뿌리째 뽑아서 자신들의 둥지로 데려간 뒤, 대모와 현자의 몸속에 알을 낳을 것이다.

그 알들이 대모와 현자 등이 보유한 음차원의 마나를 쪽쪽 빨아먹으며 부화하면, 플라모 일족은 더욱 강맹한 후대 귀족이나 후대 신녀를 얻게 되리라.

코벨은 어떻게든 이런 상황이 오는 것을 막고 싶었다.

'하지만! 하지만 어떻게 하냔 말이다. 나와 슈이림의 능력으로 길타, 세타, 루꼴과 싸웠다가는 모두 개죽음만 당할 뿐이야. 그리고 대모님과 현자뿐 아니라 나와 슈이림도 플라모 놈들에게 붙잡혀서 몸속에 강제로 알을 주입받게 될 게야. 크으윽.'

진퇴양난의 상황에서 코벨은 어금니만 뿌드득 갈 뿐이었다.

그러다 결국 코벨이 후퇴를 결심했다. 코벨의 뇌에서 고뇌에 가득 찬 뇌파가 튀어나왔다.

[도저히 안 되겠네. 우리 후퇴하세.]

[코벨 님!]

슈이림이 두 눈을 부릅떴다. 그의 주먹이 바들바들 떨렸다. 슈이림은 도저히 코벨의 결정을 따를 수 없었다.

'귀족인 우리가 어떻게 대모님과 현자님을 적의 손에 내팽개치고 도망친단 말인가. 이건 아니야. 안 돼.'

슈이림은 피가 뚝뚝 흐를 정도로 입술을 꽉 깨물었다.

바로 그 타이밍에 이탄이 도착했다.

Chapter 2

슈와악—.

이탄을 태운 늑대가 구름을 뚫고 나무 군락 상공으로 내리꽂혔다. 이탄은 구름을 뚫고 내려올 때부터 이미 적들을 파악했다.

'총 3명인가?'

적들은 3명이 아니었다. 어림잡아 계산해도 수천 명이 훌쩍 넘었다.

하지만 어지럽게 비행하며 붉은 깃털을 쏘아대는 플라모 전사들은 이탄의 눈에 들어오지도 않았다.

이탄이 염두에 둔 적들은 오로지 3명뿐.

나무 군락 남쪽, 검은 구름 위에 고고하게 앉아서 음산한 주문을 외는 노인이 그 첫 번째였다.

나무 군락 동쪽, 거대한 깃털을 펑펑 쏘아서 알블—롭의 방어선을 무너뜨리는 거대한 조인족이 그 두 번째였다.

그리고 마지막으로 나무 군락 북쪽, 붉은 곤충형 몬스터들을 대량으로 소환하여 알블—롭 일족을 빠르게 먹어치우는 노파가 그 세 번째였다.

이탄은 등장과 동시에 길타부터 덮쳤다.

이탄이 날개 달린 늑대의 등에서 토옹! 점프한 순간, 동심원 형태로 파문이 퍼져나갔다. 이탄의 주변 수백 미터 영역의 중력이 10배로 급증했다.

두웅!

중력의 급격한 변화는 적군과 아군을 가리지 않았다.

[크윽?]

어지럽게 비행 중이던 플라모 전사들이 허리가 삐끗하여 추락했다.

방패를 들고 플라모의 공격을 막아내던 알블—롭 전사들도 몸을 휘청거렸다. 일부는 무릎을 꿇거나 엉덩방아를 찧었다.

길타도 중력의 영향을 받았다.

검은 구름 위에 고고하게 앉아있던 길타의 몸이 기괴하게 옆으로 비틀렸다. 길타가 읊조리던 주문도 잠시 끊겼다.

하지만 길타는 다른 전사들과는 달랐다. 곧 몸을 회복하고는 무서운 눈으로 이탄을 노려보았다.

길타의 몸 주위를 맴돌던 음혼석들이 더욱 강한 광채를 내뿜었다.

쩌저저적!

음혼석에서 방출된 노란 빛이 마치 전기처럼 지그재그로 뻗어 나와 길타의 몸속으로 빨려 들어갔다.

길타가 창백하고 가느다란 손가락으로 이탄을 지목했다.

그때 이탄이 화악 몸을 가속했다. 순간적으로 이탄의 몸이 쭈우왁 늘어나는 것처럼 보였다.

백팔수라 제2식 수라군림 작렬!

머리가 18개에 팔다리가 각각 36개씩인 괴물수라가 질풍처럼 길타에게 달려들었다. 괴물수라의 발밑에서 구름이 뭉게뭉게 일어났다. 이탄의 오른팔 18개가 길타가 도망칠 만한 곳을 동시에 후려쳤다.

그 위력이 어찌나 강렬했던지 공기가 희박하게 흩어졌다. 길타의 주변 수십 미터 영역이 온통 진공 상태로 돌변했다.

아니, 그 정도를 넘어서 공간마저 처참하게 찢겨나갔다. 길타의 주변으로 공간의 균열이 쩍쩍 발생했다.

[헙!]

길타의 안색이 돌변했다.

길타는 벼락처럼 손가락을 놀렸다. 그의 검지와 새끼손가락이 오각형의 모양을 그렸다. 음혼석으로부터 빨아들인 음차원의 마나가 오각형 안으로 밀려들면서 어둑한 그림자를 내뿜었다.

부와아아악—.

길타가 만들어낸 오각형으로부터 시커먼 뼈들이 돋아나 벽을 만들었다. 검은 뼈다귀들이 무질서하게 얽혀서 만들어낸 벽이었다.

콰아앙!

거친 폭음과 함께 벽이 으스러졌다. 길타의 벽은 단단하기로 유명했으나 이탄의 공격을 막을 정도는 못 되었다.

깜짝 놀란 길타가 검은 구름을 조정하여 뒤로 후퇴했다.

하지만 이미 길타의 뒤쪽 공간은 마구 찢어져서 균열이 쩍쩍 간 상태였다. 공간의 균열과 스친 순간 길타의 등판이 균열과 똑같은 모양으로 쩍쩍 갈라졌다. 피가 튀고 길타의 척추가 드러났다.

[크악.]

길타가 황급히 다시 앞으로 몸을 빼냈다.

그곳에는 이미 이탄의 손 그림자 18개가 빠르게 날아드는 중이었다.

[치잇.]

결국 길타는 마법의 힘으로 순간이동을 해버렸다.

이탄의 손이 길타가 존재하던 곳을 폭풍처럼 휩쓸고 지나갔다. 길타의 주변을 공전하던 음혼석 11개가 이탄의 공격에 스쳐 그대로 가루가 되었다.

그때 이미 길타는 2킬로미터 동쪽의 나무 위로 순간이동한 상태였다.

[끄아아아악! 내 팔. 으아아아악, 내 팔.]

길타가 나무 꼭대기에 서서 괴성을 질렀다. 길타의 오른팔은 조금 전 이탄의 공격에 스치면서 핏물로 흩어진 상태였다.

후웅—.

이탄이 허공을 비행하는 드래곤처럼 확 방향을 틀었다.

어느새 이탄의 몸이 2킬로미터 밖의 길타를 쫓았다.

길타가 기겁을 하며 다시 순간이동했다. 길타는 이미 음혼석을 잃은 터라 체내에 뭉쳐놓았던 음차원의 마나를 소모할 수밖에 없었다.

이탄이 다시 한번 방향을 틀어 길타가 순간이동한 장소를 덮쳤다.

길타는 너무나 놀라서 심장이 터질 것 같았다.

'대체 어디서 이런 놈이 나타났단 말인가?'

하지만 길타가 의문을 품을 새도 없이 이탄의 손이 그를 후려쳤다. 길타의 주변 공간이 쩌저적 찢어졌다.

길타는 세 번째 순간이동을 했다.

순간이동은 마나 소모가 심한 마법이었다. 길타가 제아무리 뛰어난 귀족이라고 해도 순간이동을 한 번 사용할 때마다 체내의 마나가 4분의 1씩 쑥쑥 줄어들었다.

게다가 이탄이 어찌나 빨랐던지 길타가 순간이동을 해도 이탄의 추격을 떨쳐버리지 못했다.

[으헙?]

지금도 길타는 이탄의 손아귀에 스쳐서 날개 한쪽을 완전히 뜯겼다. 만약 길타의 네 번째 순간이동이 조금만 늦었더라면 날개가 아니라 머리가 뜯길 뻔했다. 길타가 부지불식간에 펼쳐 놓은 검은 뼈의 벽은 이탄의 손끝에 스치자마자 그대로 폭발해버렸다.

Chapter 3

세타가 길타를 구하기 위해 쿵쿵 걸어왔다.

세타는 키가 100미터가 넘는 거대 조인족이었다. 그가 다리를 벌려 발을 옮길 때마다 지축이 뒤흔들렸다. 세타가 쏘아낸 붉은 깃털은 소용돌이처럼 회전하면서 이탄에게 날아들었다.

딱!

이탄이 손가락을 튕겼다.

그 즉시 이탄에게 날아들던 수십 미터 길이의 깃털들이 박살 났다.

[으헙!]

세타가 깜짝 놀랐다.

이탄은 세타를 힐끗 한 번 노려본 다음, 곧바로 길타를
공격했다.

[조금만 기다려라. 너도 곧 찢어줄 테니.]

이탄의 으스스한 뇌까림이 세타의 뇌를 떨어 울렸다. 세
타는 자신도 모르게 부르르 몸서리를 쳤다.

길타는 몸서리를 치는 정도가 아니라 아예 딱딱하게 몸
이 굳어버렸다. 이제 길타의 마나는 거의 고갈되었다. 그는
무려 네 번이나 연달아 순간이동을 한 터라 더 이상 도망칠
기력도 없었다.

이탄이 그런 길타를 덮쳤다.

[안 돼애—.]

길타가 반사적으로 오각형을 그렸다. 그 오각형 속에서
검은 뼈가 후두둑 쏟아져 나와 길타의 앞에 단단한 벽을 만
들었다.

한 번 실패했던 수법을 또 다시 써먹을 정도로 길타는 마
음이 다급했다.

이탄은 온몸으로 뼈의 벽을 들이받았다.

벽이 폭발했다. 사방으로 휘날리는 파편 속에서 이탄의
손 그림자가 불쑥 튀어나와 길타를 붙잡았다.

[으아아아악.]

어찌나 놀라고 무서웠던지 순간적으로 길타의 심장이 멎었다. 길타는 입을 딱 벌려 비명을 질렀다.

그 비명이 채 목구멍을 통과하기도 전에 길타의 양쪽 어깨가 이탄의 손에 붙잡혔다. 이어서 세 번째 손이 길타의 머리통을 위에서 붙잡았다. 이탄의 또 다른 손들은 길타의 왼팔과 두 다리를 낚아챘다.

뿌득 소리와 함께 길타의 머리통이 몸에서 뽑혔다. 길타의 어깨가 찢어지면서 왼팔도 몸에서 이탈했다. 길타의 두 다리도 생으로 뽑혔다.

핏물이 촥 튀었다. 시뻘건 피 속에서 희끄무레한 것이 튀어나와 이탄의 뱃속으로 빨려 들어왔다.

이는 이탄도 예상하지 못했던 현상이었다.

원래 이탄은 북극의 별 마법으로 다른 사람이 보유한 음차원의 마나를 갈취하는 것이 가능했다.

하지만 지금 이탄은 북극의 별 마법을 펼치지 않았다. 그랬는데도 길타가 죽을 때 이 현상이 생겼다. 생전에 길타가 보유했던 음차원의 마나가 길타의 영혼과 뒤섞여서 이탄의 뱃속으로 흡수된 것이다.

'어헉.'

코벨이 화들짝 놀랐다.

'이, 이건!'

슈이림의 두 눈도 경악으로 물들었다.

조금 전 이탄과 길타 사이에서 벌어진 현상은, 마치 영혼을 컨트롤하는 상위의 귀족이 다른 사람의 영혼을 갈취하는 현상과 비슷해 보였다.

코벨과 슈이림이 서로의 얼굴을 마주 보았다.

[설마!]

[설마가 아닙니다. 분명히 저자가 영혼을 갈취한 것처럼 보였습니다. 그런데 이탄이라는 이방인은 신체변형과 마법에 특화된 자가 아닙니까?]

[그렇지. 신체변형을 통해 팔다리와 머리의 개수를 왕창 늘이는 모습을 자네도 보지 않았는가. 게다가 허공을 자유롭게 날아다니는 모습은 분명 비행 마법인 것 같으이. 그런데 저 이방인이 설마 영혼까지 다룬단 말인가?]

[허억! 3개의 특성이라니. 설마 저 이방인이 귀족이 아니라 왕의 재목이란 말입니까?]

코벨과 슈이림은 기함을 하다못해 아예 까무러칠 지경이었다.

왕의 재목.

이 네 글자가 주는 의미는 결코 범상치 않았다. 코벨과 슈이림은 두려움에 가득한 시선으로 이탄을 바라보았다.

그 눈빛을 아는지 모르는지, 이탄은 제 할 일만 했다. 이탄은 눈 깜짝할 사이에 길타를 찢어버린 뒤, 세타에게 시선을 돌렸다.

[으헉?]

세타가 자신도 모르게 몸을 움츠렸다.

이탄이 으스스하게 입꼬리를 끌어올렸다.

[내가 말했지. 너도 곧 찢어준다고.]

후우웅―.

이탄은 한 줄기 폭풍이 되어 세타에게 달려들었다.

원래 플라모 일족은 속도가 빠르기로 유명했다.

그에 비해서 알블―롭 일족은 상대적으로 플라모보다는 속도가 느렸다. 그리고 이탄은 알블―롭의 코벨이나 슈이림보다 더 느렸다.

하지만 이것은 장거리 비행을 할 때의 이야기였다. 근거리에서 이탄이 수라군림을 발현하면, 그 폭발적인 속도는 거의 순간이동에 맞먹었다.

게다가 세타는 힘은 세지만 민첩성은 떨어지는 편이었다. 세타가 허둥지둥 몸을 돌려 도망치려 들었다.

어느새 이탄이 시타를 따라잡았다.

퍼엉!

이탄이 도주하는 세타의 등을 그대로 뚫고 반대쪽으로

튀어나왔다. 그것도 그냥 몸만 관통한 것이 아니었다. 이탄은 세타의 몸을 관통하여 지나가면서 36개의 손으로 세타의 내장을 잡아 뜯었다.

[커허헉.]

세타가 검붉은 피를 왈칵 토했다. 세타의 부리가 고통으로 쩍 벌어졌다. 어찌나 충격이 컸던지 세타의 머리 위에 매달린 벼슬이 하얗게 질렸다.

세타는 반사적으로 붉은 깃털을 쏘았다. 온 사방을 향해 수십 미터 길이의 붉은 깃털이 쾅쾅 내리꽂혔다.

하지만 이탄에게는 단 한 발도 스치지 않았다. 이탄은 세타의 앞쪽으로 뚫고 나왔다가 다시 몸을 180도 돌렸다.

퍼엉!

이번에는 이탄이 세타의 가슴을 뚫고 들어가 등 쪽으로 튀어나왔다.

세타의 심장이 터졌다. 세타가 고통으로 부리를 쩍 벌렸다. 세타의 눈앞은 온통 새하얗게 물들었다.

Chapter 4

퍼엉!

이탄이 또다시 세타의 등을 뚫고 몸속으로 파고들었다가 복부 쪽으로 튀어나왔다.

쿠우웅.

마침내 세타가 무릎을 꿇었다.

세타의 거대한 몸이 주저앉자 땅이 움푹 팼다. 세타의 무릎 아래에 아름드리나무가 비명을 지르며 짓눌렸다.

이탄이 세타의 정면을 향해 다시 달려들었다.

백팔수라 제1식 수라초현 작열!

뻐어억!

살이 터지고 뼈가 으스러지는 소음과 함께 세타의 거대한 몸이 어육으로 다져졌다. 이미 세타의 혼백은 산산이 흩어진 상태였다.

세타의 시체는 거대한 고깃덩어리로 변한 채 대지에 엎어졌다. 그 시체에 깔려서 수백 그루의 나무가 부러지고 또 쪼개졌다.

길타에 이어서 세타도 단숨에 죽었다.

세타의 숨이 끊겼을 때도 길타가 죽었을 때와 동일한 현상이 발생했다. 세타의 체내에 축적되어 있던 음차원의 마나가 그의 혼백과 하나로 뒤섞여서 이탄의 뱃속으로 쪼르륵 빨려 들어왔다.

[저, 저, 저.]

어찌나 놀랐던지 코벨은 말을 잇지 못했다.

[이건 말도 안 돼. 왕의 재목이라니. 이 행성에 왕의 재목이 나타나다니.]

슈이림의 안색도 창백하게 질렸다.

플라모 일족은 코벨이나 슈이림보다 더 놀랐다. 특히 루꼴이 받은 충격은 어마어마했다.

[으으읏. 안 되겠다. 대체 어디서 저런 괴물이 튀어나온 게야?]

루꼴은 저런 초강자의 존재를 미리 알려주지 않은 플라모 정보부대를 욕했다. 그 다음 알블—롭의 나무 군락 공략을 포기한 채 뒤도 돌아보지 않고 도망쳤다.

루꼴이 소환했던 붉은 곤충들이 루꼴의 뒤를 따라 우르르 후퇴했다.

길타와 세타가 죽고 루꼴이 도주하는 판국이었다. 플라모 전사들도 겁을 집어먹고 구름 속으로 뿔뿔이 산개했다.

이탄은 플라모 전사들은 거들떠보지도 않았다.

[잡것들은 관심 없어. 하지만 너는 내 손에 죽어줘야겠다.]

이탄의 눈이 루꼴의 뒤를 집요하게 뒤쫓았다. 이탄이 판단하기에 루꼴을 마저 죽이면 분명히 높은 전공 점수를 받을 수 있을 것 같았다.

슈와악—.

어느새 날개 달린 늑대가 날아와 이탄의 발밑에 납죽 엎드렸다.

이탄이 늑대의 등에 휙 올라탔다.

[가자.]

늑대는 날개를 활짝 펴고 무서운 속도로 루꼴을 추격했다.

[어허헉. 안 돼. 안 돼.]

루꼴은 붉은 곤충의 등을 밟고 서서 붉은 지팡이로 허공을 찍었다. 그렇게 그녀가 한 번 지팡이로 찍을 때마다 루꼴을 태운 붉은 곤충이 수백 미터씩 쭉쭉 전진했다. 루꼴의 지팡이 끝에 매달린 커다란 눈알이 두려운 듯 이탄을 돌아보았다.

사실 루꼴은 이동속도가 빠른 편은 아니었다. 루꼴이 소환한 붉은 곤충도 속도가 아주 빠르지는 않았다.

더군다나 루꼴은 순간이동 마법도 쓸 줄 몰랐다. 루꼴의 꾸부정한 등을 타고 식은땀이 쫙 흘렀다.

날개 달린 늑대가 곧 루꼴을 따라잡았다.

[이이익, 물럿거라.]

루꼴이 고함을 질렀다.

빠카카카캉!

루꼴의 지팡이에서 튀어나온 붉은 벼락이 이탄을 때렸다.

　만약 루꼴이 물리적 공격을 퍼부었다면? 그 즉시 그녀는 100배의 반탄력에 의해 한 줌의 핏물로 변했을 것이다.

　다행히(?) 루꼴의 붉은 벼락은 물리적 공격이 아니라 마법 공격이었다. 이탄이 연마한 금강체 응용연공법은 모든 물리적 공격을 100배의 반탄력으로 튕겨내지만 마법 공격은 튕겨내지 못했다.

　대신 루꼴의 마법 공격도 이탄에게 타격을 입히지는 못하였다. 붉은 벼락은 이탄의 옷만 조금 태웠을 뿐 피부 위에서 힘없이 미끄러졌다.

　[으헉. 이럴 수가.]

　상대가 붉은 벼락을 맞고도 끄떡없자 루꼴이 헛바람을 집어삼켰다. 루꼴의 지팡이에 박힌 눈알은 기겁을 하며 도망칠 곳을 찾았다.

　그 어디에도 도망칠 구석이 보이지 않았다. 지팡이에 박힌 눈알이 어둡게 눈꺼풀을 껌뻑였다.

　후우왕—.

　이탄은 수라군림을 일으켜 눈 깜짝할 사이에 루꼴의 뒤를 따라잡았다.

　[이익. 막아랏.]

루꼴이 황급히 손을 수평으로 쓸었다.

그녀의 명령에 따라 루꼴의 뒤를 쫓아오던 붉은 곤충들이 타라라락 소리를 내면서 이탄에게 날아들었다.

몇몇 곤충들은 루꼴 앞에 똘똘 뭉쳐서 방패 역할을 맡았다.

크기가 2미터에 달하는 곤충들이 커다란 낫 형태의 발을 곤두세우며 달려드는 모습이 참으로 섬뜩했다.

루꼴이 피를 먹여서 키워낸 붉은 곤충은 그릇된 차원의 귀족들도 쉽게 해치우지 못할 만큼 껍질이 단단했다. 마법적 내성도 강해서 어지간한 마법은 통하지도 않았다.

그래 봤자 이탄 앞에서는 하찮은 벌레일 뿐이었다. 이탄과 몸이 스치는 즉시 곤충의 발이 100배의 힘으로 튕겨져 나가 펑펑 폭발했다. 곤충의 껍질이 가루로 변했다. 허공에 붉은 가루가 확 퍼졌다가 뒤로 휘말려 날아갔다.

이탄은 앞을 가로막는 붉은 곤충을 일직선으로 뚫어버린 뒤, 이어서 방패처럼 똘똘 뭉친 곤충들도 그대로 관통했다.

이탄이 허공을 지나갈 때 퍼퍽 소리만 둔탁하게 들렸을 뿐 이탄의 비행 속도는 단 0.1초도 느려지지 않았다.

제8화
기억의 바다 Ⅱ

Chapter 1

[아, 안 돼.]

루꼴이 입을 쩍 벌렸다.

콰직.

이탄의 손바닥이 루꼴의 두개골을 부쉈다. 하얀 뇌수가 산산이 터져 올랐다. 이어서 붉은 핏물이 사방으로 촤악 번졌다.

이탄의 또 다른 손바닥은 루꼴의 가슴을 뚫고 들어가 갈비뼈를 연달아 부쉈다. 이내 심장도 터뜨렸다.

루꼴의 좌우 어깨가, 루꼴의 팔다리가, 루꼴의 몸통이 어육으로 변했다. 루꼴은 마지막까지 비명도 제대로 지르지 못한 채 숨통이 끊겼다.

마지막 숨이 넘어갈 때, 루꼴이 보유했던 음차원의 마나가 그녀의 혼백과 뒤섞여서 이탄의 뱃속으로 흡입되었다.

코벨과 슈이림은 두려움에 가득한 눈으로 그 모습을 목격했다.

전투는 순식간에 종료되었다.

10번 나무 군락에 무거운 침묵이 내려앉았다.

포로로 붙잡힌 플라모 전사들도, 가까스로 적들을 물리친 알블—롭 전사들도 경악에 가득한 눈동자로 이탄을 바라보았다.

이탄은 수많은 시선 속에서도 무감각했다. 그저 땅바닥에 나뒹구는 루꼴의 지팡이를 묵묵히 집어들 뿐이었다.

지팡이 끝에 박힌 커다란 눈알이 두려움에 바들바들 떨었다.

전쟁이 끝난 뒤에도 이탄은 10번 나무 군락에서 닷새를 더 보냈다. 이탄뿐 아니라 지원을 나왔던 2명의 귀족, 코벨과 슈이림도 함께 머물렀다. 이들은 혹시라도 플라모 일족이 재침공할까 봐 5일을 더 주둔한 것이었다.

나무 군락에 머무는 동안 코벨과 슈이림은 먼 발치에서 이탄의 주변을 맴돌았다. 이탄을 바라보는 그들의 눈빛에는 경외감과 걱정이 동시에 어려 있었다.

10번 나무 군락의 대모와 현자도 마찬가지였다. 그녀들은 조심스럽게 이탄의 눈치를 살폈다.

다음 날.

이탄은 10번 나무 군락을 떠났다. 이곳에 올 때와 마찬가지로 이탄은 떠날 때도 날개 달린 늑대를 이용했다.

늑대가 1번 나무 군락을 향해 빠르게 하늘을 가로지르는 동안, 이탄은 손에 들린 음혼석을 빤히 내려다보았다.

음혼석은 흰색의 돌이었다. 하지만 내부에 노란 빛이 일렁거리고 있어서 노란색 돌처럼 보였다.

음혼석의 크기는 어린아이의 주먹만 했는데, 생김새는 한쪽 끝이 뾰족하고 다른 쪽이 뭉툭하여 물방울, 혹은 추를 닮았다.

그러나 물방울처럼 표면이 미끈하지는 않고 울퉁불퉁했다.

이탄은 손가락으로 음혼석을 쓰다듬었다.

파츠츠츳.

이탄의 손짓에 반응이라도 하듯 음혼석 내부의 노란빛이 이탄의 손가락을 따라 움직였다. 이탄의 감각에 미약하게나마 음차원의 마나가 잡혔다.

'아주 약하네. 흥. 고작 이 정도 마나로 뭘 하겠어?'

이탄이 코웃음을 쳤다.

중급 음혼석 하나에 담긴 마나양은 이탄의 기준에서는 아주 미약하기 그지없었다. 이 정도 마나는 이탄의 (진)마력순환로 한 가닥 속에서 1분 동안 복리로 불어나는 마나양보다도 더 적었다.

참고로 이탄은 이러한 (진)마력순환로가 한 가닥이 아니라 총 40,001가닥, 즉 40,001 중첩의 순환로를 지니고 있었다.

다시 말해서 이탄의 체내에서 1분 동안 저절로 불어나는 음차원의 마나의 양이 중급 음혼석 4만 개 속에 담긴 마나보다도 더 많다는 뜻이었다.

그러니 중급 음혼석이 이탄의 눈에 찰 리가 있나.

'쯧쯧쯧. 아깝구나, 아까워. 이런 허접한 물건에 전공 점수를 50점이나 쓰다니 말이야. 쯧쯧쯧쯧.'

이탄은 5개의 묵직한 돌덩이를 내려다보며 혀를 찼다.

그나마 이 음혼석으로 다른 물건과 물물교환을 할 수 있어서 다행이었다.

'나중에 기회가 되면 쓸 만한 물건으로 바꿔버려야지.'

이탄은 5개의 음혼속을 배낭 속에 쑤셔 넣었다.

이어서 이탄은 붉은 지팡이를 꺼내들었다. 루꼴을 죽이

고 빼앗은 이 지팡이는 다수의 마법을 담고 있었다. 그중에서도 붉은 곤충을 소환하는 마법과 붉은 벼락은 가장 위력이 강한 공격마법들이었다.

이탄은 딱히 이 지팡이가 필요하지는 않았다. 하지만 나중에 필요한 물품과 물물교환을 할 수 있을 것 같아서 일단 챙겨두었다.

코벨과 슈이림을 비롯한 알블—롭의 귀족들은 이탄의 손에 들어간 붉은 지팡이를 곁눈질하면서 입맛을 다셨다. 그들은 저 지팡이가 얼마나 귀중한 마법 아이템인지 너무나도 잘 알았다.

하지만 이탄의 무시무시한 실력을 목격한 이상 이탄의 손에서 지팡이를 뺏을 엄두는 나지 않았다.

Chapter 2

하루 뒤인 12월 25일.

마침내 이탄이 1번 나무 군락으로 복귀했다.

이탄은 군락에 도착함과 동시에 현자부터 찾아갔다. 이번에 받은 전공 점수를 차감하여 기억의 바다에 다시 들어가기 위함이었다.

솔직히 1번 나무 군락의 대모와 현자는 이탄에 대해서 좀 더 많은 것을 알기를 원했다. 그들은 이탄과 대화를 나누고 싶어 했다.

당연한 일이었다.

이탄은 플라모 일족의 신녀 에리스를 단숨에 물리쳤다. 이이서 플라모 일족의 최강자라 불리는 길타와 루꼴, 그리고 세타를 불과 몇 초 만에 참살했다.

이탄의 전투 장면을 곁에서 지켜보았던 코벨과 슈이림은 [아무래도 이탄이라는 이방인이 왕의 재목인 것 같습니다.] 라는 뇌파를 모든 대모와 현자들에게 보냈다.

왕의 재목.

이것이 주는 의미는 아주 컸다. 알블—롭 일족의 대모와 현자들의 입장에서는 이탄을 좀 더 파악해야만 했다.

이탄과 같은 초강자가 이곳에 왜 나타난 것인지?

이탄이 과연 알블—롭의 친구로 남을 것인지?

아니면 속에 다른 꿍꿍이를 품은 것인가?

현자들의 주 임무는 이러한 위험 요소를 미리 파악하는 것이었다. 당연히 현자는 이탄에게 이것저것을 물으려 했다.

이탄이 단호하게 질문을 차단했다.

결국 현자는 대화를 뒤로 미루고 이탄을 다시 기억의 바다 속으로 들여보내 주어야만 했다.

기억의 바다와 관련하여 이탄은 제법 많은 날짜를 약속받은 상태였다.

우선 이탄이 이전에 사용하고 남은 날짜가 25일이었다.

여기에 11번 나무 군락에서 받은 전공 점수까지 더하자 총 48일의 기간이 이탄에게 주어졌다.

그다음 이탄은 플라모 일족의 세 귀족, 즉 길타, 시타, 루꼴을 해치운 공로도 전공 점수로 산정 박았다. 이 점수가 총 2,200점이었다.

이상의 점수들을 모두 차감했을 때 이탄에게 주어진 기간은 총 70일이었다. 이탄은 70일 동안 최선을 다해 기억의 바다를 탐색할 요량이었다.

풍덩!

이탄이 바닷물 속으로 쑥 들어갔다.

넘실거리는 기억들이 이탄에게 물밀듯이 밀려들었다.

이탄은 우선 무한의 언령과 만자비문 가운데 시간과 관련된 권능을 사용했다. 그렇게 기억의 바다에 머무는 시간을 길게 늘여온 음 뒤, 이탄은 두 눈을 지그시 감고 바닷물 한 방울 한 방울들을 빠르게 읽어 내려갔다.

이탄은 별로 중요하지 않은 기억들은 빠르게 건너뛰었

다. 의미 있는 기억들은 좀 더 자세히 살폈다. 그러면서 동시에 다음 물방울도 미리 탐색했다.

이탄은 세 가지 일들을 동시에 해냈다.

하루, 이틀, 사흘…….

바닷속에서 시간이 하염없이 흘렀다.

이탄은 첫 열흘 동안 내리 허탕만 쳤다. 이어진 다음 열흘 동안도 이탄은 거의 얻은 바가 없었다.

지난 20일 동안 이탄은 어찌나 운이 없었던지 신녀나 귀족, 대모, 현자의 기억들을 만나지 못했다. 그저 알블―롭의 일반인이나 전사의 기억만 무수히 마주칠 뿐이었다.

이탄은 조급하게 굴지 않았다.

'어차피 내가 조급한다고 해서 원하는 것을 얻을 수는 없어.'

이탄은 묵묵히 기다릴 줄 알았다.

현명한 태도였다.

1월 13일.

드디어 이탄에게 하나의 의미 있는 기억이 찾아왔다.

벨린다라는 여자가 남긴 기억이었다.

벨린다는 신왕 프사이의 딸이었다.

그릇된 차원의 모든 왕들이 그러하듯이 신왕은 헤아릴

수 없이 많은 자식들을 두었으며, 또한 그 자식들 가운데 상당수를 스스로의 손으로 죽였다. 특히 왕의 자리에 위협이 될 만한 자식들은 여지없이 신왕의 손에 숨통이 끊겼다.

벨린다도 재능이 뛰어난 자식 가운데 하나였다.

만약 벨린다가 그릇된 차원에서 태어났다면, 그녀 또한 100년도 채 살지 못하고 부친의 손에 죽었을 것이다.

다행히 벨린다는 그릇된 차원 태생이 아니었다. 그녀는 북명에서 태어나 그곳에서 자랐다. 신왕 프사이가 한창 동차원에서 대선인으로 이름을 날릴 당시 여러 수인족 여인들이 신왕의 여자가 되었다.

그 여자들 가운데 한 명이 벨린다의 어미였다.

신왕은 벨린다가 태어났다는 사실조차 몰랐다. 벨린다의 어미는 신왕이 자식을 그리 좋아하지 않는다는 사실을 눈치채고는 현명하게도 벨린다의 임신 사실을 숨겼다.

어미의 배가 보름달처럼 부풀 무렵, 신왕은 북명의 대선인 노릇을 그만두고 그릇된 차원으로 돌아왔다.

Chapter 3

벨린다는 신왕이 북명을 떠난 이후에 태어나서 북명의

수인족 수도자로 지냈다. 신왕의 피를 이어받은 후계자답게 벨린다의 재능은 압권이었다.

벨린다는 태어날 때부터 금강수라종의 대선인에 버금갈 만큼 신체가 단단했다. 벨린다는 여섯 살의 나이에 주변의 영혼을 끌어당겨 부릴 줄 알았다.

여기에 북명의 술법이 더해졌다.

벨린다의 어미 또한 대선인급 수도자였다. 벨린다의 외조부 역시 북명의 내노라하는 세력의 대장로였다.

벨란다는 외조부와 어미로부터 술법을 배웠다. 거기에 영혼을 컨트롤하는 능력을 스스로 깨우쳤다.

벨린다가 다 성장했을 때, 그녀는 이미 북명에서 열 손가락 안에 꼽히는 대선인이 되어 있었다.

200년이라는 시간이 흐른 뒤, 벨린다는 북명의 무수한 별들을 물리치고 최강자의 자리를 차지했다.

벨린다는 북명을 대표하여 피사노교와 싸웠다. 남명의 오만한 대선인들과도 충돌했다. 당시 벨린다는 대선인을 뛰어넘어 북명의 여제나 다름없었다.

그런 벨린다가 북명을 떠났다.

핏줄의 이끌림 때문인지, 아니면 부친에 대한 원망 때문인지. 벨린다는 동차원에서 누리던 모든 것들을 내팽개친 채 그릇된 차원으로 넘어왔다.

벨린다의 몸속에는 비록 절반뿐이기는 하지만 알블―롭 일족의 피가 흘렀다. 벨린다는 엄연히 신왕의 혈통을 물려받은 왕족이었다. 벨린다는 그릇된 차원에 진입한 즉시 알블―롭 일족을 찾아가서 신왕에게 도전할 요량이었다. 자신을 버린 부친을 보기 좋게 꺾어버리겠다는 것이 벨린다의 포부였다.

그 의도는 시작부터 틀어졌다.

벨린다가 알블―롭을 찾아갔을 때 신왕은 이미 늙은 흉왕 나라카에게 처참하게 찢겨 잡아먹힌 뒤였다.

왕을 잃은 알블―롭 일족은 비참한 지경으로 전락했다.

어제의 친구들이 적이 되어 알블―롭의 보물들을 노렸다. 어제의 부하들이 도적으로 돌변하여 알블―롭의 뒤통수를 때렸다.

알블―롭의 신녀와 대모, 현자와 귀족들이 고군분투하며 싸웠다. 알블―롭은 용맹하고 강한 종족이었다.

하지만 적이 너무 많았다.

신왕이 건재했을 때는 적들이 겉으로 드러나지 않았다.

신왕이 죽고 나자 온 사방이 다 적이었다. 적들은 왕을 잃은 알블―롭 일족을 앞에서 물어뜯고 뒤에서 할퀴었다.

알블―롭은 헤아릴 수 없이 많은 행성을 지배하고 있었으나, 얼마 지나지 않아 그 영토를 다 잃고 쇠약해졌다.

신왕의 자식들이 가장 먼저 적들의 표적이 되었다.

신왕의 혈통은 쓸모가 많았다. 그 영혼을 제련하면 훌륭한 도구가 되었다. 그 피를 마시면 기력이 샘솟았다.

적들은 전쟁을 통해 신왕의 자식들을 붙잡아 잡아먹거나 혹은 영혼을 뽑아서 도구로 사용했다.

신왕 프사이가 남긴 핏줄들은 그렇게 대가 끊겼다.

그때 벨린다가 등장했다.

벨린다는 왕의 재목이었다. 그녀는 탄생과 동시에 신체 변형 능력을 지녔다. 여섯 살부터 영혼도 컨트롤했다. 여기에 술법마저 뛰어났다.

벨린다에게 부족했던 것은 오직 마법적 권능뿐.

그런데 벨린다가 그릇된 차원에 진입하자 마법의 힘이 저절로 그녀를 찾아왔다. 벨린다는 얼마 지나지 않아 세 가지 권능을 자유롭게 사용하고 여기에 술법마저 갖춘 왕의 재목이 되었다.

주인을 잃은 알블—롭 일족이 벨린다를 왕으로 추대했다.

벨린다도 알블—롭을 위해 최선을 다했다. 벨린다는 강적들과 맞서 싸우면서 일족을 지켰다. 나약해지려는 일족들도 강하게 다그쳐서 새로운 각오를 다지게끔 만들었다.

신왕 프사이가 나라카에게 죽은 이후에도 알블—롭 일족이 멸망하지 않았던 것은 모두 벨린다 덕분이었다.

이탄은 바로 이 벨린다가 남긴 기억을 손에 넣었다.

이 기억은 신왕이 남긴 술법인 천랑회진보다 더 뛰어났다. 왜냐하면 벨린다가 남긴 '만랑회진'은 신왕의 천랑회진을 토대로 하여, 벨린다의 외조부와 어미가 발전시키고, 이어서 벨린다가 거듭 개선한 북명 최강의 공격 술법이기 때문이었다.

벨린다는 만랑회진을 통해 북명의 최강자 자리에 앉게 되었다. 벨린다가 한창 북명에서 활동하던 시기, 피사노교의 악마들은 물론이고 남명의 사대종파 대선인들도 그녀의 만랑회진에 갇히는 것을 죽기보다 더 두려워했다.

천랑회진이 유령과도 같은 늑대를 끊임없이 소환하여 적을 나선형 소용돌이 속에 가두는 것이 특징이라면, 만랑회진은 천랑회진을 열 겹으로 중첩한 것이 그 특징이었다.

이러한 중첩을 통해 진법은 더욱 복잡해졌고, 공격 범위는 무려 열 배로 확장되었으며, 종래에는 하늘과 땅을 만랑회진 안에 가두는 것이 가능해졌다.

일단 벨린다가 만랑회진을 펼치고 나면 그 진법 속에서 탈출한 자가 없었다.

단, 만랑회진은 법력의 소모가 너무 극심했다. 벨린다도 어지간한 상황이 아니면 만랑회진을 함부로 펼치지 않았다.

이 귀한 술법을 손에 넣고도 이탄은 그렇게 기뻐하지 않았다.

'흠. 별로 내키지 않는데.'

이탄이 시큰둥한 이유는 천랑회진을 얻었을 때와 동일했다.

'늑대를 소환하여 적을 공격하다니, 세상에 이렇게 억울한 일이 또 어디 있겠어? 내 손으로 때려죽여야 할 적을 왜 늑대에게 맡기냐고.'

대신 만랑회진의 포위 능력은 이탄의 마음에 들었다.

'대신 술법의 범위가 엄청나게 넓은 점은 괜찮네. 적을 공격하는 용도로 사용하기보다는, 이 만랑회진으로 적을 가둬두는 거지. 그 다음 그물에 갇힌 물고기들을 하나하나 패죽이면 되잖아?'

이탄이 이런 각도에서 살펴보자 만랑회진의 장점들이 눈에 띄었다.

이탄은 만랑회진을 뇌리에 잘 담아두고는 다른 물방울들을 스캔했다.

벨린다의 기억 이후로 한동안은 그럴듯한 정보가 얻어지지 않았다. 이탄은 1월 말이 되도록 허탕만 쳤다.

1월 29일.

이탄에게 한 번 더 기회가 찾아왔다.

이번에도 벨린다의 기억이었다.

'어라?'

이탄의 얼굴이 확 밝아졌다. 벨린다의 기억 속에서 건진 것이 다름 아닌 '광목이 남긴 악보' 시리즈였기 때문이다.

이탄은 벨린다의 기억 속에서 열여덟 장으로 이루어진 악보를 찾아내었다.

<<광목금음(廣目金音)>>

벨린다는 영민하게도 광목금음이 악보라는 사실을 알아차렸다. 다만 이 해괴한 언어를 해석하지 못해 이것이 '광목이 남긴 금속의 노래'라는 점을 몰랐을 뿐이었다.

'이것 참. 비앙카에게서 광목화음을 선물 받았을 때부터 뭔가 심상치 않았어. 그런데 광목수음과 광목토음에 이어서 광목금음까지 연달아 내 손에 들어올 줄이야. 쩌업.'

이탄은 인연의 힘이 이토록 강한가 생각했다.

이탄의 직감에 따르면, 이제 남은 것은 광목목음(廣目木音), 즉 나무에 대한 악보뿐이었다. 광목목음까지 손에 넣으면 이탄은 만사 제쳐놓고 본격적으로 이 요상한 악보 시리즈를 연구해볼 요량이었다.

벨린다와 관련된 2개의 기억을 제외하면, 이탄은 또다시 허탕만 지속했다. 시간이 계속 흘러 2월의 초입을 지났다.

2월 10일.

어느새 이탄은 기억의 바다에서 48일째를 맞이했다. 지금까지 이탄이 탐색한 범위는 기억의 바다 전체의 7분의 3 분량이었다.

이는 분명히 엄청나게 방대한 분량이었으나, 여전히 기억의 바다 전체의 절반도 되지 않았다.

'아직도 부족해. 좀 더 노력해야 해.'

이탄은 다시금 마음을 다잡았다.

〈다음 권에 계속〉

마법군주」 발렌 작가의 신작!

『정령의 펜던트』

"정령사는 말이지, 되고 싶다고 해서 되는 게 아니야.
그냥 그렇게 태어나는 거지.
날 때부터 정해진 운명 같은 거라고."

dream
books
드림북스

정령왕

엘퀴네스

개정판

이환 판타지 장편소설

『숲의 종족 클로네』, 『은빛마계왕』의 작가,
이환 대표작 『정령왕 엘퀴네스』 완전 개정판!

어설픈 정령왕의 좌충우돌 모험기를 다시 만난다

컬러 일러스트 · 네 칸 만화 · 캐릭터 프로필 & QnA
매권 미공개 외전 수록!

dream
books
드림북스

『제왕록』, 『무림에 가다』 시리즈의 작가 박정수
그가 거침없는 현대 판타지로 돌아왔다!

『신화의 전장』

주먹을 믿지 마라.
우리가 살아가는 이 땅에 인간을 벗어난 자들이 존재한다.

dream
books
드림북스

환생왕

ORIENTAL FANTASY STORY & ADVENTURE

요도/김남재 신무협 장편소설

정체를 알 수 없는 세력들에 의해
비참한 최후를 맞이한
천룡성(天龍城)의 후계자 천무진.
그런 그에게 찾아온 또 한 번의 삶.
그리고 그를 돕기 위해 나타난 여인 백아린.

"이번엔…… 당하지 않는다."

이젠 되돌려 줄 차례다.
새로운 용이 강호를 뒤흔든다!

dream books
드림북스